Becca Foster

Blind Date – Tödliche Verführung

BECCA
FOSTER

BLIND DATE

TÖDLICHE VERFÜHRUNG

Roman

Aus dem Amerikanischen
von Vanessa Lamatsch

PIPER

Mehr über unsere Autoren und Bücher:
www.piper.de

Wenn Ihnen dieser Roman gefallen hat, schreiben Sie uns unter Nennung des Titels »Blind Date – Tödliche Verführung« an *empfehlungen@piper.de*, und wir empfehlen Ihnen gerne vergleichbare Bücher.

ISBN 978-3-492-06182-7

Dieses Werk wurde im Auftrag von St. Martin's Press
durch die Literarische Agentur
Thomas Schlück GmbH, 30161 Hannover, vermittelt.
Redaktion: Anita Hirtreiter
Satz: Fotosatz Amann, Memmingen
Gesetzt aus der Excelsior
Druck und Bindung: CPI books GmbH, Leck
Printed in the EU

PROLOG

»Ich vermisse dich, Ray.«

Ich betrachte sie ganz genau und sehe, wie ihre Lippen diese rührenden Worte an ihren Ehemann formen, als sie einen bunten Blumenstrauß vor seinen Grabstein legt. Sie kniet neben einer Wasserpfütze und lässt die Finger über den Marmor gleiten. Ihr brünettes Haar ist mit einer schwarzen Haarspange ordentlich im Nacken zusammengebunden. Ich frage mich, ob sie das wohl selbst getan hat. Vielleicht hat ihr die Frisur ja auch ihre Freundin gemacht, die links neben ihr steht und sie voller Anteilnahme ansieht.

Mein Herz gerät kurz aus dem Takt.

Doch das liegt nicht daran, dass ich mit dem Mädchen mitfühle. Im Gegenteil: Ich freue mich. Sie ist anders als alles, was ich bisher gesehen habe, anders als alles, womit ich Erfahrungen habe.

Ich beobachte sie schon seit einer Weile. All die anderen – ihre Situation war anders. Aber die hier … sie ist willensstark. Das erkenne ich an der Art, wie sie die Hände zu Fäusten ballt, um zu verhindern, dass sie zusammenbricht. Sie ist niemand, der auf die Knie fällt und schreit. Sie ist stärker als das. Es steht ihr förmlich ins Gesicht geschrieben, in der Art, wie sie die Zähne zusammenbeißt, um nicht zu weinen.

Nein. Sie ist nicht wie die willensschwachen Frauen, mit denen ich in der Vergangenheit gespielt habe.

Ich spüre es in meiner Brust – sie ist die Eine. Sie will ich haben, die Trophäe, auf die ich aus bin. Mit ihr darf ich nichts überstürzen. Nein, ich muss die Sache langsam angehen; mich erst vorarbeiten, bevor ich angreife. Ich muss sie erforschen und alles richtig machen. Sie wird sicher nicht einfach, doch es wird das Ganze wert sein. Sie wird diejenige sein, an die ich mich für immer erinnere; das spüre ich tief in meinem Innersten.

Ja. Sie ist das, wofür ich so hart trainiert habe.

Ich muss meine Taktik anpassen. Ich kann das nicht genauso machen, wie ich es bei all den anderen Frauen getan habe. Diese hier ist etwas Besonderes und verdient damit auch eine besondere Behandlung. Sie wird alles bekommen, was sich so lange in mir aufgestaut hat. Diesmal werde ich es anders angehen und dieses Mädchen zu meiner Trophäe machen. Ich werde in ihr Leben wirbeln wie ein Hurrikan, nur dass sie mich nicht sehen wird. Aber sie wird mich spüren.

Ich werde zurückkommen.

Sie wird gar nicht wissen, wie ihr geschieht.

Hartley Watson.

Ich komme, um dich zu holen.

1 HARTLEY

»Komm schon, Hart, es ist jetzt vier Jahre her. Du kannst dich nicht ewig zurückziehen und musst auch mal wieder aus deinem Schneckenhaus herauskommen.«

Ich werfe einen Blick zu Taylor, meiner besten Freundin, die eine richtige Nervensäge sein kann, und ziehe eine Grimasse. »Du hast ja recht, aber glaubst du nicht, dass es ein bisschen übertrieben ist, gleich auf ein Blind Date zu gehen? Ich habe von so was gelesen – das nimmt nie ein gutes Ende.«

Taylor zieht die Augenbrauen hoch. Sie ist groß, schlank und hat blonde Haare und sieht selbst mit sarkastischer Miene atemberaubend aus. Natürlich hat sie keinerlei Probleme, Männer kennenzulernen – die Typen stehen bei ihr Schlange. »Woher willst du das wissen? Du hattest ja noch nie eines. Du warst zehn Jahre lang mit Raymond zusammen. Wann hast du überhaupt das letzte Mal neue Leute kennengelernt?«

Der Name meines Ehemannes sorgt dafür, dass meine Brust eng wird, auch wenn es nicht mehr so schlimm ist, wie es einmal war. Während der ersten paar Jahre, nachdem ich ihn bei einem Autounfall verloren habe, habe ich ständig einen stechenden Schmerz verspürt. Ich glaube nicht, dass es auch nur einen Tag gab, der verging, ohne dass dieser quälende Stich mich durchfahren hat. Mit der Zeit ist allerdings bloß ein dumpfer Schmerz zurückgeblieben – an manchen Tagen schlimm, an anderen kaum spürbar, aber stets vorhanden. Eine ständige Erinnerung daran, dass er verschwunden ist und ich immer noch hier bin, ohne ihn.

Zumindest laufen mir beim Aufwachen nicht mehr jeden Morgen Tränen über die Wangen. Das war ein großer Schritt. Da habe ich mich zum ersten Mal gefühlt, als würden die Wunden verheilen. Das war vor sechs Monaten.

»Ich will keine neuen Leute kennenlernen.« Ich zucke mit den Achseln. »Oder zumindest will ich es nicht erzwingen. Es wirkt falsch …«

Taylor lässt die Augenbrauen hochgezogen, doch nun verschränkt sie auch noch die Arme vor der Brust, sodass die purpurfarbene Bluse, die sie trägt, Falten wirft. »Hör mal, Süße, ich weiß, dass du nicht bereit sein beziehungsweise nicht mal darüber nachdenken willst, aber es kann schließlich nicht schaden, auf ein Date zu gehen. Du musst den Kerl ja nicht gleich heiraten. Du trinkst etwas, und wenn du ihn nicht magst, gehst du wieder und brauchst ihn nie wiederzusehen.«

Ich mustere sie einen Moment. Taylor ist stur. Sie lässt nicht locker, wenn sie sich mal etwas in den Kopf gesetzt hat. Sie sieht mir fest in den Augen, ohne auch nur einen flüchtigen Moment zur Seite zu blicken. Sie wird nicht nachgeben, das weiß ich genau. Wenn Taylor in einer ihrer lebensverändernden Stimmungen ist, kann niemand sich gegen sie wehren. Niemand.

»Du wirst das nicht auf sich beruhen lassen, oder?«,

murmele ich, als ich den Blick abwende und die Augen zusammenkneife, um einen Faden in die Nadel einzufädeln, damit ich einen Knopf an meine grüne Lieblingsbluse nähen kann, die ich wahrscheinlich bereits viel zu lange trage, aber einfach nicht ausmustern kann. Sie ist bequem, so unglaublich bequem. Und sie war das Kleidungsstück, das ich kurz vor Raymonds Tod getragen habe. Das letzte Kleidungsstück, das er berührt hat. Das letzte, worin er mich gesehen hat.

Taylor brummt und zieht so meine Aufmerksamkeit wieder auf sich. »Hart, du bist jung, und du könntest dort draußen sein und all die Liebe bekommen, die du verdienst hast. Könntest du das für mich tun? Bitte? Geh auf ein paar Dates, und wenn du sie hasst, schwöre ich, dass ich das Thema nie wieder ansprechen werde. Ich werde dich in Ruhe lassen, damit du Knöpfe annähen und dich weitere vier Jahre in diesem Apartment verkriechen und darin versauern kannst.«

Ich werfe ihr einen bösen Blick zu, doch sie blinzelt bloß unschuldig.

Verdammt. Sie ist gut. Sie weiß genau, wie sie es anstellen muss, um mir ins Gewissen zu reden und das zu bekommen, was sie will. Wir kennen uns einfach bereits zu lange – das ist ja das Problem. Sie könnte genauso gut meine Schwester sein. Streng genommen ist sie ein Teil von mir. Und sie kann in mir lesen wie in einem verdammten Buch.

»Eines«, sage ich und senke erneut den Blick, um die Nadel erst durch den Knopf und dann durch den Stoff meiner Bluse zu stechen. »Ein Date, und das war's.«

»Fünf.«

Ich schnaube. »Eines.«

»Vier Dates. Komm schon, Hartley.«

Sie presst in einer flehenden Geste die Handflächen zusammen und klimpert mit diesen langen Wimpern, während sie mich ansieht wie ein verzweifeltes Kätzchen.

Ich kneife die Augen zusammen. »Zwei.«

»Drei, und dann ist es gut.«

Ich seufze. »Ich verstehe nicht, wieso ich mit drei Männern ausgehen soll. Kann ich nicht einfach auf ein Date gehen und es hinter mich bringen? Ich bin nicht daran interessiert, jemanden zu finden. Ich bin mir nicht mal sicher, ob ich überhaupt ein Date haben will. Ehrlich.«

Sie lächelt bereits viel zu breit, weil sie weiß, dass sie gewonnen hat. Sie weiß es, und sie ist deswegen ganz aus dem Häuschen. »Das weißt du nicht, bevor du es versucht hast. Und hey, vielleicht entsteht dabei ja auch einfach nur eine Freundschaft. Wäre das denn nicht nett?«

Wieder kneife ich die Augen zusammen. »Aber ich hab doch schon eine Freundin – dich.«

Sie strahlt mich an. »Sicher, aber einen Mann als Freund hast du ja noch nicht. Der könnte dich vielleicht zum Lachen bringen. Dafür sorgen, dass du dich wieder gut fühlst.«

»Das alles tust du auch«, murmele ich, weil ich mir die Nadel zwischen die Zähne geschoben habe, um den Knopf zurechtzurücken. Ich weiß, was sie meint, doch das werde ich nicht zugeben. Diese Genugtuung soll sie nicht haben.

»Hör auf, mit mir zu diskutieren, und tu einfach, was man dir sagt.«

Ich kichere, und die Nadel fällt mir aus dem Mund. Ich weiß, was Taylor tut, und wahrscheinlich ist es Zeit, nachzugeben und mich tatsächlich wieder in die Welt hinauszuwagen. Aber allein die Vorstellung, mich hübsch anzuziehen und auf ein Date zu gehen, sorgt dafür, dass ich mich winden will. Ich glaube nicht, dass es daran liegt, dass ich nicht will. Ich meine, sicher, eines Tages möchte ich wieder eine Beziehung haben. Ich nehme an, letztendlich habe ich Angst davor, mich jemandem wieder … auf diese Weise zu öffnen.

Ray und ich hatten nie wirklich Dates. Wir haben uns Anfang zwanzig über gemeinsame Freunde kennengelernt und sind irgendwie ins Gespräch gekommen – er hat mich zum Lachen gebracht, das werde ich nie vergessen. Während unseres ersten Gesprächs habe ich gelacht, bis mir der Bauch wehtat. Eins führte zum anderen, und ehe ich wusste, wie mir geschah, waren wir zusammen. Sicher, danach sind wir ausgegangen, doch es gab nie diesen peinlichen Moment des ersten Dates, wo die Wahrscheinlichkeit hoch ist, dass man mindestens eine Stunde mit einem Fremden festhängt.

Dann muss man sich ja auch noch darüber Gedanken machen, worüber man sprechen will. Ich stöhne innerlich, weil ich mir wirklich nicht sicher bin, ob ich dafür gemacht bin. Ich war noch nie gut darin, neue Leute kennenzulernen, ganz zu schweigen von Small Talk, aber Taylor hat recht, es ist vier Jahre her, und ich habe mich verkrochen. Das kann ich nicht ewig tun. Also vielleicht ist es zumindest ein Schritt in die richtige Richtung, ein paar Dates durchzustehen. Ich will nicht für immer allein bleiben – will ich wirklich nicht –, doch ich werde nicht leugnen, dass die Vorstellung, mich erneut in die beängstigende Welt des Datings zu begeben, mir ein wenig Angst macht.

»Schön«, kapituliere ich seufzend. »Drei, aber mehr

nicht. Wenn es mit keinem von den dreien funktioniert – und das ist sehr wahrscheinlich –, dann lässt du mich in Ruhe und erwähnst mir gegenüber nie wieder den männlichen Teil der Bevölkerung.«

Sie klatscht in die Hände. »Abgemacht. Aber du musst es wirklich versuchen. Ich will nicht, dass mir zu Ohren kommt, du hättest dich absichtlich vollkommen danebenbenommen und alles in den Sand gesetzt, bevor die Männer auch nur ein Wort sagen konnten.«

Ich schnaube. »Du hast mir gerade meinen Plan versaut. Ich hatte vor, meine hässlichste Jeans zu tragen und beim Essen zu sabbern.«

Sie boxt mich in den Arm, und ich grinse zu ihr auf.

»Sei nicht so frech, Hartley. Vertrau mir, das wird dir guttun.«

Ich brumme. Es wird definitiv *irgendetwas* für mich sein, aber ob »gut« wirklich das Wort ist, das ich verwenden würde, muss sich erst noch herausstellen. »Ich trau mich ja kaum zu fragen, aber wo genau willst du diese drei geeigneten Singles denn auftreiben?«

Sie grinst schelmisch und reibt sich die Hände. Ich will ihre Antwort gar nicht hören, nicht, wenn ihre Miene mir jetzt schon verrät, dass sie nichts Gutes im Schilde führt. »Ich habe sie bereits gefunden.«

Sie … Moment … was? Wie zur Hölle kann sie drei Männer gefunden haben, und das in so kurzer Zeit?

»Taylor!«

Sie hebt schützend die Hände, als ich den ersten Gegenstand nach ihr werfe, der mir in die Hände fällt, was zufällig eine Rolle Garn ist. Das Wurfgeschoss prallt von ihrer Schulter ab und kullert über den Boden, wobei der Faden sich abrollt. Super. Es wird ewig dauern, das wieder aufzurollen.

»Komm schon, du dachtest doch nicht, dass ich dich zu so etwas überreden würde, ohne bereits alles vorbereitet zu haben, oder?«

Ich mustere sie schlecht gelaunt. Genau das hatte ich gedacht. Ich dachte, mir blieben wenigstens ein paar Wochen Zeit oder sie würde etwas anderes finden, was ihre Konzentration erfordert, und die ganze Sache einfach vergessen. Außerdem: Wie hat sie neben ihrer Arbeit und ihrer generellen Tendenz, mein gesamtes Leben zu kontrollieren, bloß die Zeit gefunden, drei Männer für mich aufzutreiben?

Sie verdreht die Augen. »Spar dir den mürrischen Blick, Hart. Du musst anfangen, dein wunderschönes Lächeln zu trainieren, um diese umwerfenden Kandidaten zu umgarnen.«

Ich schenke ihr ebenfalls ein Augenrollen. »Wo hast du drei Männer gefunden?«

»Tatsächlich habe ich fünf gefunden, aber ich denke, ich kann sie auf drei eingrenzen. Und es gibt da diese Single-Website, die tatsächlich *Blind Date* heißt. Wirklich supercool. Du gibst all deine Daten ein – deine Interessen und wie dein Traummann sein sollte –, und dann werden dir Vorschläge geschickt. Du bittest sie um ein Date, und sie stimmen zu oder nicht. Wenn sie Ja sagen, macht ihr etwas aus und trefft euch. Es ist irgendwie mysteriös, findest du nicht auch?«

»Mysteriös« würde ich es nicht unbedingt nennen, weil mir aus dem Stand mindestens zehn Arten einfallen, wie das schieflaufen kann. Also ehrlich, das ist doch, als hätte jemand extra eine Website angelegt, auf der alle Irren der Welt erst lügen und dann auf Dates auftauchen können. Ich habe keine Ahnung, wieso der Erfinder dachte, das wäre eine Erfolg versprechende

Idee. Aber anscheinend ist die Website erfolgreich, da Taylor nicht nur einen, nicht zwei, sondern gleich fünf Männer für mich gefunden hat. Gott sei Dank habe ich bloß drei Dates zugestimmt. »Wenn ich als Sexsklavin verkauft werde, ist das allein deine Schuld«, sage ich und wedele warnend mit dem Finger vor ihr herum.

Sie lacht. »Jetzt sei doch nicht so dramatisch! Dafür hast du eine viel zu große Klappe. Bevor sie dich als Sklavin nutzen, hacken sie dich lieber in tausend Stücke – weil du sie innerhalb eines Tages in den Wahnsinn treiben wirst.«

Ich zeige ihr den Stinkefinger, was sie nur mit einem Augenzwinkern kommentiert.

»Das erste Date ist übrigens heute Abend. Ich habe auch bereits ein Kleid für dich.«

Ich reiße die Augen auf. Sie macht Witze, oder? Heute Abend? Mein Herz verkrampft sich auf seltsame Weise – bin ich etwa nervös? Es ist Ewigkeiten her, dass ich mich das letzte Mal so seltsam beklommen gefühlt habe. Bin ich wirklich schon bereit? Ich nehme an, ich habe keine andere Wahl. »Taylor, ehrlich …«

»Gern geschehen.«

Ich ziehe einen Schmollmund. »Ich werde mich dafür rächen. Und meine Rache wird süß sein.«

»Ja, ja.« Sie wedelt wegwerfend mit der Hand. »Du solltest diesen Knopf besser fertig annähen, weil wir noch Schuhe für dich finden müssen – oh, und den richtigen Schmuck.«

Ich hatte seit über zehn Jahren kein Date. Ich bin fast vierunddreißig Jahre alt. Das ist eine große Lücke. Seit ich vierundzwanzig war, hat sich eine Menge verändert. Bin ich überhaupt das, wonach Männer heutzutage suchen? Was ist die Norm für eine Frau? Sollte ich blonder sein? Dünner? Ich wüsste nicht mal, worüber ich reden soll. Wird es peinlich? Was, wenn ich die Person hasse und nicht entkommen kann? Das ist nicht der traditionelle Weg, jemanden kennenzulernen, und das macht mich nervös.

Reiß dich zusammen, Hartley. Irgendwann muss es passieren.

»Was ist, wenn ich den Kerl nicht mag? Also ich meine, so richtig nicht mag?«, frage ich.

Taylor nickt, als hätte sie sich mit diesem Szenario bereits auseinandergesetzt. »Dann schickst du mir einfach eine Nachricht, und ich werde dich anrufen und so tun, als wäre ich deine schwangere Schwester, bei der gerade die Wehen eingesetzt haben.«

»Wahnsinnig originell.« Ich verdrehe die Augen.

Sie zuckt mit den Achseln. »Aber es wird funktionieren. Und jetzt lass uns etwas finden, was wir mit deinen Haaren anstellen können.«

Wieder ziehe ich einen Schmollmund. »Muss ich das wirklich tun?«

Sie verschränkt die Arme vor der Brust. »Wenn du jemals wieder in Ruhe gelassen werden willst, dann ja.«

Ich knirsche mit den Zähnen. »Und das ist die einzige Möglichkeit?«

»Du könntest immer noch losziehen und deinen tollen Nachbarn ansprechen.«

Ich ziehe die Augenbrauen hoch. »Ace?«

»Mmmmhmmm. Ihm würde ich nur zu gerne aus dem Gebäude folgen.«

Ich lache. »Ace kannst du vergessen. Er sagt nicht mal Hallo, wenn ich ihm zuwinke. Er ist so … brutal. Ernsthaft.«

Wieder zuckt sie mit den Schultern. »Er ist Polizist. Cops benehmen sich so.«

Ich verziehe ungläubig das Gesicht. Ich finde nicht, dass diese Erklärung ihm das Recht gibt, herumzulaufen, als wäre er etwas Besseres. Auf seine Manieren sollte man immer achten, egal, welchen Beruf man auch ausübt. »Um genau zu sein, ist er Detective, und Manieren zu zeigen ist ja eigentlich nicht so anstrengend. Er muss doch sicher im täglichen Leben auch mit Menschen umgehen. Ich meine, wie schwer ist es schon, einfach mal Hallo zu sagen?«

»Es kann doch sein, dass er dich gar nicht gehört hat«, wirf Taylor ein.

»Oh, er hört mich durchaus. Einmal habe ich direkt vor seinem Gesicht gewinkt, aber er hat mich bloß angestarrt.«

Sie zieht die Augenbrauen hoch. »Tja, stille Wasser sind tief. Du könntest das ganze Dating überspringen und dich einfach auf ihn stürzen, um mal so richtig Spaß zu haben. Vielleicht ist das ja alles, was du brauchst.«

Ich schnaube. »Nein, vielen Dank auch. Ich würde lieber sonst was tun, als Ace um irgendetwas zu bitten.«

Sie lacht. »Er ist wirklich heiß. Das musst sogar du zugeben.«

Ace Henderson – Detective, Vollpfosten und launischer Mistkerl – wohnt direkt neben mir. Er fällt in diese groß/dunkel/gut aussehend/grüblerisch-Kategorie. Ja, Ace Henderson sieht toll aus. Jede Frau, die Augen im Gesicht hat, würde das zugeben.

Doch er ist auch ein Arsch.

»Ich habe nie behauptet, dass er nicht nett anzuschauen ist, aber nein. Lass uns bei den Blind Dates bleiben.«

Taylor klatscht erneut in die Hände. »Ich bin ja so aufgeregt.«

Gott, steh mir bei!

Das ist eine schlechte Idee.

Eine wirklich schlechte Idee.

Ich sollte einfach umdrehen und nach Hause gehen, jetzt sofort, bevor dieser zufällig ausgewählte Fremde ankommt. Vielleicht kann ich Bauchweh vortäuschen, um Taylor milde zu stimmen. Ich weiß nicht, was ich mir dabei gedacht habe. Das könnte auf so viele Arten schieflaufen. Ich weiß nicht, ob ich bereit bin, einen anderen Mann zu treffen, selbst wenn es nur rein freundschaftlich ist. Nervös zappelnd stehe ich vor dem Bar-Restaurant. Ich versuche, mich klein zu machen, aber wahrscheinlich falle ich auf wie ein bunter Hund.

Der Wind streicht über meine Wangen und beruhigt mich ein wenig. Ich konzentriere mich auf die Pärchen, die an den großen Tischen vor der Bar sitzen, geschützt unter großen schwarzen Sonnenschirmen, und entspanne mich. Es wird schon werden. Es wird sicher toll.

Mein Handy brummt in meiner Tasche und lenkt mich von dem Chaos in meinem Kopf ab. Mit unsicheren Fingern ziehe ich das Gerät heraus und entdecke eine Nachricht von Taylor auf dem Display.

> T: Denk nicht mal darüber nach, einfach abzuhauen, und nein, deine Ausreden werden nicht funktionieren. Das ist gut für dich.

Verdammt soll sie sein.

Sie kann Gedanken lesen.

H: Ich hasse dich. Wenn dieser Kerl ein Reinfall wird, wirst du dafür büßen.

T: Hab dich lieb!

Kopfschüttelnd stecke ich mein Handy wieder weg. Genau in diesem Moment sagt eine ruhige Stimme: »Hartley?«

Es ist eine schöne Stimme. Männlich, tief und glatt. Ich atme tief durch und fühle mich ein wenig besser. Ich dramatisiere, das weiß ich. Ich muss mich zusammenreißen und mich entspannen. Wenn ich so verkrampft bleibe, kann ich mich nicht amüsieren. Also drehe ich mich um und sehe den Mann hinter mir an.

Es kostet mich all meine Kraft, nicht laut zu keuchen.

Ein paar Sekunden lang starre ich nur. Ich bin niemand, der schnell ein Urteil fällt. Ich bewerte Leute nicht nach ihrem Aussehen und bin auf keinen Fall oberflächlich … aber dieser Mann ist gute fünfzehn Jahre älter als ich. Taylor hat mir die wichtigsten Infos weitergegeben – hat mir erklärt, dass Greg bloß fünf Jahre älter wäre als ich –, also weiß ich sofort, dass er gelogen hat.

Ich glaube, das ist es, was mich am meisten schockiert. Nicht, dass er nicht mein Typ ist, sondern dass er gelogen hat. Welche anderen Lügen hat er noch erzählt?

Das sorgt nicht dafür, dass ich mich sicher fühle. Absolut nicht.

Vor mir steht ein Mann, der mindestens Ende vierzig ist. Er hat Geheimratsecken, und auch sonst spricht nicht viel für ihn. Er hat blaue Augen, buschige Augenbrauen und ist ein wenig übergewichtig, was sich sowohl an seiner Figur als auch an seinem runden Gesicht bemerkbar macht. Er trägt eine saubere schwarze Stoffhose und ein graues Anzughemd. Zumindest ist er gut angezogen.

»Ähm«, presse ich schließlich hervor, in dem Versuch, mir nicht anmerken zu lassen, wie schockiert ich bin, und meine Manieren nicht zu vergessen. »Ja.«

»Ich bin Greg.«

Greg.

Sei nicht oberflächlich, Hartley. Das ist ein schöner Name. Zumindest hat er in diesem Punkt nicht gelogen. Wahrscheinlich ist er ein wirklich netter Mann, selbst wenn seine glatte, männliche, sexy Stimme nicht zu ihm passt. Überhaupt nicht. Wie kann so was passieren? Wie kann seine Stimme Sexgott schreien und damit so vollkommen danebenliegen? Himmel. Was tue ich hier? Ich benehme mich schrecklich. Ich habe mich noch nicht mal mit dem Mann unterhalten.

Vielleicht könnte er ja ein guter Freund für mich werden.

Genau. Ein guter Freund. So. Jetzt fühle ich mich besser.

Irgendwie.

»Hi, Greg«, sage ich und stoße die Luft aus, die ich angehalten habe.

Weil es anfing, wehzutun.

Er lächelt verlegen und zeigt dabei gerade weiße Zähne. Er scheint ein netter Kerl zu sein, also entspanne ich mich ein wenig. Wahrscheinlich ist er genauso nervös wie ich, daher sollte ich nachsichtig sein. »Hör mal, ehe wir reingehen, es tut mir leid, dass ich nicht wirklich der Beschreibung entspreche, die ich in meinem Profil angegeben habe. Es ist heutzutage nur wirklich schwer, ein Date zu bekommen, weil die Leute einen beurteilen, bevor man sie überhaupt getroffen hat. Ich weiß, dass ich nicht ganz ehrlich war.«

Ich gehöre zu den Leuten, von denen er spricht.

Oberflächliches Miststück.

Ich sollte mir wirklich eine Gardinenpredigt halten. Ich wollte nicht mal auf ein Date gehen, aber jetzt, wo ich hier bin, urteile ich über diesen Mann, weil er mich auf dem falschen Fuß erwischt hat. Ich habe ihn bisher kaum zu Wort kommen lassen und ihn trotzdem bereits abgetan. Das ist unfair.

Ich lächele, obwohl ich mich immer noch nicht ganz wohlfühle. Allerdings wäre es ganz schön unfair, nicht wenigstens etwas mit ihm zu trinken. Es wird nicht lange dauern, ist höflich – und anständig. »Willst du reingehen und etwas trinken?«

Seine Schultern sacken ein wenig nach unten. »Natürlich. Nach dir.«

Ich drehe mich um und betrete die Bar. Greg folgt mir. Für meinen Geschmack rückt er mir dabei ein wenig zu sehr auf den Pelz, doch ich sage nichts. Ich setze mich einfach auf einen Barhocker, und er lässt sich direkt neben mir nieder. Als ich ihn nun mustere – zum ersten Mal richtig ansehe –, kann ich erkennen, dass er in seinen jüngeren Jahren wahrscheinlich ein durchaus gut aussehender Mann war. Vielleicht war er sogar attraktiv genug, um mit seiner Stimme Schritt zu halten. Aber das Alter hat ihn offensichtlich eingeholt. Es sieht aus, als hätte er viel Zeit in der Sonne verbracht, was die Hautalterung vorangetrieben hat.

Ich denke allerdings nach wie vor, dass er bereits auf die fünfzig zugeht. Unglücklicherweise weiß ich jetzt schon, dass das nicht funktioniert – egal, als wie nett er sich auch entpuppen wird. Ich glaube wirklich nicht, dass ich über den Altersunterschied hinwegsehen kann. Freundschaft ist okay. Ja. Freundschaft. Gott, ich werde Taylor umbringen. Sie umbringen und ihre Leiche dann in einem flachen Grab verscharren. Ohne jede Klasse.

Aber wenn ich mich wirklich zurück in die Dating-Welt begeben will, muss ich solche Situationen ebenfalls trainieren. Außerdem würde ich auch nicht wollen, dass jemand mich unhöflich behandelt, nur weil ich nicht sein Typ bin. Ein Date ist schon nervenaufreibend genug. Eine Zurückweisung ist noch schlimmer. So grausam bin ich nicht. Ich kann mich unterhalten. Ich kann freundlich sein. Und zumindest komme ich so mal aus dem Haus, habe ich recht?

»Also, wie kommt's, dass ein so schönes Mädchen wie du sich auf einem Dating-Portal anmeldet?«, fragt mich Greg.

»Ich habe vor vier Jahren meinen Ehemann verloren … und ich nehme an, ich wollte einfach mal wieder etwas wagen.«

Eins muss man Greg lassen: Er zuckt nicht zusammen, verfällt nicht in Panik und weicht auch nicht zurück, als er hört, dass ich verheiratet war und mein Mann gestorben ist. Seitdem ich Raymond verloren habe, haben nicht viele Männer versucht, mit mir zu reden … doch die wenigen, die es getan haben, schienen sofort das Interesse zu verlieren, als ich erwähnt habe, dass ich Witwe bin. Ich verstehe nicht, woran es liegt, aber es ist, als würde in ihrem Kopf ein Schalter umgelegt, sodass sie sich sofort zurückziehen. Gregs Augen sind sanft, als er sagt: »Tut mir leid, das zu hören. Das muss wirklich schwer gewesen sein.«

Siehst du? Er ist ein netter Kerl.

Ich lächele und entspanne mich ein wenig, versuche,

tief durchzuatmen und mich wohlzufühlen. Und mir wird klar, dass ich nervös bin, obwohl ich Greg in keiner Weise anziehend finde. »Danke. Was ist mit dir, Greg? Was führt dich in die Dating-Welt?«

Er zuckt mit den Achseln und sieht mich direkt an. »Ich will einfach jemanden kennenlernen, mit dem ich alt werden kann. Ich will nicht den Rest meines Lebens allein bleiben. Ich hätte gerne eine Familie. Bisher ist mir nicht die Richtige über den Weg gelaufen, also dachte ich, ich wage den Schritt und schaue mal, welche Frauen es da draußen so gibt.«

Oh. Er ist nett und scheint klug zu sein. Ich weiß nicht, wieso er lügen muss, um ein Date zu finden. Ich bin mir sicher, dort draußen gibt es jede Menge netter Frauen in seiner Altersklasse, die gerne mit jemandem wie ihm ausgehen würden.

»Da hast du dir ein gutes Ziel gesetzt.«

Irgendwie fühle ich mich immer noch nicht ganz wohl. Falls Greg etwas bemerkt, lässt er sich überhaupt nichts anmerken. Er wirkt gelassen, er lächelt freundlich und nippt an seinem Drink, als wäre er vollkommen entspannt.

»Ja, das denke ich auch«, fährt er fort. »Ich war schon auf ein paar Dates, aber alle Frauen in meiner Altersklasse entsprechen einfach nicht meinen Standards. Daher fällt es mir wirklich schwer, jemanden zu finden, mit dem ich eine Verbindung aufbauen kann, verstehst du?«

Schweigen.

Absolute Stille.

Ich blinzele.

Hat er gerade sagt, gewisse Frauen würden nicht seinen Standards entsprechen?

»Nicht, dass ich wählerisch wäre«, sagt er eilig, weil er offensichtlich meinen entsetzten Gesichtsausdruck bemerkt hat. »Aber ich habe einen bestimmten Typ. Es ist schwer, wenn man genau weiß, was man will, aber alles ein wenig anpassen muss, um es zu bekommen. Ich will nicht schmierig wirken. Aber wir haben doch alle ein recht konkretes Bild im Kopf, oder?«

Ich blinzele wieder.

Er macht Witze, oder?

Nein. Ich muss da etwas falsch verstehen. Sicherlich hat er diese Worte nicht gerade ausgesprochen und sie ernst gemeint. Ich muss ihn missverstanden haben. Denn wenn nicht, ergibt das alles plötzlich Sinn. Die Lügen im Profil. Wie wohl er sich trotz seines Alters in meiner Nähe fühlt. Nein. Ich muss mich irren.

»Und wie sieht dieses Bild aus?«, frage ich, und ich fürchte, man hört mir mein Entsetzen an.

Er wirkt verlegen. »Ich bevorzuge Frauen, die jünger sind als ich. Sie müssen hübsch sein, schlank, witzig, mit festem Job. Das Übliche eben, wonach ein Mann Ausschau hält. Du findest doch nicht, dass ich deswegen oberflächlich bin, oder?«

Doch.

Doch, das finde ich sehr wohl. Ich bin entsetzt. Wenn er einfach gesagt hätte, er wolle eine erfolgreiche Frau … kein Problem. Oder eine witzige Frau … vollkommen okay. Aber eine junge, hübsche, schlanke Frau … nicht okay. Niemals okay. Das ist ziemlich oberflächlich, und ich mag keine oberflächlichen Männer. Und ich dachte, ich wäre oberflächlich, als ich ihn vorhin zum ersten Mal gesehen habe. Aber im Vergleich zu ihm war ich harmlos.

Mühsam schlucke ich die Beleidigung hinunter, die

mir bereits auf der Zunge liegt, und sage mit gepresster Stimme: »Aber es gibt doch bestimmt auch jede Menge toller Frauen in deiner Altersklasse, oder?«

Sein Blick schießt zur Seite, dann sieht er mich wieder an. »Sicher. Aber wie ich schon sagte, ich mag lieber die jüngeren. Mindestens zehn Jahre jünger als ich. Ich glaube nicht, dass mich das zu einem schlechten Menschen macht. Bitte verurteile mich nicht dafür. Ich dachte nur, wenn wir bloß eine Chance bekommen, könnte ich ebenso gut versuchen, genau das zu bekommen, was ich will. Ich meine, natürlich will ich niemandes Gefühle verletzen, aber ich muss ja ehrlich zu mir selbst sein und habe eben gewisse Vorstellungen von meiner Traumfrau.«

Das. Hat. Er. Nicht. Gesagt.

Ich starre ihn mit leerem Blick an. Ich kann seine Worte nicht verarbeiten. Kann ich wirklich nicht. Ich verstehe, dass man einen gewissen Typ hat; ich verstehe auch, dass man sich mit niemandem einlässt, auf den man nicht steht, nur weil man die Person nicht verletzen will – wie jetzt gerade, zum Beispiel. Aber dieser Mann ist … er benimmt sich einfach … wie ein Arschloch.

»Bitte halte mich nicht für furchtbar«, sagt er und hebt die Hände. »Himmel, das passiert mir immer. Ich trete ins Fettnäpfchen. Ich weiß nicht, warum das so ist. Ich finde einfach, man hat nur ein Leben, also sollte man nach dem streben, was man will, und sich nicht mit weniger zufriedengeben. Ich fühle mich von Frauen in meinem Alter einfach nicht angezogen. Ich finde sie unattraktiv. Es wäre nicht fair von mir, ihnen etwas vorzumachen, obwohl ich doch weiß, dass sie nicht das sind, was ich will. Niemand sollte mit jemandem ausgehen, den er nicht attraktiv findet.«

Oh mein Gott. Er macht es sogar noch schlimmer!

Dieser Kerl hält sich für unwiderstehlich.

»Und deine Traumfrau muss nicht nur jung sein, sondern auch noch attraktiv. Findest du nicht, dass du damit etwas … außerhalb deiner Liga spielst?«

»Du hast mich falsch verstanden«, sagt er, doch ich weiß, dass das nicht stimmt.

Nun weiß ich, warum er solo und auf einem Dating-Portal unterwegs ist. Er ist wählerisch. Und nicht nur das, er findet auch noch, es stände ihm zu, wählerisch zu sein. Hey, versteht mich nicht falsch. Ich bin mir sicher, dort draußen gibt es gute Männer, die nicht so toll aussehen, sich aber davon nicht verrückt machen lassen und tun, was richtig ist. Dieser Mann sieht nicht toll aus, aber er ist trotzdem der Meinung, er hätte das Recht, Frauen, die genauso alt sind wie er und nicht so heiß sind, wie er sie haben will – oder so jung, wie er sie haben will –, das Gefühl zu geben, dass sie weniger wert sind.

»Nein«, sage ich und greife nach meiner Handtasche. »Ich glaube, ich habe dich sehr gut verstanden. Tut mir leid, ich glaube sowieso, dass du zu alt für mich bist.«

Ihm fällt die Kinnlade nach unten. »Du hast mir nicht mal eine Chance gegeben.«

Ich schenke ihm einen harten Blick und stelle sicher, den Blickkontakt zu halten, als ich in leisem Ton schnippisch sage: »Du hältst dich für besser als Frauen deines eigenen Alters, und deine Gründe dafür lauten, dass du jüngere Frauen vorziehst. Und nicht nur das, sie müssen auch noch äußerlich perfekt sein. Warum? Was lässt dich glauben, dass du freie Auswahl hast? Lass mich dir einen Rat geben … wenn du nicht gerade aussiehst wie

Brad Pitt, kannst du nicht so wählerisch sein. Das ist oberflächlich und kein schöner Zug von dir, und wenn du ein richtiges Date willst, solltest du vielleicht versuchen, deine lächerlichen Standards anzupassen und dich zu benehmen wie ein anständiger Mensch.«

Er öffnet den Mund und schließt ihn dann wieder.

Ich lasse ihm gar keine Chance, noch etwas zu sagen. Stattdessen drehe ich mich um und gehe, ohne anzubieten, meinen Drink zu bezahlen. Dieser Idiot kann mich ruhig einladen.

Eilig verlasse ich das Restaurant und trete auf den Gehweg, winke ein Taxi heran und ziehe mein Handy heraus, kaum dass ich dem Fahrer meine Adresse genannt habe. Und dann schreibe ich Taylor eine Nachricht.

H: Wir müssen uns mal dringend unterhalten.
Dieser Mann war grauenhaft!

T: Oje. So schlimm? Sah er zumindest
gut aus?

H: Wenn du alt und Geheimratsecken attraktiv
findest … dann ja.

T: OMG. In seinem Profil stand, er wäre
jung, mit dunklem Haar. Ich schwöre es!

H: Wir werden noch darüber reden. Zu allem Überfluss war er auch noch ein oberflächlicher Vollpfosten.

T: Tut mir leid. Ich verspreche,
der Nächste wird besser.

Ich stopfe mein Handy zurück in die Tasche und koche den gesamten Weg nach Hause innerlich vor Wut. Als das Taxi vor meinem Gebäude vorfährt, zahle ich und steige aus, dann gehe ich durch die Tür zum Aufzug, der mich in den ersten Stock bringen wird, wo mein Apartment liegt. Es ist nur eine Etage, und wahrscheinlich könnte ich die Treppe benutzen, aber der Lift wartet immer schon, und ich bin kein großer Fan von Treppen. Gerade als ich den Lift betreten habe und die Türen Anstalten machen, sich zu schließen, schiebt sich eine breite Hand in den Spalt und stoppt sie.

Und Detective Ace Henderson gesellt sich zu mir.

2

Wenn ich ehrlich zu mir selbst bin, ist Ace wahrscheinlich einer der attraktivsten Männer, die zu sehen ich je das Vergnügen hatte. Nicht, dass ich ihn oft sehen würde. Meist geht er gerade, wenn ich nach Hause komme, oder andersherum. Ich bin ihm ein paarmal im Waschraum begegnet, aber da liest er immer und scheint nicht an einem Gespräch interessiert. Ein paarmal hat er seine Abfalltüte vor dem Müllschacht stehen gelassen, was mich total genervt hat, doch davon abgesehen tritt er nicht allzu oft in Erscheinung. Er scheint nicht sonderlich sozial zu sein.

Allerdings ist mir aufgefallen, dass er fast jedes Mal, wenn ich ihn tatsächlich sehe, einen Anzug trägt – und dabei trotzdem irgendwie unordentlich wirkt. Seine Haare sind immer ein wenig durcheinander, als wäre er sich gerade mit den Fingern hindurchgefahren, und er hat einen dunklen Bartschatten am Kinn.

Und ich will gar nicht erst von diesen Augen anfangen.

Braun, wie flüssige Schokolade. Umrahmt von den längsten, dichtesten Wimpern, die ich je bei einem Mann gesehen habe. Sie sind perfekt in seinem Gesicht platziert, umgeben von unglaublich männlichen Zügen; und dann ist da dieser massive Körper, der scheinbar nur aus gebräunter Haut und beeindruckenden Muskeln zu bestehen scheint. Er ist der erste Mann, der nach Ray auf meinem Radar aufgetaucht ist – auch wenn ich es einfach nur genieße, ihn anzusehen. Beim ersten Aufwallen von Lust habe ich Gewissensbisse bekommen, und es hat eine Weile gedauert, bis dieses Gefühl nachgelassen hat.

Ich schlucke schwer.

Ich habe mir noch nie den Lift mit ihm geteilt. Ich lebe nun seit über einem Jahr hier, und nicht ein einziges Mal sind wir zusammen nach oben oder unten gefahren. Mein Blick huscht zu dem Mann, als er mit dem Daumen auf den Türen-schließen-Knopf drückt. Jetzt sind wir ganz allein. Es herrscht dieses unangenehme Schweigen, bei dem man einfach nicht weiß, ob man etwas sagen soll, um das Eis zu brechen, oder einfach vorgeben, die andere Person stände nicht mit einem im Aufzug.

»Guten Abend, Herr Nachbar.«

Oh. Mein. Gott.

Habe ich das gerade gesagt?

Ich habe das gerade gesagt.

Ich hätte mir genauso gut ein Schild an die Stirn kleben können. Ein großes Loser-Schild.

Ace' Blick schießt zu mir. Oh, diese Augen! So unglaublich und atemberaubend. Die Art von Augen, die einem die Knie weich werden lassen und dafür sorgen, dass einem das Höschen ganz feucht wird. Sein Blick ist intensiv und sagt mehr, als er selbst es je tun wird. Ace starrt mich ein paar Sekunden lang an, ohne auch nur ein Wort zu sagen, dann gleitet sein Blick zurück zur Tür.

Also, das ist echt unhöflich.

»Ich habe Hallo gesagt«, murmele ich. »Sie könnten zumindest etwas erwidern.«

Wieder sieht er mich an. Aus solcher Nähe betrachtet ist er wirklich massiv. Ich schwöre, wenn ich neben seinem über eins achtzig großen Körper stehe, fühle ich mich wie ein Zwerg. Zugegeben, ich bin nicht gerade hochgewachsen und eher schmal gebaut, aber dieser Mann sorgt dafür, dass ich mich noch kleiner fühle, als ich sowieso schon bin. Er wirkt einschüchternd, fast ein wenig bedrohlich. Diese prallen Muskeln, die selbst unter dem gut sitzenden grauen Anzug so deutlich zu erkennen sind, machen das auch nicht viel besser. Sein dunkles Haar ist wie üblich verwuschelt, steht in alle Richtungen ab – als wäre er heute Morgen aufgewacht, hätte sich angezogen und das Haus verlassen, ohne es auch bloß mit den Fingern zu kämmen.

Wieso bin ich mir seiner Gegenwart gerade so bewusst? Ich meine, sicher, ich habe ihn immer mal wieder angesehen und sein Aussehen bemerkt, aber jetzt nehme ich es gerade richtig wahr. Das sorgt dafür, dass ich mich ein wenig unwohl fühle, und ich spüre diesen vertrauten Stich aus Schuldgefühlen – obwohl ich natürlich weiß, dass es keinen Grund dafür gibt. Es ist nichts Falsches daran, andere Männer zu bemerken oder sogar mit ihnen auszugehen. Das weiß ich.

Wirklich.

»Kenne ich Sie?«

Seine Stimme ist der feuchte Traum jeder Frau: ein wenig heiser, männlich und tief. Ich konzentriere mich nur für eine Sekunde darauf, dann wird mir bewusst, was er gesagt hat. *Kenne ich Sie?* Meint er das wirklich ernst? Es gibt bloß noch eine andere Wohnung in unserem Stockwerk, die von Lena, einer kleinen älteren

Dame, bewohnt wird. Wie zur Hölle kann er nicht wissen, wer ich bin? Ich begegne ihm fast jeden Tag. Ich habe ihn schon öfter gegrüßt. Das kann er einfach nicht ernst meinen.

»Ich wohne direkt neben Ihnen.«

Er mustert mich. »Ich habe Sie nie bemerkt.«

Er sagt das nicht auf eine freundliche *Oh, tut mir leid, das wusste ich nicht*-Art. Nein. Er sagt es auf eine *Oh, Sie sind einfach unscheinbar*-Art. Ich habe ihn unzählige Male gegrüßt und einmal sogar direkt vor seinem blöden, schönen Gesicht gewinkt. Und das weiß er. Da bin ich mir sicher. Niemand ist so dämlich. Also hat er beschlossen, unhöflich zu sein, und das ohne guten Grund. Ich richte mich höher auf, und Wut steigt in mir auf. Ich habe für heute Abend wirklich genug vom männlichen Teil der Bevölkerung. Erst Greg und sein oberflächlicher Charakter und jetzt Ace.

Nein.

Einfach nein.

»Ich weiß ja nicht, wer für Ihre Erziehung verantwortlich ist, mein Guter«, blaffe ich, »aber Sie sind so was von unhöflich.«

Genau in dem Moment, als der Lift bimmelt und die Türen sich öffnen, zieht er die Augenbrauen hoch. Ich stürme zuerst nach draußen, angewidert von der Unverfrorenheit dieses Kerls. Ich biege nach links ab, gehe die vier Schritte zu meiner Tür und ziehe meinen Schlüsselbund heraus. Dann sehe ich zu Ace, der nur wenige Meter entfernt vor seiner Tür steht und mich beobachtet.

»Richtig. Genau hier lebe ich. Ich bin die Frau, die Sie immer grüßt und von Ihnen auf unhöflichste Art ignoriert wird – und dann beleidigt. Und nein«, murmele ich, als ich den Schlüssel ins Schloss ramme, »ich werde Ihnen niemals mit Milch aushelfen.«

Ich stürme in die Wohnung, dann strecke ich den Kopf noch mal auf den Flur. »Oder mit Zucker!«

Damit knalle ich die Tür hinter mir zu. Als Erstes rufe ich Taylor an. Ich koche vor Wut, und sie soll genau erfahren, was ich gerade denke.

»Immer noch verstimmt?«, fragt sie, als sie abhebt.

»Ich mache auf keinen Fall ein weiteres Date aus, Taylor, das kann ich dir sagen. Ich dachte, das solltest du wissen.«

»Ach, komm schon. Es tut mir leid. Ich wusste doch nicht, dass er ein Lügner ist. Es ist eine Blind-Date-Website, also kann ich nur nach den Basics gehen: Alter, Größe, Haarfarbe, solche Dingen eben. Es soll schließlich eine Überraschung sein, also gibt es keine Fotos. Deswegen ist es ja so mysteriös … und spannend. Ich nehme an, manche Leute lügen einfach und machen falsche Angaben. Aber …«

»Genau. Da draußen gibt es wahrscheinlich noch tausend andere Lügner. Nein. Nicht noch mal.«

»Du hast mir drei versprochen. Bitte, Hart.«

Ich schnaube und schließe die Augen, um mich zu beruhigen. Männer. Vielleicht bin ich ohne sie besser dran.

»Ich glaube nicht, dass ich noch so einen Kerl ertragen kann«, murmele ich, als ich mir die Schläfen reibe.

»Nun, lass uns einfach hoffen, dass die nächsten keine Lügner sind. Ich bin mir sicher, das wird schon. Im schlimmsten Fall läuft es nicht gut, und du musst dich mit ein paar lausigen Dates rumschlagen. Aber zumindest kommst du mal wieder vor die Tür.«

Ich atme tief durch. Ich habe ihr drei Dates versprochen, also wird sie auch drei Dates bekommen.

»Gut, aber ehrlich, meine Geduld ist langsam am Ende.«

Sie kichert. »Atme tief durch. So schlimm ist es gar nicht. Außerdem: Hast du jetzt nicht tolle Geschichten zu erzählen?«

Ich knurre.

Sie lacht.

»Gute Nacht, Taylor. Ich hab dich lieb, auch wenn ich dich gerade im Moment hasse.«

»Ich hab dich auch lieb!«

Dieser Abend stinkt zum Himmel.

3

»Ich kann nicht glauben, dass ich das noch mal tue«, murmele ich leise vor mich hin, als ich über den Gehweg zu einer anderen Bar gehe, wo ich mich mit noch einem Mann treffen werde.

Ich schwöre, wenn der hier auch schrecklich ist, wird Taylor sich niemals wieder in mein Liebesleben einmischen. Dann wird es kein drittes Date geben. Ein Mädchen kann nur ein gewisses Maß an Idiotie ertragen. Mehr als zwei unheimliche Kerle tue ich mir nicht an. Also sollte dieses Date besser mal verdammt gut werden, sonst war's das.

Ich stoppe vor der Eingangstür zur Bar, wo ich mich mit dem Typen treffen soll, und warte. Ich sehe mich um, lasse meinen Blick über die Gruppen von Leuten in meiner Nähe gleiten. Es ist ein netter Laden, mit moderner Einrichtung und mehreren Außentischen unter großen Sonnenschirmen. Ich streiche mit der Hand über das schwarze Kleid, das ich trage. Es hat einen V-Ausschnitt, mit einem engen Oberteil, aber einem weit fallenden Rock. Sexy, aber nicht zu einladend. Ich habe mir die Haare mit ein paar goldenen Klammern hochgesteckt und ein wenig Make-up aufgelegt.

Ich habe das Gefühl, dass ich eventuell ein wenig overdressed bin, denn die meisten anderen Frauen um mich herum tragen Jeans und hübsche Oberteile. Das sorgt nur dafür, dass ich noch nervöser werde … und deswegen achte ich nicht groß auf das Räuspern hinter mir. Erst als mir jemand auf die Schulter tippt, wirbele ich herum.

Ich finde mich einem extrem gut aussehenden Mann gegenüber, der eine Rose in der Hand hält. Das ist das Erste, was ich bemerke. Er ist groß, aber schlank, hat sandblondes Haar, das ihm bis auf die Stirn fällt, und blaue Augen. Gekleidet ist er ganz leger in Jeans und grauem T-Shirt, was aber gut aussieht. Sein Blick huscht über meinen Körper, dann blitzt ein ehrliches Lächeln auf, das sein gesamtes Gesicht zum Leuchten bringt. Er ist wirklich attraktiv, daran besteht mal kein Zweifel.

»Bist du Hartley?«

»Ja.« Ich lächele.

Sein Lächeln wird breiter, bis er förmlich strahlt. Er hat Grübchen. Wie süß. Er streckt mir die Hand entgegen. Als ich sie ergreife, umschließen seine warmen, weichen Finger meine. »Ich bin Richard. Es ist schön, dich kennenzulernen. Du siehst toll aus.«

Meine Nervosität lässt nach. Okay, der hier scheint nett zu sein. Und er sieht auch gut aus. Das sind zwei Häkchen auf meiner Checkliste. Vielleicht schaffen wir es ja sogar, ein annehmbares Gespräch zu führen, sodass ich nicht länger das Bedürfnis verspüre, Taylor zu ermorden. Meine Schultern sinken nach unten, und ich schenke ihm mein schönstes Lächeln. »Danke. Wollen wir reingehen?«

»Ja, gerne«, antwortet er.

Ich nehme die Rose, angetan von der freundlichen Geste. Ich bedanke mich ehrlich, dann betreten wir gemeinsam die Bar. Auch das Innere ist modern eingerichtet, in Schwarz und Rot, was eine elegante, aber gleichzeitig angenehme Atmosphäre erzeugt. Richard führt mich zu einer Sitznische mit leuchtend roten Bänken, und ich gleite hinein. Er setzt sich mir gegenüber, stemmt die Ellbogen auf den Tisch und konzentriert sich ganz auf mich. Sofort tritt eine Kellnerin an den Tisch und sieht auf uns herunter. »Hey, Leute. Kann ich euch schon etwas zu trinken bringen?«

»Für mich einfach eine Rum-Cola«, sagt Richard, bevor er zu mir sieht.

Ich bestelle einen Wodka mit Limette. Sobald die Kellnerin verschwunden ist, richte ich meinen Blick wieder auf den Mann, der mir gegenübersitzt. Ich weiß wirklich nicht, welchen Gesprächsauftakt ich wählen soll, also entscheide ich mich für die üblichen Fragen.

»Was machst du beruflich, Richard?«

»Ich bin Anwalt«, erklärt er mir. »Ist ein anspruchsvoller Job, aber ich mag ihn. Was ist mit dir?«

Ein Rechtsanwalt. Beeindruckend.

»Im Moment mache ich eine Fortbildung zur Hebamme, also jobbe ich einfach, bis ich damit fertig bin.«

Er hebt die Augenbrauen. »Hebamme. Wie bist du darauf gekommen?«

Ich zucke mit den Achseln. »Ich habe als Krankenschwester angefangen, aber ich würde wahnsinnig gerne mit Babys arbeiten, also habe ich beschlossen, noch eine Ausbildung dranzuhängen.«

Er nickt, scheinbar beeindruckt. »Bewundernswert.«

»Na ja«, ich lächele, »ich werde eine Menge arbeiten müssen, aber ich denke, die Sache dürfte es wert sein.«

Er nickt nachdenklich. »Meine Ex-Freundin war Krankenschwester. Die Arbeit war auch für sie sehr belastend. Aber man bekommt auch viel zurück. Ich denke, das trifft immer zu, wenn man anderen Leute helfen kann.«

Ich nicke zustimmend und überkreuze unter dem Tisch die Beine. »Ja, aber manchmal ist es auch sehr ermüdend.«

Die Kellnerin erscheint mit unseren Drinks und stellt sie ab. Ich nehme einen Schluck.

Richard spricht weiter: »Ja, sie kam immer vollkommen erschöpft nach Hause, die Arme. Ich habe immer solches Mitleid mit ihr gehabt.«

Ah, okay. Es ist ein wenig seltsam, schon in den ersten Minuten eines Gesprächs bei einem Date die Ex-Freundin zu erwähnen, doch vielleicht ist er ja einfach bloß nervös, weswegen ihm nichts anderes einfällt, worüber er reden könnte. Oder womöglich gehört er zu diesen Männern, die kein Problem damit haben, über ihre Ex zu sprechen, weil die Beziehung schließlich vorbei ist.

»Ja, die Arbeit ist sehr fordernd.« Ich beschließe, mich nicht aus dem Konzept bringen zu lassen.

»Das ist sie absolut.« Er nickt. »Einmal hat sie über vierundzwanzig Stunden durchgearbeitet. Ich habe sie in dieser Zeit nicht ein Mal gesehen. Sie hat einfach nicht aufgehört, verstehst du?«

Okay, noch mehr unangenehme Ex-Freundinnen-Erwähnungen. Vielleicht sollte ich besser das Thema wechseln?

»Macht dir dein Job denn Spaß?«, frage ich. »Er muss doch auch sehr anstrengend sein. Ich habe gehört, dass Rechtsanwälte selten rechtzeitig Feierabend machen.«

Er nickt. »Ja. Mandy, meine Ex-Freundin, mochte das

gar nicht. Sie hat es gehasst, dass ich ständig erreichbar sein musste, aber es ist eben ein anspruchsvoller Job. Manchmal arbeite ich mehr, als ich das Leben genieße. Und das konnte sie einfach nicht verstehen.«

Oh Mann.

Er hängt noch an seiner Ex-Freundin.

Seufz. Also kann ich den hier genauso gut von meiner Liste potenzieller Männer streichen und einfach mit dem Strom schwimmen. Ich habe heute Abend nichts anderes zu tun und mich hübsch gemacht. Außerdem liebe ich gute Geschichten. Also mache ich es mir gemütlich, nippe an meinem Drink und komme zur Sache.

»Was ist mit Mandy passiert?«

Sein Blick verdunkelt sich vor Trauer. Jetzt geht es los. Ich werde noch einen Drink brauchen. Allein seine Miene verrät mir, dass, was auch immer sie ihm angetan hat, ihn wirklich tief verletzt hat.

»Sie hat mich betrogen. Das hat mir das Herz gebrochen. Ich bin immer noch nicht ganz darüber hinweg, wenn ich ehrlich sein will. Ich dachte, Dating würde helfen.«

Der Arme. Schlimmer kann es nicht kommen. Ich könnte in einer Beziehung mit einer Menge Dinge klarkommen, aber betrogen zu werden … ich glaube nicht, dass ich damit leben könnte. Es ist schrecklich.

»Tut mir wirklich leid. Das muss furchtbar gewesen sein. Ich gebe zu, ein paar Dates helfen wahrscheinlich, aber erst, wenn du dich wirklich dazu bereit fühlst.«

»Ich weiß nicht, ob ich schon bereit bin, verstehst du?«, stimmt er mir zu. »Ich habe sie geliebt. Ich wollte mein Leben mit ihr verbringen, und momentan fühle ich mich einfach, als könnte ich niemals wieder jemanden lieben …«

Die ganzen nächsten drei Stunden tröste ich Richard wegen seiner Trennung von Mandy, die wie ein absolutes Miststück klingt. In dieser Zeit nicke ich, gebe ihm Ratschläge und tätschele sogar hin und wieder seine Schulter. Er ist ein anständiger Kerl und dankt mir immer wieder, bevor er sich dafür entschuldigt, mir etwas vorgemacht zu haben. Er zahlt sogar alle Drinks. Ich kann nicht leugnen, dass es nett war – so schrecklich die Geschichte auch sein mochte –, mal über die Probleme von jemand anderem zu reden und meine eigenen für eine Weile zu vergessen.

Außerdem wird mir dadurch bewusst, dass es dort draußen so viele Leute gibt, die mit ihren Problemen kämpfen, und ich will nicht länger zu ihnen gehören. Ich habe meinen Ehemann verloren, und an diesen Schmerz werde ich nach wie vor täglich erinnert, aber trotzdem habe ich die Chance, etwas aus meinem Leben zu machen. Richard und der mit ihm verbundene Schmerz haben mir klargemacht, dass ich nicht länger alle Leute im Licht dieses Schmerzes betrachten darf. Irgendwann muss ich weiterleben … und das will ich auch. Zum ersten Mal in einer gefühlten Ewigkeit will ich tatsächlich darüber nachdenken, wie es wäre, wieder richtig zu leben.

Vielleicht hatte Taylor ja doch recht. Vielleicht sind diese Dates wirklich gut für mich, selbst wenn ich dabei nicht eine neue Liebe finde. Vielleicht sind sie einfach eine gute Art, mir zu zeigen, dass ich mich vier Jahre lang in einem Schneckenhaus verkrochen habe und nun wieder zu mir selbst finden und offen für Neues sein muss. Ich weiß, dass Raymond mich in den Hintern treten würde, wenn er wüsste, dass ich mich immer noch an ihn klammere und nichts aus meinem Leben mache.

Er würde mir das wünschen – das weiß ich mit hundertprozentiger Sicherheit.

Zum ersten Mal seit langer Zeit empfinde ich keine allumfassenden Schuldgefühle bei dem Gedanken, weiterzuleben.

Ja, vielleicht hatte Taylor recht. Der Quälgeist.

Sobald Richard gegangen ist, fahre ich mit dem Taxi nach Hause. Kaum sitze ich im Wagen, rufe ich Taylor an. Ich bin nicht unglücklich darüber, wie der Abend verlaufen ist, aber diese Frau muss sich die Männer, die sie für mich aussucht, dringend genauer ansehen. Ich kann mir beim besten Willen nicht vorstellen, wen sie mir als Nächstes präsentieren wird.

»Und?« Sie hebt beim ersten Klingeln ab und klingt ganz aufgeregt. »Du warst eine Weile unterwegs, also kann ich wohl davon ausgehen, dass es gut gelaufen ist?«

Ich schnaube. »Damit liegst du falsch. Der Mann trauert immer noch seiner Ex-Freundin nach, und ich habe drei Stunden damit verbracht, ihn zu trösten. Aber davon mal abgesehen war er ein netter Kerl, und es war ein netter Abend. Aber bitte keine Dates mehr wie dieses.«

»Du hast ihn getröstet? Ernsthaft? Das ist ein wenig seltsam.«

»Ja, absolut. Und am Ende hatte ich wirklich Mitleid mit dem armen Kerl.«

»Du hast dich zumindest mit ihm angefreundet, oder?«

»Ich werde mich auf kein weiteres Blind Date einlassen, wenn sie alle sind wie dieses.« Ich will meinen Standpunkt auf jeden Fall klarmachen. »So viel Spaß es auch macht, mal auszugehen – und so ungern ich auch zugebe, dass du recht damit hattest, nicht lockerzulassen –, diese Art von Dates ertrage ich nicht mehr lange.«

Sie stößt dramatisch die Luft aus. »Gib mir noch einen Versuch. Ich verspreche dir, mit dem nächsten Mann wird es kein Reinfall, dafür werde ich sorgen.«

Ich gebe ein unbefriedigtes Brummen von mir. »Ich glaube dir nicht, nachdem du mir schon bei den ersten beiden dasselbe versprochen hast … was sie definitiv nicht waren. Langsam glaube ich, dass du das alles unterhaltsamer findest als ich.«

Wieder lacht sie. »Ich weiß. Tut mir leid. Bitte, einen noch. Ich verspreche dir, es wird nicht schrecklich.«

Ich stöhne. »Noch einer. Aber ich schwöre, *ich schwöre* … wenn das wieder ein Reinfall wird, organisiere ich ebenfalls drei Dates für dich, damit du etwas Ähnliches durchleiden musst.«

»Abgemacht.«

Ich fluche leise. »Ich bin vor meinem Haus angekommen. Ich werde dich später anrufen. Sorg dafür, dass der Letzte wirklich ein toller Mann ist, Tay.«

»Ich bin dran.«

Ich lege auf, trete durch die Haustür und laufe direkt gegen eine harte, muskulöse Brust. Ich pralle davon ab, als wäre ich federleicht. Ich stolpere rückwärts, verliere den Halt und lande mit einem Knall auf dem Hintern, sodass mein Kleid nach oben rutscht. Eilig versuche ich es wieder nach unten zu ziehen, bevor das gesamte Foyer meine Unterwäsche sehen kann.

Ich schaue auf und sehe Ace, der auf mich herunterstarrt. Er hat die Hand bereits nach meinem Arm ausgestreckt, zweifellos, um mir auf die Beine zu helfen, doch ich wehre ihn ab, entsetzt von dem Gedanken, dass er wahrscheinlich gerade mein Höschen gesehen hat. Zumindest kann ich mir sicher sein, dass es hübsch ist. Schwarze Spitze. Aber da ist auch noch die Tatsache, dass ich vor ihm auf den Hintern gefallen bin. Alles andere als attraktiv. Nicht, dass mich interessieren würde, was er denkt.

»Ich habe Sie gar nicht gesehen«, murmelt er. »Tut mir leid.«

Ich brauche ein paar Anläufe, doch schließlich kämpfe ich mich ungeschickt auf die Beine, begleitet von leisem Stöhnen, und klopfe mir dann den Po sauber, ehe ich ihn ansehe. »Natürlich haben Sie mich nicht gesehen. Was auch immer. Ist schon okay.«

Ich versuche, an ihm vorbeizugehen, aber er stoppt mich mit dieser heiseren, unglaublichen Stimme. Sie jagt mir einen Schauder über den Rücken, den ich mit aller Kraft zu ignorieren versuche.

»Vergessen Sie das hier nicht.«

Er hält mir mein Handy entgegen. Ich sehe es an. Ups. Ich muss es fallen gelassen haben. Und ich wollte gerade davonstürmen. Ich nehme ihm das Telefon ab, wobei meine Finger über seine gleiten. Rau. Schwielig. Heiß.

»Danke«, murmele ich Richtung Boden.

Nach seinem Kommentar gestern Nacht werde ich ihm nicht mehr zugestehen. Nö. Werde ich nicht. Selbst wenn er gerade mein Handy in Sicherheit gebracht hat. Ich schiebe das Telefon in meinen Ausschnitt und starre ihn an. Ein paar Sekunden lang sehen wir uns einfach nur an, ohne dass einer von uns Anstalten macht, den Blickkontakt abzubrechen. Irgendetwas flackert in mir auf, als wir uns ansehen. Entschlossenheit. Sturheit. Gefühle, die viel zu lange keine Rolle spielten. Sie sind gleichzeitig Angst einflößend, verwirrend und aufregend.

Auf Ace' Stirn bilden sich Falten, doch er sagt nichts. Stattdessen wendet er endlich den Blick ab und nickt, bevor er durch die Tür verschwindet, durch die ich gerade gekommen bin. Ich drehe mich um und sehe ihm nach, wobei mein Blick über diese langen, breiten Beine gleitet, die sich so geschmeidig bewegen. Ja, er löst definitiv etwas in mir aus. Ich kann bloß nicht genau benennen, was.

Und wahrscheinlich ist es auch besser, wenn es so bleibt.

4

»Der Typ ist toll, ich verspreche es«, versichert mir Taylor am Telefon, als ich zum Lift renne, weil ich für Date Nummer drei jetzt schon zu spät dran bin. »Ich habe ihn sogar angeschrieben, um sicherzustellen, dass er in seinem Profil nicht gelogen hat. Er wirkt wie ein anständiger, ehrlicher Mann, der sich gut ausdrücken kann. Ich glaube, für den hier wirst du mir noch danken.«

Keuchend antworte ich: »Er sollte auch besser kein Reinfall sein, Taylor. Ehrlich, wenn ich noch einen Blindgänger ertragen muss, werde ich sauer.«

Sie kichert, als ich in den Lift trete, immer noch mit dem Rücken zur Tür.

»Ich meine, ehrlich, ich weiß, dass ich vier Jahre lang allein war, aber es gibt Grenzen bei dem, was ich zu ertragen bereit bin. So gut ich mich auch dabei gefühlt habe, einem gebrochenen Mann zu helfen – das war nicht gerade das, was ich als gelungenes Date bezeichnen würde. Also hoffe ich wirklich, dass wir nun bei Nummer drei Glück haben.«

Ich drehe mich um, um zu schauen, ob die Tür sich geschlossen hat, nur um aufzukreischen, als ich Ace hinter mir entdecke, der mich anstarrt. Im Aufzug. Ich habe nicht mal gehört, dass er in den Lift getreten ist. Ich bin ihm bisher nie im Fahrstuhl begegnet, und jetzt ist er plötzlich ständig da. Meine Wangen laufen sofort rot an, und ich blaffe ein »Ich rufe dich später wieder an« ins Telefon, bevor ich auflege, peinlich berührt von dem Gedanken, dass Ace wahrscheinlich das gesamte Gespräch mitgehört hat. Nun weiß er, dass ich auf Blind Dates gehe. Und ich zweifele keinen Moment daran, dass er mich bestimmt einfach nur jämmerlich findet.

Ohne ihn wirklich anzusehen, trete ich vor und drücke den Knopf fürs Erdgeschoss. Dann stelle ich mich an die Wand und verschränke die Arme vor der Brust, den Blick immer noch auf den Boden gerichtet. Ich weiß nicht, ob Ace erwartet, dass ich mit ihm rede, aber wenn er das glauben sollte, irrt er sich gewaltig.

»Blind Date, hm?«

Also hat er wirklich gehört, was ich gesagt habe. Und er beschließt ausgerechnet jetzt, ein Gespräch mit mir anzufangen – wenn es um mein lahmes Liebesleben geht und darum, dass ich meiner besten Freundin erlaube, Blind Dates für mich zu organisieren.

Ich werfe ihm einen bösen Blick zu, hauptsächlich, um meine Verlegenheit zu kaschieren, und murmele: »Es ist unhöflich, anderer Leute Gespräche zu belauschen. Aber was soll man auch schon von jemandem erwarten, der keine Manieren hat?«

Er hebt die Augenbrauen, und sofort erscheint wieder dieser finstere Ausdruck auf seinem viel zu schönen Gesicht. »Es ist ziemlich schwer, nichts mitzubekommen, wenn Sie so schreien, dass das ganze Haus es hört.«

Ich schnaube. »Ich habe nicht geschrien, und es war

außer Ihnen niemand anwesend. Also denke ich, wir können das als Lauschen einordnen. Was, wie ich wiederholen möchte, unhöflich ist.«

»Besonders nett sind Sie ja nicht gerade.«

Mir bleibt der Mund offen stehen. »Wie bitte?« Ich hebe eine Hand und wackele mit den Fingern vor seinem Gesicht herum. »Ich habe Sie gegrüßt, unzählige Male – einmal habe ich sogar gewinkt –, und Sie, Mister, waren derjenige, der mich ignoriert hat. Nicht nur das, als Sie schließlich mal mit mir geredet haben, hatten Sie keine Ahnung, wer ich sein soll. Also bin von uns beiden ja wohl kaum ich derjenige, der nicht nett ist. Das haben Sie sich selbst zuzuschreiben.«

Er verschränkt seine breiten Arme vor der Brust, sodass der Anzugstoff sich dehnt. Ich bemühe mich inständig, ihm weiter ins Gesicht zu sehen, obwohl mein Blick langsam über seinen Körper nach unten gleiten will, um einen weiteren Anblick zu bekommen, mit dem ich mich selbst foltern kann. Ich weiß, wie dieser Anzug über seinen Muskeln aussieht.

»Sie haben eine ziemlich große Klappe für eine so kleine Frau.«

Das. Hat. Er. Nicht. Gesagt.

Meine Gedanken lösen sich in Luft auf, dann öffne ich den Mund, bloß um ihn wieder zu schließen. Und im Anschluss knurre ich: »Und Sie sind ziemlich arrogant für jemanden, der so … groß ist.«

Himmel. Groß.

Ich will mir selbst eine Ohrfeige verpassen.

Der Aufzug bimmelt, und die Türen öffnen sich. Ich stürme wütend nach draußen, entsetzt von Ace' unhöflichem Verhalten. Das werde ich mir nicht gefallen lassen. Meine Laune ist grundsätzlich schon im Keller, nachdem ich die ganze Nacht gelernt habe, ehe ich den ganzen Tag im Café am Ende der Straße gearbeitet habe, wo ich als Kellnerin jobbe. Und jetzt muss ich Date Nummer drei ertragen, worüber ich wirklich nicht allzu glücklich bin. Aber ich will es hinter mich bringen, damit Taylor mich endlich in Ruhe lässt.

»Stolpern Sie nicht, wenn Sie nach draußen gehen«, murmelt Ace. Ich stoppe abrupt und wirbele herum.

Ein frustriertes Knurren dringt aus meiner Kehle, und ich reiße die Hände in die Luft. »Ehrlich, wäre ich größer ... ich würde ... würde ... Sie schlagen!«

Damit stürme ich aus der Haustür zu meinem Uber, das gerade vorfährt. Ich halte nicht an, um mich noch einmal nach Ace umzusehen, sondern steige ein und verschränke die Arme vor der Brust, um die gesamte Fahrt zum Restaurant vor mich hin zu kochen. Der Fahrer hat das Radio laut aufgedreht, und ich lausche dem Bericht über die Mordserie, die in letzter Zeit verübt wurde. Ich habe gehört, wie ein paar Leute im Café sich darüber unterhalten haben.

»Heute Abend wurde eine weitere Leiche gefunden. Der dritte Mord in einem Jahr. Auch wenn das nicht nach vielen Opfern klingt, ermittelt die Polizei doch aufgrund des gleichbleibenden Tatmusters bei allen Opfern in Richtung eines möglichen Serienkillers. Bisher können wir nur bestätigen, dass sie alle auf dieselbe Weise getötet wurden und dann mit einer Seidenfliege um den Hals aufgehängt wurden. Der Name und das Alter des jüngsten Opfers sind noch nicht bekannt.«

Mir läuft ein kalter Schauder über den Rücken.

Das ist wirklich schon der dritte Mord in dieser Gegend. Ich hatte bereits vom ersten gehört. Die halbe

Stadt ist in Panik geraten, aber die Polizei hat es irgendeinem Geisteskranken zugeschrieben, der beschlossen hatte, wahllos zu töten. Doch dann ist es wieder geschehen, und die Leute wurden noch nervöser, als klar wurde, dass die Tötung genauso abgelaufen war wie beim ersten Opfer. Und jetzt sind wir bei Nummer drei. Ich reibe mir die Arme, weil mir plötzlich kalt ist.

Was ist das bloß für eine Welt?

»Schrecklich, oder?«, sagt der Fahrer und sieht mich über den Rückspiegel an.

»Ja«, stimme ich ihm zu. »Ist es. Ich hoffe, sie erwischen ihn bald.«

»Ich auch. Drei junge Leben auf so schreckliche Weise beendet. Ich hoffe, sie fangen den Bastard und er kriegt das, was er verdient.«

Diese Person – wer auch immer es sein mag – ist krank und verdreht. Ich weiß nicht viel über die Morde, aber soweit ich es in den Nachrichten mitbekommen habe, quält er seine Opfer; er treibt sie in den Wahnsinn, indem er Dinge tut, die sie glauben lassen, sie würden den Verstand verlieren, und dann erst schnappt er sie sich.

Ich weiß nicht, wie er sie fängt oder wie er sie anlockt, aber er tötet sie, und wenn er damit fertig ist, hängt er sie an einen Baum, mit einer Seidenfliege um den Hals. Ich habe neulich einen Artikel gesehen, in dem stand, die Polizei würde infolge der Häufigkeit, mit der er zuschlägt, davon ausgehen, dass er die Morde längere Zeit über geplant hat und noch weitere Opfer auf seiner Liste stehen.

Dieses Mädchen, das sie gerade erst gefunden haben ... ich frage mich, wie lange er sie wohl gequält hat? Wusste ihre Familie überhaupt, dass sie vermisst wurde? Hat irgendwer vermutet, dass etwas nicht stimmt? Hat sie überhaupt eine Familie, oder wählt er Frauen aus, die alleinstehend sind? Ich weiß es nicht, aber diese Überlegungen machen mir Angst. Ich kann mir nur vorstellen, was sie durchgemacht hat. Gott, ich will nicht einmal lange darüber nachdenken, so fröstelt es mich bei dem Gedanken.

Ich ermahnte mich selbst, meine Türschlösser zu kontrollieren, wenn ich nach Hause komme – nur um auf Nummer sicher zu gehen.

Als wir beim Restaurant anhalten, steige ich aus dem Wagen und sehe mich um – es ist eine wirklich nette Location: ein kleines italienisches Restaurant mit warmem Licht und großen Sitznischen sowohl drinnen als auch draußen. Ich lasse meinen Blick über die Leute gleiten, um zu schauen, ob schon jemand wartet, aber nachdem ich keine einzelnen Männer entdecken kann, gehe ich zu einem freien Tisch und setze mich. Dann sehe ich auf mein Handy. Ich bin ein wenig zu spät dran. Vielleicht wird der Kerl nicht auftauchen, und ich kann wieder heimgehen.

»Du musst Hartley sein.«

Die glatte, männliche Stimme sorgt dafür, dass ich den Kopf hochreiße. Ich bin erstaunt, einen attraktiven Mann zu sehen, der neben dem Tisch steht, bekleidet mit einer dunklen Stoffhose, einem schwarzen T-Shirt und einer Wildlederjacke. Er sieht wirklich außergewöhnlich gut aus, mit makelloser heller Haut, sanften blauen Augen und braunem Haar, das ordentlich geschnitten und zum Seitenscheitel gekämmt ist. Er hat die Gesichtszüge eines Models, absolut nicht kantig, aber perfekt dafür geeignet, vom Cover eines Hochglanzmagazins zu lächeln. Und er ist groß. Wunderbar.

»Hi«, sage ich, wobei meine Stimme viel heiserer klingt,

als ich erwartet hatte. Doch er hat mich definitiv überrascht, das kann ich nicht leugnen. »Ja, bin ich.«

Seine Augen beginnen zu strahlen, und er lächelt, was dafür sorgt, dass er noch besser aussieht. »Schön, dich kennenzulernen. Ich bin Jacob.«

Jacob.

Heißer Name.

Ich erwidere das Lächeln, und diesmal ist es echt, nicht gezwungen. »Freut mich auch, dich kennenzulernen, Jacob.«

So weit, so gut.

Er nickt in Richtung des Stuhls neben mir. »Darf ich mich setzen?«

»Natürlich«, sage ich und vollführe eine einladende Geste.

Jacob setzt sich und lächelt mich über den Tisch hinweg weiter an. Ja, er ist definitiv schön anzusehen. Außerdem hat er ein richtig gutes Restaurant ausgesucht. Unglaublich köstliches Essen. Ich war schon ein paarmal hier, und es war unvergesslich.

»Möchtest du vielleicht einen Drink?«, bietet er mir an.

Lieber Himmel. Ja.

»Ja, bitte.«

Er winkt einem jungen Kellner, der heranschlendert und uns anlächelt. »Guten Abend. Was darf ich Ihnen bringen?«

Jacob beugt sich ein wenig vor. »Was möchtest du?«

»Einfach einen Wodka mit Limette, bitte.«

»Und ich nehme einen Bourbon.«

Jetzt finde ich ihn sogar noch heißer, verdammt.

»Kommt sofort.«

Als der Kellner verschwunden ist, sieht Jacob mich

an. »Es tut mir leid, ich stelle mich nicht besonders geschickt an. Ich fürchte, das ist mein erstes Date seit langer Zeit.«

Ich lasse mich entspannter in meinen Stuhl sinken. Vielleicht war diese ganze Sache ja doch gar keine so schlechte Idee. »Für mich gilt dasselbe. Wenn ich mich also dumm anstelle, verzeih mir.«

Sein Blick wird warm, und seine Lippen zucken. »Ich kann mir nicht vorstellen, dass du dich dumm anstellst. Dafür bist du viel zu schön.«

Ich werde rot. »Danke.«

Er schenkt mir erneut dieses Lächeln eines netten Jungen von nebenan. »Was machst du beruflich, Hartley?«

»Bitte nenn mich Hart, und ich lasse mich gerade zur Hebamme ausbilden. Währenddessen arbeite ich als Kellnerin.«

Er hebt die Augenbrauen. »Das ist wirklich beeindruckend!«

Wieder beginnen meine Wangen zu brennen. »Danke. Was ist mit dir? Was machst du denn beruflich?«

»Ich bin Innenarchitekt.«

Jetzt ziehe auch ich die Augenbrauen hoch. »Wow, wie inspirierend. Hast du gut zu tun?«

»Und ob.« Er lächelt. »Diese Woche habe ich vier Aufträge, und nächste Woche sind bereits weitere drei gebucht.«

Der Kellner kehrt mit unseren Drinks zurück, und wir nehmen beide einen Schluck, bevor wir uns weiter unterhalten. »Wie funktioniert das?«, frage ich neugierig. »Bitten deine Kunden dich um deine Meinung, und du entwirfst dann etwas für sie?«

Er nickt. »Manchmal ja. Im Grunde gehe ich rein,

spreche mit den Leuten, sehe mir ihr Haus und den Stil sowie die bisherige Einrichtung an, und dann erstelle ich mit einem speziellen Computerprogramm einen Plan. Den zeige ich meinen Kunden, und danach passen wir ihn noch an ihre Bedürfnisse an.«

»Wow, das ist erstaunlich. Du musst sehr kreativ sein, wenn du so was kannst. Ich habe schon mal Arbeiten von Innenarchitekten gesehen – es ist unglaublich.«

Er wirkt, als fühle er sich von meinem Kompliment geschmeichelt, und schenkt mir ein scheues Lächeln. »Ja, ich bin durchaus kreativ.«

Endlich – ein Gespräch, das gut läuft, und ein Mann, der normal wirkt.

»Lebst du schon lange in Denver?«, fragt Jacob, ehe er erneut an seinem Drink nippt und mich aus diesen schönen blauen Augen mustert.

»Mein gesamtes Leben. Ich habe zehn Jahre lang mit meinem Ehemann in einem Vorort gelebt, aber er ist leider vor vier Jahren gestorben.«

Jacobs Blick wird sanft, dann sagt er freundlich: »Das tut mir sehr leid. Das muss schrecklich gewesen sein. Darf ich fragen, was geschehen ist?«

»Er wurde in einen Autounfall verwickelt«, erkläre ich.

»Noch mal: Das tut mir leid. Es war sicher schwer, damit umzugehen. Ist das der Grund, warum du näher an die Stadt gezogen bist?«

Ich nicke. »Außerdem bin ich so näher an dem Krankenhaus, in dem ein Großteil meiner Ausbildung stattfindet. Also ergab es Sinn, näher an die Stadt zu ziehen.«

Er nickt nachdenklich. »Magst du es, hier zu wohnen?«

»Ja und nein«, gebe ich zu. »Manchmal vermisse ich die Ruhe, die man ein wenig weiter draußen hat, aber gleichzeitig ist es viel praktischer.«

Er nickt zustimmend. »Und wohnt deine Familie in der Nähe?«

Ich schüttele den Kopf. »Nein, meine Mutter ist gestorben, bevor ich meinen Ehemann verloren habe. Mein Vater lebt noch, reist aber gerade durch Europa. Und Geschwister habe ich nicht.«

Jacob nickt. »Tut mir leid, das von deiner Mutter zu hören, aber es scheint, als ginge es deinem Vater recht gut.«

Ich lächele. »Ja, er ist glücklich. Und das ist schön für ihn. Ich freue mich, dass er sich die Welt ansieht und das Leben genießt. Es ist so kurz, weißt du?«

»Da stimme ich dir absolut zu«, murmelt er und nimmt noch einen Schluck von seinem Drink.

»Was ist mit dir?«, frage ich. »Hast du noch Familie?«

Er schüttelt den Kopf. »Nein. Ich habe meine Eltern verloren, als ich noch jünger war. Ein tragischer Unfall hat sie mir genommen.«

Ich spüre einen Stich im Herz, weil ich schließlich weiß, wie es sich anfühlt, wenn einem eine geliebte Person unerwartet genommen wird. »Das tut mir sehr leid. Wie schrecklich.«

Er zuckt mit den Achseln. »Lass uns über etwas Angenehmeres reden.« Er lacht. »Was tust du, wenn du Spaß haben willst? Hast du irgendwelche Hobbys?«

Das war mal ein abrupter Themenwechsel. Jetzt bin ich erst recht neugierig geworden, was seine Eltern betrifft, aber ich hake nicht weiter nach, da ich nicht aufdringlich wirken will. Und ich weiß aus persönlicher Erfahrung, wie es ist, wenn Leute einen drängen,

Fragen über den Verlust eines geliebten Menschen zu beantworten, während man selbst einfach nicht darüber reden will. Also lasse ich es gut sein.

»Ich wünschte, ich könnte behaupten, ich hätte irgendein tolles Talent.« Ich verdrehe die Augen. »Aber leider bin ich ziemlich gewöhnlich. Allerdings lese ich unglaublich gerne. Ich nehme an, das könnte man als Hobby bezeichnen.«

»Aber sicher. Und du bist alles andere als gewöhnlich.« Er grinst. »Und bei mir ist es genauso. Ich habe auch keine Hobbys.«

Ich lache leise. »Ich nehme an, dann können wir gemeinsam langweilig sein.«

Er schmunzelt. »Wahrscheinlich.«

Die nächsten drei Stunden unterhalte ich mich gut mit Jacob. Wir essen zu Abend, und dann bietet er an, mich heimzufahren. Als wir vor meinem Haus vorfahren, benimmt er sich wie ein echter Gentleman, begleitet mich zum Eingang und hält sich dann zurück. Er bleibt an der Tür stehen und fragt nicht, ob er mit reinkommen kann, obwohl ich mir sicher bin, dass er das möchte. Ein Teil von mir will das auch – und wenn nur kurz auf einen Kaffee –, aber ich weiß, dass das für keinen von uns beiden das Richtige wäre.

Ich kenne Jacob noch nicht wirklich, doch wir hatten einen schönen Abend. Ich glaube, es ist am besten, wenn wir es dabei belassen.

»Danke für einen wunderbaren Abend«, sage ich, als ich mich an eine Säule vor dem Eingang lehne.

»Gern geschehen. Ich hatte echt Spaß mit dir. Wenn du willst, können wir uns gerne wiedersehen.«

Ich mustere ihn. Ja, ich glaube, ich würde ihn gerne besser kennenlernen. Er ist entspannt, gut aussehend, und wir haben ein paarmal richtig miteinander gelacht. Selbst wenn nicht mehr daraus wird, habe ich das Gefühl, dass eine Freundschaft mit diesem Mann durchaus erstrebenswert wäre. Heute habe ich mich das erste Mal seit langer Zeit wieder richtig amüsiert. Bis heute war mir gar nicht bewusst, wie sehr ich mich die ganze Zeit zurückgehalten habe.

»Das fände ich schön.« Ich strahle ihn an. »Ich werde dir meine Handynummer geben.«

Er tippt sie direkt in sein Smartphone, dann ruft er mich an, damit ich auch seine Nummer habe, bevor er das Telefon wieder in die Tasche schiebt. »Ich werde mich morgen früh mal bei dir melden«, sagt er mit einem warmen, freundlichen Lächeln. »Danke noch mal, ich hatte eine tolle Zeit.«

Ich nicke, weil ich das genauso sehe. »Ja. Gute Nacht, Jacob.«

»Gute Nacht, Hartley.«

Mit einem breiten Lächeln betrete ich mein Gebäude.

Vielleicht hatte Taylor ja doch recht.

Vielleicht war das mit den drei Blind Dates sogar eine gute Idee.

5

»Du siehst toll aus, Hartley«, sagt Jacob, als er meine Hand nimmt und mich in Richtung Kino zieht.

Wir haben gerade unser zweites »offizielles« Date. Bisher läuft es mit Jacob echt gut. Er ist freundlich und witzig, und man kann sich wirklich mühelos mit ihm unterhalten. Ich fühle mich in seiner Nähe wohl, nicht verlegen oder gehemmt. Unsere Gespräche stocken selten, und wenn es mal eine Gesprächspause gibt, füllt Jacob sie schnell mit Fragen nach meinem Leben. Er hört mir zu, wenn ich spreche, und scheint alles, was ich sage, tatsächlich aufzunehmen.

Das ist ein schönes Gefühl. Irgendwie tröstend.

Heute Abend hat er vorgeschlagen, wir könnten uns einen Film ansehen und hinterher essen gehen. Ich kann mich ernsthaft nicht erinnern, wann ich das letzte Mal im Kino war. Es ist lange her, mit Raymond, vielleicht am Anfang unserer Beziehung. Es hat etwas seltsam Romantisches, mit jemandem ins Kino zu gehen, den man mag – zu spüren, wie sich die Finger berühren oder die Schultern, während man nah nebeneinandersitzt.

»Danke.« Ich lächele Jacob an und nehme sein ordentliches Aussehen in mich auf. »Du siehst auch ziemlich gut aus.«

Er trägt dunkle Jeans – so tiefblau, als wären sie neu gekauft – und ein schwarzes Hemd, dessen Ärmel er hochgekrempelt hat. Seine braunen Haare hat er ordentlich zurückgekämmt. Er sieht ziemlich gut aus. Ich lasse die Hände über mein marineblaues Kleid gleiten. Es ist oben eng geschnitten, doch der Rock ist weit und fällt mir bis auf die Knie. Ich habe meine Haare zur Abwechslung einmal offen gelassen und mich lediglich für ein bisschen Wimperntusche entschieden.

Eine Gruppe Jugendlicher sitzt vor dem Eingang, als wir uns dem Kino nähern. Sie lachen ein wenig zu laut. Ich würde darauf wetten, dass sie für ihren Film Alkohol ins Kino geschmuggelt hatten. Als wir vorbeigehen, steht ein Mädchen auf und kommt auf mich zu. Sie geht an mir vorbei und stößt mich mit der Schulter an, sodass ich leicht aus dem Tritt gerate. Sie ist recht groß und hat kurze rote Haare.

»Pass doch auf, wo du hingehst!«, blafft sie mich an. »Miststück.«

Wir halten an, und Jacobs Körper neben mir verspannt sich. Er dreht sich langsam um und mustert das Mädchen, das mich immer noch böse anstarrt ... fast als warte sie auf meine Reaktion.

»Achte auf dein Benehmen«, sagt Jacob zu ihr, seine Stimme fest, aber nicht wütend.

»Wie bitte?«, schnauzt das Mädchen zurück und stemmt eine Hand in die Hüfte. Die anderen Jugendlichen bemerken den Vorfall und sehen in unsere Richtung.

»Ich habe gesagt«, antwortet Jacob ruhig, »du sollst auf dein Benehmen achten. Wir sind hier, um einen Film zu schauen. Wir belästigen dich nicht. Wenn du mit irgendwem Streit anfangen willst, zieh los und such dir jemand anderen. Aber mit meiner Begleitung redest du nicht so.«

Mein Herz macht einen Sprung. Er verteidigt mich. Es spielt keine Rolle, wer, warum, wo oder wann jemand es tut – wann immer jemand bereit ist, einen zu verteidigen, fühlt sich das einfach wunderbar an. Ich glaube, in diesem Moment verliebe ich mich ein kleines bisschen in ihn.

»Und was willst du dagegen unternehmen?«, hält das Mädchen dagegen.

Jacob starrt sie an. Sie muss irgendetwas in seinem Blick erkennen, da sie die Hand wieder von der Hüfte nimmt. »Ich werde absolut gar nichts tun, außer mit meiner Freundin ins Kino gehen und mir zusammen mit ihr einen Film ansehen. Ich erkläre dir nur, dass du auf deine Manieren achten solltest, weil dir das in der Zukunft sicherlich helfen wird.«

Damit dreht er sich wieder um, und wir betreten das Gebäude. Ich sehe ihn mit einem breiten Lächeln an.

»Wieso grinst du so?«, fragt er mit hochgezogenen Brauen.

»Du hast mich verteidigt.«

Er wirkt verwirrt. »Natürlich habe ich das. Niemand sollte so mit dir reden.«

»Ich weiß, aber … es war einfach ein gutes Gefühl. Danke.«

Er beugt sich vor und lässt seine Lippen leicht über meine Stirn gleiten. »Ich werde Frauen immer verteidigen, Hartley. Das tut man einfach.«

Seufz.

»Also«, sagt er, tritt einen Schritt zurück und klatscht

einmal in die Hände, »wollen wir Action sehen, oder steht uns der Sinn eher nach Romantik?«

»Ich darf aussuchen?«, ziehe ich ihn auf.

Er lacht. »Na klar, heute schon. Das nächste Mal bin ich dran.«

Er zwinkert mir zu, und ich kichere. »Dann Action.«

Er wirft mir einen überraschten Blick zu. »Ich mag Mädchen, die keine Grenzen kennen.«

Ich lächele. »Was soll ich sagen? Ich lebe gerne gefährlich!«

»In der Tat«, murmelt er. »Dann also Action.«

Er kauft unsere Karten, ein wenig Popcorn und etwas zu trinken, und schließlich setzen wir uns in die letzte Reihe. Jacob gibt mir die Tüte mit dem Popcorn, und für eine Weile sitzen wir einfach schweigend da und lassen es uns schmecken. Dann dreht er sich zu mir um und sagt leise, um niemanden zu stören: »Schau dir das Pärchen da vorne an.«

Ich sehe in die angegebene Richtung und entdecke ein Paar, das sich quasi gegenseitig verschlingt, die Hände auf Wanderschaft, die Körper eng aneinandergepresst. Sie sind jung, vielleicht um die zwanzig.

»Oh, man müsste noch mal so jung sein.« Ich lache leise.

»Der Film hat noch nicht mal angefangen«, sagt Jacob und schmunzelt.

»Dann sieht es so aus, als erwarte uns ein unterhaltsamer Abend.«

Jacob lacht und ergreift meine Hand, was mein Herz zum Flattern bringt. »Sieht ganz so aus.«

Das ist nett. Süß. Beruhigend.

Ja.

Genau das, was ich brauche.

»Lena, hi.« Ich lächele meine betagte Nachbarin an, als Jacob und ich später am Abend zu meiner Wohnung gehen … nachdem wir uns mit Pizza vollgestopft haben. Eigentlich war ich nach dem Popcorn im Kino bereits satt, aber sobald ich die Pizza gerochen hatte, musste ich einfach eine bestellen.

Ich bin mir sicher, Jacob könnte mich in meine Wohnung rollen, wenn ich es ihm erlauben würde.

»Hallo, Liebes.« Lächelnd kommt Lena auf uns zu.

Sie wollte gerade ihre Wohnung betreten, hat allerdings innegehalten, als ich sie angesprochen habe. Sie muss Ende siebzig sein, doch sie hält sich gut. Ich sehe sie ständig, wie sie ihre Wäsche in den Waschraum trägt oder den Müll rausbringt. Jedes Mal, wenn ich anbiete, ihr zu helfen, winkt sie abwehrend und macht es selbst. Sie ist stur und stolz und eine der nettesten älteren Damen, die ich je getroffen habe.

»Lena, das ist Jacob.«

Jacob tritt vor und streckt ihr die Hand entgegen. »Es ist so schön, Sie kennenzulernen. Hartley hat mir erzählt, dass Sie ganz köstliche Cookies backen. Die würde ich gerne mal kosten.«

Lena errötet. »Oh, das ist aber nett von ihr. Ich werde ein paar vorbeibringen, wenn ich das nächste Mal welche backe, dann kann sie sie mit Ihnen teilen.«

»Das klingt toll.«

Lena sieht mich an. »Wie geht es dir, Liebes?«

»Sehr gut, vielen Dank.«

»Vorhin bin ich Taylor begegnet. Sie hat nach dir gesucht. Ich bin mir nicht sicher, ob sie noch wartet oder nicht. Ich habe ihr gesagt, dass du bestimmt unterwegs bist.«

Taylor hat einen Schlüssel zu meiner Wohnung. Ich

frage mich, ob sie wohl immer noch da drin wartet. Es wäre eine passende Gelegenheit, ihr Jacob vorzustellen, denn ich möchte, dass sie ihn kennenlernt.

»Danke. Ich werde mal schauen, ob sie noch da ist.«

»Es hat mich gefreut, Sie kennenzulernen, Jacob. Hartley, wir sehen uns bald.«

»Bye, Lena.« Ich winke einmal.

Sobald Lena ihre Tür hinter sich geschlossen hat, gehen wir zu meiner Wohnung. »Sie ist nett. Kennst du sie schon lange?«

»Seitdem ich hier wohne. Sie sieht öfter mal nach mir, obwohl es eigentlich andersherum sein sollte. Sie ist wirklich liebenswert. Ich mag sie sehr.«

»Ja, sie ist nett.«

Wir erreichen meine Wohnung, die nur ein kurzes Stück den Flur entlang von Lenas liegt. Ich schließe die Tür auf und gehe hinein. Wie erwartet sitzt Taylor auf der Küchenbank. Sie dreht den Kopf, als sie uns hört. Als sie Jacob entdeckt, macht sie große Augen und springt eilig von ihrem Sitz auf. »Oh mein Gott. Ich hatte vergessen, dass du heute ein Date hast. Ich dachte, du wärst vielleicht einfach bloß kurz unterwegs, also habe ich gewartet. Oh Mann. Tut mir leid.«

Ich lache. »Es ist okay. Jacob, ich möchte dir meine etwas verrückte und leicht durchgeknallte beste Freundin Taylor vorstellen.«

Taylors Wangen verdunkeln sich, doch sie lächelt weiter verlegen, als sie zu uns tritt und Jacob die Hand entgegenstreckt. »Hi, Jacob. Mir hast du es zu verdanken, dass du diese wunderbare Frau kennengelernt hast.«

Lachend schüttelt Jacob ihre Hand. »Stimmt das?«

Ich werde rot. »Na ja, Taylor hat mich schon ein wenig gedrängt, wieder mit Männern auszugehen.«

»Nun, ich bin froh, dass sie das getan hat … und dass mir das Glück vergönnt war, auserwählt zu werden«, sagt Jacob mit einem Augenzwinkern in meine Richtung.

»Ich mag ihn jetzt schon.« Taylor strahlt. »Aber ich will euch nicht länger stören. Ich bin mir sicher, ihr wollt lieber allein sein.«

»Auf keinen Fall«, sagt Jacob. »Bitte bleib. Ich werde Kaffee kochen, wenn ihr mir sagt, wo alles ist.«

»Ja, bleib.« Ich lächele meine Freundin an, erfreut, dass Jacob nichts dagegen hat, Zeit mit meiner besten Freundin zu verbringen.

»Okay«, meint Taylor und zeigt mir die Daumen nach oben, als Jacob in die Küche tritt. »Seufz«, flüstert sie.

Ich sehe lächelnd in Jacobs Richtung. »Ich weiß! Er ist nett, nicht wahr?«

»Das ist er. Und auch noch attraktiv!«

»Ja, ich mag ihn.«

Sie tätschelt sich selbst auf die Schulter. »Ich wusste doch, dass ich einen tollen Mann ausgesucht habe. Freut mich für dich, Hart. Du wirkst heute Abend … sorglos. Zum ersten Mal seit langer Zeit. Und das macht mich glücklich.«

Ich lächele meine beste Freundin an. Ich mag ja zuerst etwas dagegen gehabt haben, dass sie Blind Dates für mich organisiert, aber jetzt muss ich zugeben, dass sie recht hatte. Ich mag Jacob – und ich würde gerne sehen, wo unsere Bekanntschaft hinführt. Doch darüber hinaus gefällt es mir wirklich, neben meinem Beruf und meiner Wohnung noch etwas anderes im Leben zu haben. Es ist so lange her, dass ich das letzte Mal aus mir herausgegangen bin und Spaß hatte. Dabei brauchte ich es dringender, als mir bewusst war.

»Ja, danke. Ich wusste gar nicht, wie nötig ich das habe, bevor ich es getan habe«, gebe ich zu.

»Das freut mich wirklich.« Sie drückt meinen Arm. »Du hast es verdient.«

Da mag sie recht haben.

Vielleicht habe ich das ja wirklich.

6

Eine Woche später

»Also, läuft die Sache zwischen dir und Jacob noch?«, fragt Taylor, als sie mit einer Tüte Muffins und zwei Coffees to go in der Hand die Küche betritt.

Ein Stück die Straße entlang gibt es eine kleine Bäckerei, die unglaublich gute Muffins backt und absolut köstlichen Kaffee macht. Taylor schaut dort oft vor der Arbeit vorbei und versorgt uns damit.

»Aber ja.« Ich lächele. »Er ist wirklich nett. Wir waren inzwischen vier Mal aus, aber wir sprechen uns jeden Tag. Ich glaube, es entwickelt sich.«

Taylor stellt die Tüte ab und klatscht in die Hände. »Ich wusste es. Ich wusste, dass er ein toller Mann ist. Ich mochte ihn wirklich. Bedank dich bei deiner besten Freundin. Gäbe es mich nicht, würdest du immer noch Knöpfe an deine Bluse nähen.«

»Entschuldigung«, sage ich und wedele mit einem warnenden Finger vor ihrem Gesicht herum. »Das ist zufällig meine Lieblingsbluse.«

Sie verdreht die Augen. »Sicher, sicher, das sagen sie alle. Also, erzähl mir mehr – hat er dich schon geküsst?«

»Ein paarmal«, antworte ich strahlend.

»Aber ihr habt noch nicht … du weißt schon?«, hakt sie nach.

»Nein«, antworte ich schnell. »Meine Güte, damit habe ich es nicht eilig. Ich will die Sache lieber langsam angehen. Ich genieße momentan alles so, wie es ist. Wenn wir unsere Beziehung vertiefen würden, würde es das Ganze nur verkomplizieren. Gerade ist alles wunderbar. Locker und unbeschwert.«

»Oh, das kann ich verstehen. Und es freut mich, dass du dich weiterhin mit ihm treffen möchtest. Hast du eigentlich noch mal was von den anderen gehört?«

Ich runzele die Stirn. »Greg hat mich einmal über die sozialen Medien angeschrieben – er muss nach mir gesucht haben –, um sich für das Date zu entschuldigen, aber ich habe nicht geantwortet.«

Taylor verzieht das Gesicht. »Er sollte sich auch entschuldigen.«

Ein Klopfen an der Tür lenkt mich von unserem Gespräch ab. Ich werfe Taylor einen fragenden Blick zu, weil ich mir nicht vorstellen kann, wer das sein soll, aber sie zuckt nur mit den Achseln. Ich gehe zur Tür, löse die Kette und öffne die Tür … um Ace davor zu entdecken. Er wirkt schlecht gelaunt und vielleicht auch ein wenig verlegen. Für einen Moment starre ich ihn bloß fragend an. Ich habe keine Ahnung, wieso er hier ist, doch ich bin schockiert. Schockiert genug, um kein Wort zu sagen, bis er ein kleines Kännchen hebt.

»Sie müssten mir mit etwas Milch aushelfen.«

Ich blinzele.

Hat er gerade gesagt, dass ich ihm … mit etwas Milch aushelfen müsste?

»Sie machen Witze, oder?«, sage ich, als ich endlich

aus meiner Trance erwache. »Ist das eine Art dummer Scherz?«

Er mustert mich, als würde irgendwas mit mir nicht stimmen, und murmelt: »Nein. Ich habe Gäste, und mir ist die Milch ausgegangen. Lena hat keine. Damit bleiben nur Sie.«

Oh. Also kennt er Lenas Namen, aber er hat sich nie die Mühe gemacht, meinen zu erfahren. Unhöflich. Richtig unhöflich.

Ich ziehe die Augenbrauen hoch und stemme die Hand in die Hüfte. »Den anderen Nachbarn haben Sie sich also vorgestellt, ja?«

Er starrt an die Decke, als bete er um Geduld. Ich nutze diese Chance, um ihn mir genauer anzusehen. Lässige Jeans, ein eng anliegendes graues T-Shirt, keine Schuhe. Verdammt. Heiß. »Sie bringt mir« – er räuspert sich, dann sieht er mich wieder an – »Cookies.«

Ich schnaube. So ist Lena. Jedes Mal, wenn sie backt, bringt sie mir etwas. Anscheinend tut sie dasselbe auch bei ihm.

Ich unterdrücke ein Lachen und sage: »Nun, es hätte Sie kaum umgebracht, mal rüberzukommen und mich zu begrüßen, oder, was soll's, selbst ein Nicken wäre schon nett gewesen.«

Er stößt ein tiefes Brummen aus und bewegt die Milchkanne ein wenig, als wolle er meine Aufmerksamkeit darauf lenken. »Lassen Sie sich immer noch darüber aus?«

Hmmm. Er hat recht. Ich sollte es wirklich gut sein lassen.

Ich verschränke die Arme vor der Brust. »Ich habe Ihnen gesagt, dass ich Ihnen nie mit Milch oder Zucker aushelfen werde …«

Ein Muskel an seinem Kinn beginnt zu zucken. »Nun, jetzt bitte ich Sie aber wirklich, mir auszuhelfen. Werden Sie mir jetzt welche geben, oder muss ich zurückgehen und meiner Mom – die zwölf Stunden gefahren ist, um mich zu besuchen – mitteilen, dass meine Nachbarin mir keine Milch geben wollte, weil ich sie nicht anständig gegrüßt habe?«

Idiot.

Verdammt soll er sein. Ich kann das ja schlecht an seiner armen Mutter auslassen, selbst wenn ich ihn am liebsten erwürgen würde.

»Ich bin mir sicher, Ihre Mutter wäre vollkommen entsetzt von Ihren schlechten Manieren. Würde ich ihr sagen, wie unhöflich Sie sind, würde sie Ihnen sicher eine Standpauke halten.«

Er brummt. »Sind Sie immer so nervig, oder habe ich einfach nur gerade das Pech, die volle Ladung abzubekommen?«

Ich ziehe die Augenbrauen hoch. »Wollen Sie nun Milch oder nicht?«

Und wieder zuckt dieser Muskel. »Sie wissen, wie weit der Laden entfernt ist, also ja. Ich bin nicht hergekommen, um mich zu unterhalten.«

»Das ist offensichtlich«, murmele ich. »Aber Sie könnten wenigstens bitte sagen.«

Er atmet tief durch die Nase ein, dann stößt er ein »Bitte« hervor.

»Na also«, sage ich und reiße ihm das Kännchen aus den Fingern. »Das war doch gar nicht so schwer.«

Damit drehe ich mich um und kehre in meine Wohnung zurück, stolz auf meine kleine Stichelei. Taylor wackelt mit den Augenbrauen, als ich an ihr vorbeigehe, begleitet von einem frechen Grinsen. »Das war irgendwie witzig. Ich wusste nicht mal, dass ihr miteinander redet.«

Ich zucke mit den Achseln. »Tun wir auch nicht. Ich habe ihn nur unhöflich genannt, und das öfter als ein Mal.«

»Das hast du mir gar nicht erzählt!«, ereifert sie sich im Flüsterton.

»Gleich«, gebe ich leise zurück. »Er braucht Milch.«

Ich hole die Milch und gehe zurück zur Tür, wo Ace immer noch steht und durch den Rahmen in meine Wohnung starrt. Ich strecke ihm das Kännchen entgegen und sehe ihn erwartungsvoll an, als er mir die Milch abnimmt. »Sie sollten wirklich mal die Schlösser auswechseln, sie sind schrecklich. Und dieses hintere Fenster ist ziemlich windig. Da könnte sogar eine alte Dame einbrechen. Das sollten Sie sich auch mal genauer ansehen.«

Damit dreht er sich um und wandert den Flur entlang.

»Gern geschehen!«, rufe ich ihm hinterher.

Ich könnte schwören, dass er die Hand hebt und leicht mit den Fingern wackelt, aber wahrscheinlich bilde ich mir das nur ein. Dieser Mann hat einfach keine Manieren. Ich schließe die Tür und wende mich wieder Taylor zu, die quasi auf meinen Füßen steht und über meine Schulter Ace nachsieht.

»Dieser Mann sieht so verdammt gut aus. Hast du dir mal seinen Hintern angeschaut?«

Ich werfe ihr einen mahnenden Blick zu.

»Was?«, fragt sie unschuldig und klimpert mit den Wimpern. »Ich wollte es doch nur mal sagen.«

»Ich habe mir seinen Hintern nicht angesehen. Ich

bin meist zu sehr damit beschäftigt, in sein unhöfliches, bescheuertes Gesicht zu schauen.«

Das ist eine Lüge. Natürlich habe ich ihm auf den Hintern geschaut.

»Du bist eine furchtbar schlechte Lügnerin«, lacht sie. »Und jetzt komm und erzähl mir mehr über Jacob. Ich will alle pikanten Details hören.«

Wir setzen uns aufs Sofa, und ich verbringe die nächsten Stunden damit, Taylor von Jacob zu erzählen.

Samt aller pikanten Details.

Ich starre das Kleidungsstück an, halte es für einen langen Moment in der Hand. So lange, dass ich schwören könnte, dass meine Finger ganz taub werden. Ich starre es einfach an. Es ist so vertraut. Natürlich, nachdem Raymond es für gewöhnlich jeden Sonntag getragen hat, wenn wir zusammen Football geschaut haben. Es war sein Lieblingsshirt. Wir haben es während eines Thailandurlaubs gekauft. Dieses alte graue T-Shirt ist mir mehr als bloß vertraut.

Was ich allerdings nicht verstehe, ist, wieso es auf meinem Küchentisch liegt.

Es ist morgens, kurz nach acht Uhr, und als ich aufgewacht bin, lag das T-Shirt auf dem Tisch ausgebreitet, als hätte es jemand dort hingelegt. Ich habe Raymonds Sachen ungefähr ein halbes Jahr nach seinem Tod in Kisten verstaut, die in meinem Gästezimmer aufgestapelt stehen, bis ich mich endlich dazu überwinden kann, sie entweder in ein Lager zu überführen oder mich davon zu trennen. Ich habe die Kisten zugeklebt. Ich bin mir sicher, dass ich das getan habe.

Mit einem Kopfschütteln gehe ich den Flur entlang, das T-Shirt immer noch umklammert, und schiebe die

Tür zum Gästezimmer auf. Ich gehe zu dem Karton, der mit *Kleidung* beschriftet ist, und sehe ihn mir genau an. Mit Klebeband versiegelt. Und es sieht auch nicht so aus, als hätte sich jemand daran zu schaffen gemacht. Vielleicht habe ich dieses T-Shirt nicht eingepackt? Erfolglos zermartere ich mir das Hirn, um mich zu erinnern, ob ich es in den Karton gesteckt habe. Der Tag, an dem ich all seine Sachen verpackt habe, war sehr emotional, also erinnere ich mich kaum an Details.

Womöglich habe ich das T-Shirt tatsächlich nicht in die Kiste getan, aber das erklärt noch nicht, wie es auf den Küchentisch kommt.

Vielleicht bin ich schlafgewandelt? Früher ist mir so was durchaus mal passiert – aber niemals in so extremer Form, dass ich irgendwelche Kleidungsstücke geholt und auf einem Tisch ausgebreitet hatte. Vor zwei Tagen war allerdings unser Hochzeitstag, und ich war ein wenig durcheinander, also habe ich es unterbewusst vielleicht doch irgendwie geschafft, das T-Shirt zu finden und auf den Tisch zu legen.

Das ist die einzige Erklärung, die mir im Moment einfällt.

Sonst ist alles unberührt.

Ich denke zu viel darüber nach.

Ich drücke mir das T-Shirt an die Brust und trage es in mein Wohnzimmer, wo ich es ordentlich gefaltet auf meinen Schreibtisch lege. Doch der Gedanke an das T-Shirt lässt mich nicht los, beschäftigt meine Gedanken so sehr, dass ich das Klopfen nicht höre, bevor es lauter wird und mich aus meiner Trance reißt. Ich eile zur Tür und reiße sie auf, um Jacob davor zu entdecken, zwei Kaffeebecher in den Händen.

»Tut mir leid, ich hoffe, ich habe dich nicht aufgeweckt.« Er lächelt. »Guten Morgen.«

Ich sehe auf den Kaffee, dann in sein Gesicht. »Guten Morgen. Komm rein.«

Er mustert mich aus zusammengekniffenen Augen. »Geht es dir gut, Süße?«

Er hat sich in den letzten paar Tagen angewöhnt, mich Süße zu nennen, und ich muss zugeben, es ist irgendwie schön. Es ist lange her, dass irgendjemand mit solcher Zuneigung mit mir gesprochen hat. Raymond war ein liebevoller Mann – einer der wenigen Männer, die ich kannte, die keine Angst davor hatten, einer Frau zu zeigen, welche Gefühle sie für sie hegen. Das war etwas, was ich an ihm unglaublich geliebt habe und was dafür gesorgt hat, dass mit ihm zu leben immer ein friedvolles, glückliches Erlebnis war.

»Ähm, ja, wahrscheinlich.«

Ich bin immer noch abgelenkt. Wieso sollte ich im Schlaf ein T-Shirt holen und es auf den Tisch legen? Ich verstehe einfach nicht, wo ich es gefunden haben soll. Ich kriege diesen Vorfall einfach nicht in meinen Kopf, obwohl ich mir sicher bin, dass es eine einfache Erklärung dafür gibt.

»Du siehst aber nicht okay aus«, sagt Jacob, sodass ich mich wieder auf ihn konzentriere.

Soll ich es ihm erzählen? Wird er mich für verrückt halten? Himmel. Was, wenn er das tut? Nein. Nein, das würde er nicht tun. Er ist ein netter Kerl. Gehört zu den Guten. Wahrscheinlich kann er mir dabei helfen, mich zu fangen, mir helfen, die Sache einfach ein wenig klarer zu sehen.

»Das klingt jetzt wahrscheinlich ganz schön verrückt …«

Er gibt mir meinen Kaffee. Ich nehme den Becher dankbar entgegen und trete zur Seite, damit er die Wohnung betreten kann. »Bestimmt nicht. Erzähl mir einfach, was passiert ist.«

Ich schließe die Tür und atme tief durch. »Ich habe heute Morgen ein T-Shirt meines Ehemannes auf dem Küchentisch gefunden ... Allerdings ist es so, dass ich es irgendwann in eine Kiste verpackt habe. Ich meine, ganz sicher bin ich mir da natürlich nicht, aber ich glaube es zumindest. Auf jeden Fall ist es irgendwie auf den Tisch gekommen, doch ich verstehe einfach nicht, wie.«

Jacob runzelt nachdenklich die Stirn. »Du bist keine Schlafwandlerin, oder?«

Ich nicke verlegen. »Na ja, doch, ab und zu passiert mir das. Aber ich weiß nicht mal, wo ich das T-Shirt gefunden haben oder wieso ich es auf den Tisch gelegt haben sollte. Es ist nicht so, als hätte es offen herumgelegen. Ich könnte dir nicht mal sagen, wo es war, weil es schon so lange weggeräumt war.«

Er zuckt mit den Achseln, dann nippt er an seinem Kaffee, bevor er mir antwortet. »Ich habe unzählige Male gelesen, was für seltsame Dinge Menschen tun, wenn sie schlafwandeln. Dinge, die im wachen Zustand absolut keinen Sinn ergeben würden. Vielleicht hast du einfach an ihn gedacht, und dein Unterbewusstsein hat dich zu dem T-Shirt geführt?«

Das ergibt zumindest ansatzweise Sinn.

Aber trotzdem fühlt es sich immer noch nicht richtig an. Ich kann das Gefühl nicht abschütteln, dass ich irgendetwas übersehe. Doch vielleicht bin ich ja einfach nur paranoid und muss mich entspannen. Jacob hat recht – Leute tun beim Schlafwandeln ständig seltsame Dinge. Ich habe davon auch bereits gelesen.

»Wahrscheinlich hast du recht.«

Er tritt vor, schlingt einen Arm um meine Taille und zieht mich an sich, um seine Lippen sanft über meine gleiten zu lassen. »Versuch, nicht in Panik zu verfallen. Ich bin mir sicher, es war nichts. Reg dich nicht auf.«

»Sicher, ich weiß, aber es ist so seltsam …«

»Es könnte sein, dass du überreagierst«, sagt er vorsichtig. »Ehrlich, wahrscheinlich ist die Erklärung ganz einfach.«

Überreagiere ich wirklich? Ich werde immer verwirrter. Vielleicht tue ich das sogar. Es würde Sinn ergeben. Ich hatte eine Menge seltsame Träume nach Raymonds Tod – und an manchen Morgen habe ich mich an seltsamen Orten wiedergefunden, schlafend auf dem Boden oder auf der Couch. Es ergäbe Sinn, dass es sich diesmal um eine ähnliche Situation handelt. Schließlich war gerade unser Hochzeitstag, und ich habe öfter an ihn gedacht als üblich, besonders wenn man in Erwägung zieht, dass ich gerade wieder mit jemandem ausgehe. Womöglich hat das alles meine Gefühle aufgewühlt und alles an die Oberfläche drängen lassen.

»Ja«, sage ich sanft. »Nein, du hast recht. Ich bin mir sicher, es war nichts. Danke, dass du mir Kaffee vorbeigebracht hast. Den habe ich wirklich nötig.«

»Oh, ich weiß.« Er grinst. »Ich kann quasi Gedanken lesen.«

Lachend verdrehe ich die Augen, dann stoße ich ihn mit der Schulter an. »Wie sehen deine Pläne für heute aus?«

Er grinst. »Ich führe dich zum Mittagessen aus, nachdem du mir ja gesagt hattest, dass du heute Abend arbeitest. Also los, zieh dich um.«

Mir wird ein wenig warm ums Herz. Die Wohnung

mal zu verlassen ist genau das, was ich jetzt brauche, um den Kopf freizubekommen. »Klingt nach einem guten Plan. Ich bin gleich fertig.«

Ich eile den Flur entlang und ziehe mir für den Tag lässige Shorts und ein hellblaues T-Shirt an, dann binde ich mir die Haare zum Pferdeschwanz, nachdem ich sie mir gekämmt habe. Ich sprühe mich ein wenig ein, dann tauche ich wieder aus dem Bad auf. Jacob sitzt an meinem Küchentresen und beschäftigt sich mit seinem Handy. Als ich den Raum betrete, sieht er auf. Sofort beginnen seine Augen zu leuchten.

»Du siehst toll aus.«

Ich trete verlegen von einem Fuß auf den anderen. »Danke. Also, wo wollen wir hin?«

Er zwinkert mir zu. »Das soll eine Überraschung werden. Komm, lass uns gehen, sonst kommen wir noch zu spät.«

Zu spät.

Wie aufregend.

Ich frage mich, wohin er mich wohl ausführen will.

7

Ich blinzele.

Dann blinzele ich wieder und schlucke ein paarmal schwer, bevor ich den Kopf schüttele, um meine Gefühle unter Kontrolle zu bekommen.

Wie stehen die Chancen, dass Jacob mich ausgerechnet zu dem Ort bringt, wo mein Ehemann mich nicht nur gebeten hat, ihn zu heiraten, sondern wo wir tatsächlich auch unseren Hochzeitsempfang abgehalten haben? Ich war nicht mehr hier, seitdem er gestorben ist. Früher haben wir das Restaurant oft besucht. Es war unser Stammlokal, und ich habe es geliebt. Hinterher konnte ich es beim besten Willen nicht mehr betreten. Das war mit zu vielen schmerzlichen Erinnerungen verbunden, und ich hatte einfach das Gefühl, dass ich es ohne ihn hier nicht aushalten könnte.

»Ist alles okay?«, fragt Jacob, als ich das große Restaurantgebäude anstarre, das auf einem Hügel über dichtem Wald liegt. Es ist ein fantastischer Ort.

Und hier gibt es die besten Gerichte, das ich je gegessen habe.

Ich räuspere mich. »Ja, natürlich. Tut mir leid, es ist bloß ...«

Ich zögere. Ist es falsch, ihm zu erzählen, dass ich immer mit meinem Ehemann hier war? Ich will nicht, dass er sich unbehaglich fühlt, absolut nicht, aber er hat es verdient, die Wahrheit zu erfahren. Ich versuche, bei unseren Dates nicht allzu viel über Raymond zu reden, obwohl Jacob ein paarmal nachgefragt hat. Ich will keine unangenehmen Situationen heraufbeschwören. Vielleicht könnte ich ja vorschlagen, dass wir woanders hingehen? Damit würde ich mich viel besser fühlen. Das hier ist schlicht und ergreifend kein Restaurant, das ich mit jemand anderem teilen will. Es ist ... immer noch Raymonds und mein Restaurant.

Und das wird es auch immer bleiben.

Während ich das Gebäude anstarre, kann ich quasi Raymonds fröhliches Lachen hören, nachdem er vor mir auf ein Knie gesunken war und ich Ja gesagt hatte. Ich kann seine tiefe Stimme hören, als er bei unserem Hochzeitsempfang eine Ansprache gehalten und damit alle zum Lachen und Weinen gebracht hat, als er über mich geredet hat. Ich weiß noch genau, wie tief er mir bei unserem Brauttanz in die Augen gesehen hat, dort auf dieser hölzernen Terrasse, auf der gerade so viele Leute sitzen und sich ihr Essen schmecken lassen.

Ja.

Unser Restaurant. Unsere Erinnerungen.

Das ist nicht Jacobs Schuld. Er konnte ja nicht ahnen, was dieser Ort mir bedeutet, also erkläre ich ihm leise: »Es ist nur ... Hier habe ich geheiratet.«

Jacob schweigt eine Minute. Ich drehe den Kopf und bemerke, dass er das Restaurant anstarrt. Gott, er fühlt sich wahrscheinlich gerade ziemlich unwohl. Ich weiß, dass es mir in dieser Situation so gehen würde. Der arme Kerl fühlt sich wahrscheinlich furchtbar, doch es ist nicht sein Fehler.

»Das war mir nicht klar. Das wusste ich nicht«, murmelt er und sieht auf mich herunter. »Es tut mir so leid. Wir können woanders hingehen. Aber ich habe reserviert und das Mittagessen bereits bezahlt …«

Verdammt.

Verdammt.

Ich weiß, wie schwer es ist, hier in *Jade's Place* einen Tisch zu reservieren und in den Genuss ihrer unglaublichen, im Voraus bezahlten Drei-Gänge-Mittagsmenüs zu kommen. Deswegen ist der Laden so beliebt und gehört zu den wenigen Restaurants, die es sich leisten können, den Leuten das Geld vorher abzunehmen – und es nicht zu erstatten, wenn die Reservierung nicht eingehalten wird. Ich fände es schrecklich, wenn Jacob meinetwegen sein Geld umsonst ausgegeben hat. Es ist vier Jahre her, seitdem ich Ray verloren habe. Irgendwann muss ich mich der Vergangenheit stellen.

Mein Herz verkrampft sich, aber ich zwinge mich zu einem Lächeln. »Natürlich, nein … natürlich bleiben wir hier«, sage ich eilig, obwohl es sich einfach nicht richtig anfühlt.

Jacob lächelt scheu. »Bist du dir sicher?«

Die Hoffnung, die ich in seiner Miene erkenne, sorgt dafür, dass ich mich mit meiner Entscheidung ein bisschen wohler fühle. »Absolut.« Ich werde das einfach so gut wie möglich durchstehen.

Er greift nach meiner Hand und führt mich ins Restaurant, wo er mit der Kellnerin über unseren Tisch spricht. Ich fühle mich ein wenig benommen, als ich mich in dem schönen Restaurant umsehe. Ich hatte ganz vergessen, wie unglaublich es ist, wie atemberaubend.

Hölzerne Tischnischen, glänzende Böden, große Glasfronten, die den Blick auf Wald und Berge ermöglichen. Köstliche Essensdüfte wabern durch den Raum, und mein Magen knurrt.

»Hier entlang«, sagt die Kellnerin und führt uns zu einem Tisch.

Je näher wir dem Tisch kommen, desto mehr verkrampft sich mein Herz. Das kann nicht sein. Wie ist es möglich, dass Jacob mich nicht nur in dieses Restaurant ausführt, sondern wir auch noch an genau dem Tisch sitzen, an dem Raymond mir seinen Antrag gemacht hat? Das ist zu viel. Wir halten an. Mir zittern die Knie ein wenig, als Jacob einen Stuhl für mich herauszieht.

»Ist die Aussicht nicht unglaublich? Ich habe extra um diesen Tisch gebeten, weil sie mir erklärt haben, von hier wäre der Blick am besten.«

Ich lasse mir nicht anmerken, dass ich innerlich schreie. Das ist nicht seine Schuld. Er hat sich solche Mühe gegeben, also muss ich aufhören, so jämmerlich zu sein, und mich einfach zusammenreißen.

Also setze ich mich, obwohl ich mich innerlich vor Schmerzen winde.

»Was kann ich Ihnen zu trinken bringen?«, fragt die Kellnerin.

»Für mich nur eine Cola, bitte«, sage ich. Meine Stimme ist ein wenig zittriger, als mir lieb ist.

»Für mich auch«, meint Jacob.

Als die Frau verschwunden ist, sieht er mich an. »Geht es dir gut? Du bist ein wenig blass um die Nase.«

»Sicher, alles okay«, zwinge ich mich zu sagen. »Es ist nur lange her, dass ich zuletzt hier war.«

»Es tut mir leid«, sagt er und sieht mir dabei direkt in die Augen, sodass ich die Sorge in seinem Blick erkennen kann. »Hätte ich das gewusst, hätte ich ein anderes Restaurant ausgesucht. Aber ich hatte bloß Gutes über das Essen hier gehört und wollte dir eine Freude machen.«

Verdammt.

Ich bin mir sicher, das ist ziemlich unangenehm für ihn. Da muss ich die Sache mit meiner Laune nicht noch schlimmer machen. Ich werde immer wunderbare Erinnerungen an Raymond und mich in diesem Restaurant haben, aber das heißt ja nicht, dass ich nicht auch neue Erinnerungen schaffen kann. Und mich Jacob gegenüber seltsam zu benehmen, wird da nicht helfen. Er wollte nett sein, also muss ich mich zusammenreißen. »Es war eine wundervolle Idee. Danke dir.«

Er lächelt. »Ich hoffe, du magst Meeresfrüchte. Ich habe das Drei-Gänge-Meeresfrüchte-Menü bestellt.«

Ich nicke und entspanne mich ein kleines bisschen. »Ja, ich liebe es. Ist mein Lieblingsmenü.«

Er strahlt. »Ich stehe auch total drauf.«

Die nächsten zwei Stunden unterhalten wir uns locker, während das Drei-Gänge-Menü läuft: Hummerschwänze, Scampi, eine sämige Fischsuppe und frisch gebackene Brötchen. Es ist wunderbar und schmeckt genauso unglaublich wie früher. Ich bleibe die ganze Zeit über angespannt, aber ich versuche, das Gespräch am Laufen zu halten. Jacob hat sich solche Mühe gegeben. Doch ich kann nicht leugnen, dass ich aufatme, als wir das Restaurant schließlich verlassen.

»Du bist wirklich nicht allzu glücklich, oder?«, fragt er auf der Heimfahrt.

Ich bin gerade auf meinem Sitz herumgerutscht, um so mein Unbehagen zu mildern. Ich habe viel zu viel gegessen. Ich bin mir nicht sicher, ob das daran lag, dass ich hungrig war, oder ob ich versucht habe, damit die Spannungen zwischen Jacob und mir zu übertünchen, weil ich einfach nicht in der richtigen Stimmung war.

»Ich bin okay. Ehrlich.«

Er mustert mich aus den Augenwinkeln. »Du warst während des Essens nicht ganz du selbst.«

Ich schlucke schwer. »Ich habe mich wirklich bemüht. Tut mir leid, wenn ich dich aufgeregt habe. Das war nicht meine Absicht.«

»Ein wenig«, gibt er mit einem Achselzucken zu. »Dieses Restaurant war für dich und deinen Ehemann etwas Besonderes, aber das konnte ich schließlich nicht wissen. Ich habe mir mit der Planung solche Mühe gegeben.«

Super.

Jetzt komme ich wie ein Miststück rüber, und noch schlimmer, ich fühle mich auch so.

»Vielleicht könntest du morgen zum Abendessen zu mir kommen«, schlage ich vor, um auf diese Weise etwas wiedergutzumachen. »Ich werde dir etwas kochen. Als Entschuldigung?«

Er sieht mich noch einmal an und seufzt, um dann zu nicken. »Okay.«

Himmel. Ich hoffe nur, ich setze das hier nicht in den Sand, bevor es überhaupt in Gang kommen kann. Ich will nicht, dass es zwischen Jacob und mir schlecht läuft. Ich mag ihn wirklich.

Ich atme tief durch. Ich kann das schaffen.

Kann ich.

Verdammt.

Ich starre den Wasserhahn im Badezimmer an, der vor Kurzem angefangen hat zu tropfen. Und es wird mit jeder Sekunde schlimmer. Ich habe versucht, dagegen vorzugehen – habe ihn fester zugedreht –, doch es funktioniert nicht. Ich habe bereits vier Nachrichten beim Vermieter hinterlassen und drei bei Jacob, aber anscheinend ist niemand zu Hause, der mir helfen könnte. Wenn das so weitergeht, erwartet mich eine verdammt hohe Wasserrechnung, ganz zu schweigen davon, dass das ständige Getropfe mich in den Wahnsinn treiben wird.

Ich werde niemals schlafen können, wenn ich die ganze Nacht dieses Geräusch höre.

Ich atme tief durch und wende den Kopf nach links. Es gibt noch einen Mann auf diesem Stockwerk, der mir vielleicht helfen könnte, allerdings läuft mir bei dem Gedanken, ihn um Hilfe zu bitten, ein Schauder über den Rücken. Trotzdem: Das ist im Moment meine einzige Möglichkeit … außer ich rufe einen Klempner. Doch das wird mich eine Menge Geld kosten, nachdem bereits Abend ist. Ich schreibe morgen eine Prüfung, und es ist nach zehn Uhr. Ich muss sicherstellen, dass ich schlafen kann.

Also schürze ich die Lippen, stapfe aus meiner Wohnung und bewege mich zögerlich den Flur entlang. Ich kann nur beten, dass er nicht schläft. Ein Teil von mir hofft sogar, dass er nicht zu Hause ist, der größte Teil meines Hirns beschäftigt sich allerdings mit der Frage, ob er mir überhaupt helfen wird. Schließlich mögen wir einander nicht besonders. Ich erreiche seine Tür und zögere einen Moment, bevor ich klopfe. Ein paar Augenblicke vergehen, und nichts geschieht, also fluche ich leise und klopfe fester.

Man muss es auch hören können, Hart.

Das Schloss klickt, dann schwingt die Tür auf. Ace

steht im Türrahmen, bekleidet nur mit einer langen Pyjamahose, die tief auf seiner Hüfte hängt, sodass sein toller Körper zur Schau gestellt wird. Und, oh, was für ein unglaublicher Körper das ist. Innerlich schreie ich mich selbst an, ihm in die Augen zu sehen, wenn ich doch eigentlich nichts anderes tun will, als meinen Blick tiefer sinken zu lassen und diesen fantastischen Bizeps, die muskulöse Brust und diesen unglaublichen Waschbrettbauch genauer zu betrachten.

Aber das tue ich nicht.

Das wäre unhöflich.

»Kann ich Ihnen helfen?«, murmelt er und kratzt sich das Kinn, wo deutlich der Bartschatten von ein paar Tagen zu erkennen ist.

Da ist definitiv eine Rasur fällig, doch irgendwie sieht es auch heiß aus. Und er wirkt damit nur umso grüblerischer.

»Tut mir leid, Sie zu stören«, setze ich an, dann verdrehe ich über meine eigene Aussage die Augen, ehe ich weiterspreche. »Aber ich, ähm, bräuchte Hilfe.«

Er starrt mich an.

Ich warte.

Er sieht kurz an die Decke, dann wieder zu mir. »Wollen Sie mir auch sagen, wobei Sie Hilfe brauchen, oder wollen Sie da einfach stehen bleiben und mich anstarren?«

Richtig. Verdammt.

»Ich habe darauf gewartet, dass Sie antworten.«

Ich verschränke die Arme vor der Brust.

Und auch er verschränkt die Arme vor der Brust.

Wir starren uns an.

»Hören Sie, ich bin müde. Da drin wartet ein Bett auf mich, in dem ich viel lieber wäre, als hier herumzustehen und mich mit Ihnen zu beschäftigen. Also, ich wiederhole, wollen Sie mir sagen, wobei Sie Hilfe brauchen, oder wollen Sie da einfach bloß rumstehen?«

Das tut irgendwie weh und trifft mich mitten ins Herz. Genau aus diesem Grund wollte ich ihn eigentlich nicht belästigen. Verlegenheit steigt in mir auf, um schnell von Wut verdrängt zu werden.

»Wissen Sie, was?«, murmele ich. »Ich werde mich selbst darum kümmern. Tut mir leid, dass ich Sie belästigt habe.«

Damit drehe ich mich um, eile durch den Flur zurück in meine Wohnung und schließe die Tür. Ich stoße ein frustriertes Geräusch aus, dann seufze ich und gehe zurück ins Bad. Vielleicht lege ich einfach ein Handtuch unter den heftig tropfenden Hahn, sodass das Geräusch zumindest gedämpft wird, damit ich schlafen kann. Ich komme mir ein wenig blöd vor, weil ich reagiert habe, wie ich reagiert habe, da es wahrscheinlich geschickter gewesen wäre, ihm einfach zu sagen, was ich brauche.

Aber Ace macht mich einfach wütend. Verdammt.

»Aus dem Weg.«

Ich zucke zusammen und kreische auf, als hinter mir eine männliche Stimme erklingt. Als ich herumwirbele, entdecke ich Ace in meinem Türrahmen, jetzt bekleidet mit einem schwarzen T-Shirt. Und er wirkt mehr als nur genervt. Offensichtlich habe ich meine Tür nicht verriegelt. Und offensichtlich hat er meinen wütenden Rückzug nicht als Hinweis verstanden, dass ich seine Hilfe nicht will.

»Es ist ganz schön unhöflich, die Wohnung einer Person zu betreten, ohne vorher anzuklopfen.«

»Ich habe geklopft«, murmelt er, als er vortritt, mich an den Schultern packt und im wahrsten Wortsinn einfach zur Seite stellt. Ich versuche, die Röte in meinen Wangen zu verbergen, als seine muskulösen Arme mich ohne große Anstrengung anheben. »Sie waren zu sehr damit beschäftigt, Beleidigungen gegen mich zu murmeln, um es zu hören.«

Habe ich das getan?

Wahrscheinlich.

»Okay«, murmele ich. »Tut mir leid, ähm, dass ich Sie angeschrien habe.«

Meine Wangen brennen, aber ich habe überreagiert ... zumindest ein kleines bisschen.

Er ignoriert mich und macht sich stattdessen am Wasserhahn zu schaffen, ehe er sich vorlehnt, unter die Spüle späht und auch dort ein paar Minuten herumfummelt. Dann richtet er sich auf, dreht sich um, würdigt mich jedoch keines Blickes, als er sagt: »Ich komme in ein paar Minuten mit Werkzeug zurück, um das hier in Ordnung zu bringen. Verschließen Sie nicht die Tür, sonst trete ich sie ein.«

Als er das Bad verlässt, zeige ich ihm den Stinkefinger.

»Das habe ich gesehen«, murmelt er, bevor er im Flur verschwindet.

Er kann es nicht gesehen haben. Ich grinse und wette darauf, dass er es auch tut.

Kaum ist er verschwunden, entferne ich alle peinlichen Gegenstände aus dem Bad, wie das Spitzenhöschen, das über dem Handtuchhalter hängt, und die Tampons auf dem Waschbecken. Das muss der Detective meiner Meinung nach nicht unbedingt sehen.

Ein paar Minuten später kehrt er zurück, bewaffnet mit einem Werkzeugkoffer und einer durchsichtigen Plastiktüte, in der sich winzig kleine schwarze Gummiringe befinden. Ich trete zur Seite und beobachte, wie er alles abstellt und anfängt, sich am Wasserhahn zu schaffen zu machen. Mein Blick gleitet zu seinen Armen, als er sich bewegt … um diese Armmuskeln anzustarren, wie sie sich wölben. Oh Mann. Das ist heiß. Es sollte bei Männern für illegal erklärt werden, solche Arme zu haben.

Besonders bei nervigen Männern.

Nach ungefähr einer halben Stunde tritt er zurück, dreht Kalt- und Warmwasser auf und wieder zu, dann sieht er mich über den Spiegel an. Ich stehe immer noch neben der Tür. Als unsere Blicke sich treffen, fühle ich das bis in meine Zehenspitzen. Gott, er ist so intensiv. Viel zu intensiv für meinen Geschmack. Okay, könnte sein, dass das eine Lüge ist. Wenn er etwas netter wäre, würde mich seine Intensität vielleicht nicht so stören. Vielleicht würde sie mich sogar ansprechen.

»Ist repariert«, sagt er, ohne den Blickkontakt abzubrechen. »Brauchen Sie noch etwas, wenn ich schon einmal hier bin?«

»Nein, vielen Dank.«

Der Muskel an seinem Kinn zuckt ein wenig, vielleicht vor Überraschung, dass ich mir jeden sarkastischen Kommentar gespart habe. »Falls er wieder anfängt zu tropfen, lassen Sie es mich wissen.«

Damit dreht er sich um, sammelt seine Sachen ein und stapft an mir vorbei. Ich drehe mich mit einem Augenrollen um und folge ihm. Er stellt seine Werkzeugkiste auf den Küchentresen und wäscht sich an der Spüle die Hände.

Sicher, mach es dir nur richtig gemütlich. Ich frage mich, ob ich ihm etwas zu trinken anbieten sollte. Ich meine, er hat meinen Wasserhahn repariert, und ich halte ihm ständig vor, er hätte keine Manieren. Außerdem wird er niemals Ja sagen. Der Mann kann mich nicht ausstehen.

»Ähm, möchten Sie vielleicht etwas?«

Das klang wirklich überzeugend.

Sein Blick huscht zu mir, ehe er sich die Hände an der Hose trocken reibt. »Ein Kaffee wäre toll.«

Verdammt.

Er hat Ja gesagt.

Was mache ich denn jetzt?

Einen kurzen Moment lang starre ich ihn einfach bloß mit rasendem Herzen an. Er erwidert den Blick unverwandt. Okay. Kaffee. Das ist eigentlich ganz einfach. Ich reiße mich aus meiner Erstarrung und gehe zur Anrichte, wobei ich seinem Blick ausweiche, als ich die Kaffeemaschine anschalte. Ich schnappe mir eine Tasse, weil ich auf keinen Fall direkt vor dem Schlafengehen Kaffee trinken werde, und bereite ihm eine Tasse zu.

»Hält Kaffee Sie nicht wach?«, frage ich mit einem Schulterblick zu ihm.

Er steht nun auf der anderen Seite des Tresens, eine Hüfte locker dagegengelehnt.

»Ich arbeite viel nachts, also nein.«

Stimmt, er ist Detective. Ich kann mir nur vorstellen, wie viel Zeit er damit verbringt, über irgendwelchen Fällen zu brüten, um aus komplizierten Verbrechen schlau zu werden. Bei so einem Job kann man sicher nur schwer abschalten, wenn man nach Hause kommt. Die Dinge, die er in seinem Beruf sieht, würden die meisten Menschen wahrscheinlich für den Rest ihres Lebens wach halten.

»Verständlich«, murmele ich. »Arbeiten Sie gerade an etwas Interessantem?«

»Ich hab ein paar Mordfälle.«

Ich blinzele und drehe mich zu ihm um, während der Kaffee durch den Filter gluckert. »Wirklich?«

Er nickt.

Wow. Das ist beeindruckend. Und irgendwie cool.

»Haben Sie von dem Mord neulich gehört? Von diesem Serienkiller?«

Er nickt. »Sicher, aber es ist nicht mein Fall, also weiß ich nicht allzu viel darüber. Aber ich habe über die Jahre bereits in ein paar solchen Fällen ermittelt.«

»Sind Sie inzwischen näher dran, den Täter zu finden?«

Ich bin unglaublich neugierig, auch wenn er wahrscheinlich keine Antwort für mich haben wird.

Er schüttelt den Kopf. »Serienkiller sind immer schwierig. Oft erwischen wir sie gar nicht. Sie sind für gewöhnlich verdammt klug und kontrolliert, also müssen wir letztlich darauf warten, dass sie einen Fehler machen. Und wenn sie das nicht tun, stecken wir in der Klemme. Sie sind nicht so unbesonnen wie die meisten Mörder und klüger als ein Großteil der restlichen Bevölkerung. Das macht es wirklich schwierig für uns.«

Mich überläuft ein Schauder. »Das ist ein unheimlicher Gedanke ... Sie wissen schon ... dass Sie darauf warten müssen, dass sie Fehler machen, um sie zu erwischen.«

Ich gieße ihm seinen Kaffee ein und schiebe ihm die Tasse über den Tresen. »Milch im Kühlschrank, Zucker in der Vorratskammer.«

Ich setze mich und beobachte, wie er durch meine Küche geht, um sich seinen Kaffee zu nehmen und Zucker zu holen. Er schaufelt drei Löffel Zucker in die Tasse, sonst nichts. Schwarz und süß. Interessant. Als er sich setzt, erklärt er mir: »Serienkiller sind normalerweise sehr clever. Und sie stellen genaue Nachforschungen an, bevor sie jemanden ins Visier nehmen. Deswegen sind sie so schwer zu fangen. Ich habe bisher nur von wenigen gehört, die nicht klug waren – die anderen sind meist geradezu Genies.«

»Hmmm«, brumme ich nachdenklich. »Ja, ich verstehe, was Sie sagen wollen. Ich habe all diese Serienkiller-Filme gesehen.«

Er richtet den Blick an die Decke. Langsam wird mir klar, dass er das immer tut, wenn er frustriert ist. Allerdings verstehe ich nicht, wieso mein Kommentar ihn so trifft. »Die Filme sind reine Fiktion …«

Ich schnaube. »Dessen bin ich mir durchaus bewusst, aber trotzdem bilden sie in gewissem Maß auch die Realität ab.«

Oder?

Er richtet den Blick wieder auf mich, und ich könnte schwören, dass er leicht die Augen verdreht.

»Sie sind niemand, mit dem man allzu leicht kommunizieren kann, oder, Detective?«

Er mustert mich. »Dasselbe könnte ich über Sie sagen, Hartley.«

Ich blinzele. »Woher kennen Sie meinen Namen?«

Er starrt mich weiter an. »Ich weiß alles über Sie, was ich wissen muss. Ich habe eine Hintergrundprüfung durchgeführt, als Sie eingezogen sind.«

Meine Kinnlade klappt nach unten. »Sie können doch nicht einfach so in meine Privatsphäre eindringen!«

Er zuckt mit den Achseln. »Ich wollte nicht neben einer Kriminellen wohnen.«

Ich schüttele den Kopf, während die Worte nur so aus meinem Mund strömen. »Sie müssen dringend an Ihrer

Sozialkompetenz arbeiten, das sage ich Ihnen. Es ist nicht okay, Hintergrundprüfungen über Leute durchzuführen. Diese Dinge gehen bloß mich etwas an.«

Er wirft mir einen Blick zu, der deutlich sagt: *Da bin ich anderer Ansicht.* »Ich bin Polizist. Damit geht es auch mich etwas an.«

Gott.

Ich will ihm meine Faust mitten ins Gesicht rammen.

Ich verstehe nicht, wieso dieser Kerl mich so frustriert … aber verdammt, das tut er. Das tut er wirklich.

»Es ist nicht normal, dass Leute ihre Nase in die Privatangelegenheiten ihrer Nachbarn stecken«, erkläre ich ihm. »Nicht, dass Sie sich besonders bemühen würden, sich nachbarschaftlich zu zeigen.«

Er schnaubt und nimmt einen großen Schluck von seinem Kaffee. »Nachbarschaftshilfe ist ein Fremdwort für mich.«

»Sie haben meinen Wasserhahn repariert«, verkünde ich lächelnd. »Das verstehe ich schon unter Nachbarschaftshilfe.«

Er wirft mir einen Blick zu, der deutlich sagt, dass es in diesem Fall keine andere Möglichkeit gab. »Weil Sie zu meiner Wohnung gekommen sind, einen Wutanfall bekommen haben und ich keine andere Wahl hatte.«

Wieder bleibt mir der Mund offen stehen. »Ich hatte keinen Wutanfall.«

Er hebt die Augenbrauen, als wolle er sagen: *Ach wirklich?*

Ich knirsche mit den Zähnen. »Nun, wenn man bedenkt, dass Sie mich gestalkt haben, ist es wahrscheinlich bloß fair, dass Sie mir wenigstens eine Gefälligkeit erweisen.«

»Ich habe Sie nicht gestalkt«, sagt er, steht auf und

stellt seine Tasse in die Spüle. »Ich habe nur mal schnell eine Hintergrundüberprüfung durchgeführt.«

Also weiß er von Raymond?

Wahrscheinlich weiß er alles über mich.

Überhaupt nicht seltsam.

»Das ist doch dasselbe«, murmele ich, gehe zur Tür und öffne sie für ihn. »Ich muss jetzt schlafen, weil ich morgen eine Prüfung schreibe. Danke, dass Sie Ihre jährliche Nachbarschaftspflicht getan und mir geholfen haben.«

Ohne sich von meiner Stichelei stören zu lassen, schnappt er sich seinen Werkzeugkoffer, geht zur Tür und tritt in den Flur. »Behalten Sie diesen Wasserhahn im Auge.«

Damit schlendert er zu seiner Wohnung.

Und ich kann nicht anders, als leise vor mich hin zu lächeln.

8

Ich blinzele einmal, zweimal, dann richte ich mich im Bett auf. Ich höre leise Geräusche durch meine Wohnung wabern. Ich reibe mir die Augen und lausche. Es klingt, als würde irgendwo ein Film abgespielt. Vielleicht läuft ein Fernseher. Oder das Radio. Wenn ich genau hinhöre, klingt es, als unterhielten sich Leute, aber um alles so genau zu verstehen, müsste das Gerät recht nahe sein.

In der ganzen Zeit, die ich jetzt hier lebe, habe ich noch nie Geräusche von außerhalb meines Apartments wahrgenommen. Diese Wohnungen sind gut isoliert, oder vielleicht sind auch einfach nur meine Nachbarn sehr ruhig. Auf jeden Fall ist es immer still. Und nun hört es sich ebenfalls so an, als erklängen die Geräusche in meiner Wohnung.

Ich schaue auf die Uhr. Es ist sieben Uhr morgens.

Ich habe gestern den ganzen Tag und Abend gelernt, bin nicht vor Mitternacht ins Bett gegangen. Jacob hat mir Mittagessen gebracht und mich eine Weile unterhalten, aber irgendwann musste ich mich wieder dransetzen. Als ich eingeschlafen bin, war ich so erschöpft, dass ich meines Erachtens nicht mal mehr nachts aufgestanden bin, um auf die Toilette zu gehen. Ich reibe mir erneut die Augen und klettere aus dem Bett, auf der Suche nach den Geräuschen, die mich geweckt haben.

Ich trete in den Flur und gehe Richtung Wohnzimmer. Mit jedem Schritt, den ich mache, werden die Geräusche lauter, bis ich in meinem Wohnzimmer stehe und meinen Fernseher anstarre. Mein Körper versteift sich, und mein Herz rast. Das muss ein Traum sein. Muss es. Ich weiß ... ich weiß einfach, dass ich das, was gerade auf dem Fernseher läuft, schon vor langer Zeit eingepackt habe. Ich weiß es, weil ich wie ein Schlosshund geheult habe, als ich mir das Videoband ein letztes Mal angesehen habe, bevor ich es eingepackt und den Karton verklebt habe. Ich erinnere mich daran, als wäre es gestern gewesen, weil mein Herz sich anfühlte, als würde es mir aus der Brust gerissen, als ich mich ein letztes Mal von meinem Ehemann verabschiedet habe.

»Ich, Hartley James, nehme dich, Raymond Watson, zu meinem rechtmäßig angetrauten Ehemann.«

Meine Stimme dringt aus den Lautsprechern am Fernseher. Ich kann meinen Blick nicht vom Bildschirm losreißen – von Raymonds lächelndem Gesicht, von den Tränen in meinen Augen. Das muss ein schlechter Witz sein. Muss es einfach. Es gibt keinen anderen Grund, wieso da gerade mein Hochzeitsvideo läuft. Ich habe es nicht eingelegt. Habe ich nicht. Hätte ich es getan, wüsste ich das. Auf keinen Fall würde ich mir selbst die Schmerzen antun, es mir noch mal anzusehen. Ich reiße den Blick vom Fernseher und renne durch den Flur zum Gästezimmer.

Die Kiste mit dem Video ist da. Sie ist geöffnet worden, wurde aber wieder verklebt. Habe ich das getan? Ich versuche, mich zu erinnern, ob ich diese Kisten in letzter Zeit einmal geöffnet habe, doch mir fällt nichts in der Art ein.

Irgendetwas stimmt hier nicht.

Voller Panik eile ich ins Wohnzimmer, pausiere das Video, dann renne ich zum Telefon und rufe sofort Taylor an, wobei ich versuche, mein rasendes Herz zu beruhigen. Entweder ich verliere den Verstand oder etwas stimmt absolut nicht. Wie und wieso sollte mein Hochzeitvideo laufen? Soll das ein Witz sein? Irgendein Trick? Ich bin mir sicher, dass ich letzte Nacht nicht geschlafwandelt bin. Ich war so müde, und ansonsten ist in meiner Wohnung nichts durcheinander oder nicht an seinem Platz. Nein. Etwas stimmt hier nicht. Ich weiß es. Ich kann es fühlen. Meine Handflächen werden feucht, während ich immer wieder murmele: »Komm schon. Heb ab.«

»Hey, Babe«, antwortet sie nach dem fünften Klingeln.

»Taylor«, krächze ich. »Etwas stimmt nicht.«

Sofort klingt sie besorgt. »Scheiße, Hart. Bist du okay? Was ist passiert?«

Ich erzähle ihr stammelnd, was alles passiert ist, wie ich Raymonds T-Shirt gefunden habe und jetzt unser Hochzeitsvideo auf dem Fernseher lief. Das ist alles zu viel für mich. Ich raste aus. Ich kann nichts dagegen tun. Ich versuche es, aber es klappt nicht. Ich schließe die Augen und atme zitternd ein, während ich auf ihre Antwort warte. Und darum bete, dass sie irgendeine einleuchtende Erklärung findet, die alles besser machen wird.

»Süße, beruhige dich. Das hört sich vielleicht seltsam an, aber könnte es nicht sein, dass du tatsächlich beide Male geschlafwandelt bist?«

Ich atme tief durch.

Ja nicht aufregen.

»Ich wüsste, wenn ich geschlafwandelt wäre«, sage ich. Meine Stimme ist nach wie vor belegt und rau.

»Die Leute merken es nicht immer.« Sie klingt besänftigend. »Manche verlassen sogar das eigene Haus, ohne es mitzubekommen. Verdammt, es gibt Leute, die im Schlaf sogar ganze Mahlzeiten zu sich nehmen. Es ist sehr wahrscheinlich, dass du das alles unbewusst tust. Hast du in letzter Zeit öfter als sonst an Raymond gedacht? Hat die Tatsache, dass du mit Jacob ausgehst, vielleicht Emotionen aufgewühlt ... Schuldgefühle ausgelöst ... sodass jetzt alles wieder hochkommt?«

Ich schließe die Augen und denke über ihre Frage nach. Ich meine, sicher, ich habe in der letzten Zeit oft an Raymond gedacht, doch ich hatte wirklich Spaß mit Jacob, und ich dachte, ich hätte die Schuldgefühle unter Kontrolle. Ich fühle mich okay damit, weiterzuleben. Wirklich. Wieso also sollte das solche Auswirkungen haben?

»Schon«, gebe ich zu. »Ich nehme an, ich habe öfter an Ray gedacht als normal, aber das war okay für mich.«

»Trotzdem: Das war ein großer Schritt«, meint Taylor ruhig. »Womöglich ist das ja alles eine Reaktion darauf, dass du beschlossen hast, mit deinem Leben weiterzumachen. Wahrscheinlich ist das sogar normal – erinnerst du dich noch? Im College hast du es ein paarmal getan, als wir uns ein Zimmer geteilt haben.«

»Sicher. Ich erinnere mich an diese Nacht, wo ich in den Flur geschlafwandelt bin und jemand versucht hat, mit mir zu reden.« Wieder atme ich zitternd durch. »Also hast du wahrscheinlich recht. Ich habe schon früher im Schlaf seltsame Dinge getan. Es jagt mir nur eine Heidenangst ein, und ich verstehe einfach nicht, warum. Die logische Erklärung lautet, dass du recht hast und ich überreagiere. Das ergibt am meisten Sinn. Aber aus irgendeinem Grund kann ich meine Sorge nicht abschütteln.«

»Jeder würde da ausflippen. Vielleicht solltest du noch mal zu der Therapeutin gehen, bei der du nach Raymonds Tod warst, wenn du dir solche Sorgen machst. Sie könnte dir vielleicht helfen, einen Sinn in alledem zu erkennen, aber von außen gesehen wirkt es normal. Du schließt gerade ein Kapitel deines Lebens ab, und das wühlt wahrscheinlich einiges in dir auf.«

»Ja«, sage ich abgelenkt. »Ja. Nein, du hast recht.«

»Versuch, dich nicht zu stressen, Süße. Je mehr Stress du dir machst, desto schwerer wird es für dich.«

»Danke, Tay. Ich weiß nicht, was ich ohne dich tun würde.«

»Nun, zunächst einmal würdest du wahrscheinlich nicht schlafwandeln …«

Ich lache leise. Sie weiß immer, wie sie dafür sorgen kann, dass ich mich besser fühle. Selbst in den schwierigsten Momenten weiß sie, was sie sagen muss.

»Ich werde dich später anrufen. Ich habe einen wichtigen Tag vor mir. Ich brauchte einfach jemanden, der mich beruhigt. Danke dir.«

»Ich bin immer für dich da, das weißt du doch«, sagt sie einfühlsam. »Bis später, Süße.«

»Bis später.«

Ich lege auf und gehe zurück ins Wohnzimmer, um erneut auf den Fernseher zu starren. Meine Augen brennen, als ich Raymond und mich auf dem Bildschirm sehe, so glücklich, so verliebt. Er war der beste Mann, der mir je begegnet ist, und ich weiß, dass ich ihn bis zum Tag meines Todes vermissen werde. Das bedeutet nicht, dass ich nicht eines Tages wieder einen anderen Menschen lieben werde – dessen bin ich mir sicher –, aber Raymond hat die Messlatte sehr hoch gelegt. Er war unglaublich. Mit zitternden Händen trete ich vor und hole die Kassette heraus, trage sie zurück zur Kiste und klebe den Karton wieder zu.

Schlafwandeln.

Kann es das wirklich sein?

Wieso sagt mir mein Bauchgefühl immer noch, dass da mehr dahintersteckt?

9

»Also ist es wieder passiert?«, fragt Jacob und nippt an seinem Kaffee, als wir am Morgen nach meiner großen Prüfung zusammen beim Frühstück sitzen.

»Ja.« Ich zucke mit den Achseln. »Ich erinnere mich wirklich nicht daran. Ich weiß nur, dass das Video lief, als ich aufgewacht bin.«

Er schürzt die Lippen, tief in Gedanken versunken. »Und du machst dir deswegen Sorgen?«

Ich schürze ebenfalls die Lippen, dann nicke ich. »Schon ein bisschen – ich meine, was, wenn ich das nicht selbst tue ...«

Er runzelt die Stirn. »Du glaubst, jemand tut das absichtlich?«

»Das klingt ziemlich dämlich, wenn man es laut ausspricht«, murmele ich, während ich auf mein nicht angerührtes Rührei hinunterstarre.

»Kann ich Ihnen noch einen Kaffee bringen?«, fragt die Kellnerin im Vorbeigehen.

Wir lehnen beide ab, also geht sie wortlos weiter. Sie war zu sehr damit beschäftigt, mit der Gruppe Männer am Nebentisch zu flirten, um uns groß zu beachten.

»Es ist nicht dämlich«, versichert mir Jacob und tätschelt mir über den Tisch hinweg die Hand. »Wie ist die Security in deinem Gebäude?«

Ich werfe ihm einen verlegenen Blick zu. »Sie ist nicht allzu toll, das muss ich zugeben. Wahrscheinlich könnte man meine Eingangstür problemlos aufbrechen, aber ich denke mal, ich bin trotzdem relativ sicher, weil die Wohnung in einer guten Gegend liegt. Und Ace wohnt direkt nebenan.«

»Ace?«, fragt Jacob.

Stimmt, ich habe Jacob gar nicht erzählt, dass ich direkt neben einem Detective wohne. Und zwar einem, der wirklich ein Vollpfosten sein kann.

»Ja. Er ist Detective. Ich habe allerdings nicht allzu viel mit ihm zu tun.«

Er nickt und senkt den Blick kurz auf seinen Teller. Für einen Moment sagt er nichts, dann sieht er mich wieder an. »Nun, wenn es dir nichts ausmacht, würde ich gerne deine Schlösser auswechseln. Das würde dafür sorgen, dass wir uns beide besser fühlen. Ist das okay?«

Mein Herz macht einen Sprung. Das ist süß. Ich bin ihm wichtig genug, dass er sicherstellen will, dass ich mich nicht nur sicherer *fühle*, sondern tatsächlich sicherer *bin*. »Das ist sehr nett, vielen Dank.«

Er lächelt und konzentriert sich wieder auf sein Frühstück. Als wir fertig sind, wandern wir zum örtlichen Eisenwarengeschäft und kaufen neue Schlösser mit Schlüsseln, dann gehen wir zurück zu meiner Wohnung. Wir sind gerade durch die Eingangstür getreten, als ich Ace aus dem Lift treten sehe. Er kommt direkt auf uns zu und hält an, als er uns bemerkt. Er ist für die Arbeit angezogen, doch ich hätte gedacht, er würde früher anfangen. Vielleicht musste er noch mal nach Hause kommen und etwas holen.

So muss es sein.

Sein Blick gleitet über Jacob, und ich schwöre, er verzieht leicht angewidert den Mund. Gott. Er kann ein solches Arschloch sein, wenn er es darauf anlegt. Er kennt den Mann nicht einmal, bedenkt ihn aber schon mit einem Blick, als wäre er ein nerviger Käfer, den er am liebsten wegschnippen würde.

Ich atme tief durch und gehe auf ihn zu, um dann direkt vor ihm anzuhalten und zu ihm aufzusehen. »Ace, schön, Sie mal wieder zu sehen. Das ist mein Freund Jacob.«

Ace mustert mich. Sein Blick verweilt für einen Moment auf meinen Lippen, dann sieht er zu Jacob. »Wofür sind die Schlösser?«

Ich lächele betreten.

Kein Hallo.

Kein »Schön, Sie kennenzulernen«.

Nur Forderungen. Immer nur Forderungen.

»Ich wollte Harts Schlösser auswechseln«, antwortet Jacob, ebenfalls nicht allzu freundlich. »Ihre jetzigen sind nicht besonders gut.«

Ace starrt ihn aus zusammengekniffenen Augen an. »Ja, dessen bin ich mir bewusst.«

Himmel.

Dieser Mann hat wirklich keinerlei Taktgefühl.

»Also tausche ich sie aus«, spricht Jacob weiter. »Sie fühlt sich nicht sicher.«

Ace sieht wieder zu mir. »Sie haben mir nie gesagt, dass Sie sich nicht sicher fühlen.«

Er benimmt sich, als wären wir Freunde und ich hätte ihm diese Information zukommen lassen sollen.

Dieser Mann verwirrt mich vollkommen.

»Nichts für ungut«, sage ich leicht schnippisch, »aber ich glaube, wir haben bisher nur ein einziges vernünftiges Gespräch miteinander geführt. Ich wüsste nicht, wann ich Ihnen das hätte erzählen sollen.«

Er starrt mich böse an.

Ich starre böse zurück.

Dann nickt er und setzt sich wieder in Bewegung. Er geht weiter, als hätte es das Gespräch nicht gegeben. Er tut Jacob und mich einfach ab, ohne sich auch nur zu verabschieden. Himmel. Die Beleidigungen, die ich ihm an den Kopf werfen will, kochen in mir hoch – warten bloß darauf, aus mir herauszubrechen –, aber ich halte sie zurück.

»Gott, er ist ein solcher Vollpfosten«, murmele ich, bevor ich mich zu Jacob umdrehe. »Tut mir leid.«

Jacob sieht immer noch Ace nach. Erst als der Detective durch die Tür verschwunden ist, wendet er sich mir zu. »Dieser Penner ist dein Nachbar?«

»Leider ja.«

Er atmet tief durch. »Du tust mir echt leid. Er ist ein Idiot. Komm, lass uns die Schlösser auswechseln. Langsam wird mir bewusst, dass auch ich mich damit viel besser fühlen werde.«

Ich nicke und folge ihm zu meiner Wohnung, wo ich die Eingangstür aufschließe. Jacob macht sich daran, die alten Schlösser zu lösen und gegen die neuen auszutauschen. Als er fertig ist, gibt er mir einen Satz Schlüssel. »Neue Schlüssel. Wenn du irgendwelche Probleme damit hast, ruf mich an. Ich hoffe, du fühlst dich jetzt sicherer.«

Ich lächele ihn an. »Danke. Ich weiß das wirklich zu schätzen.«

Er zwinkert mir zu, dann ergreift er meine Hand und zieht mich näher an sich. Ich erlaube ihm, mich kurz an sich zu drücken, dann beugt er sich vor und lässt seine Lippen für einen Moment über meine gleiten.

»Ich muss zurück in die Arbeit«, murmelt er. »Ich will nicht, aber ich muss. Ich werde dich später anrufen.«

»Okay«, sage ich leise, während ich durch die gesenkten Wimpern zu ihm aufsehe.

»Tschüss, Hartley.«

»Bis später, Jacob.«

Lächelnd sehe ich ihm nach.

Ja, er ist wirklich ein toller Mann.

10

»Ist dieser Vollpfosten Ihr Freund?«

Beim Klang der Stimme hinter mir wende ich mich von meiner Eingangstür ab, die ich gerade nach meiner Schicht im Krankenhaus aufschließen will. Ich habe Ace nicht mehr gesehen, seitdem Jacob und ich ihm vor ein paar Tagen begegnet sind. Ich hatte ihn nicht mal jetzt gesehen, wenn ich ehrlich bin … weil ich einfach auf nichts geachtet habe. Meist höre ich ihn, aber in den letzten Tagen war ich in meiner eigenen kleinen Welt gefangen. Ich kann nicht so richtig erklären, warum, doch ich bin ständig abgelenkt.

»Jacob?«

Er zuckt mit den Achseln. »Genau. Ist er nun Ihr Freund oder nicht?«

»Warum?«

Er richtet den Blick an die Decke.

Ziemlich ungeduldig, hm?

»Können Sie auch mal eine Frage beantworten, ohne sarkastisch zu werden?«

Oh. Er kann auch anstrengend sein.

»Nicht, dass es Sie etwas anginge, aber ich gehe mit ihm aus, ja.«

Ace schnaubt.

»Was ist verdammt noch mal das Problem?«, blaffe ich ihn an und stemme die Hände in die Hüften.

Er verzieht das Gesicht. Offensichtlich mag er Jacob nicht. »Er ist falsch.«

Gott.

»Und das sagen Sie, nachdem Sie ihm nur einmal begegnet sind und ihn dabei quasi ignoriert haben?«

Ace starrt mich bloß an.

»Er ist ein netter Mann«, spreche ich weiter. »Anders als Sie.«

Er starrt weiter.

»Er tut Dinge für mich … wechselt zum Beispiel meine Schlösser aus … und führt mich zum Essen aus …«

Jetzt klinge ich echt jämmerlich.

»Wen versuchen Sie zu überzeugen? Mich oder sich selbst?«

Grrrr.

»Ich schwöre, Ace, ich bin ernsthaft in Versuchung, rüberzukommen und Ihnen meinen Fuß ins Gesicht zu rammen.«

Er verschränkt die Arme vor der Brust. »Das würde ich gerne sehen.«

»Was haben Sie für ein Problem?«, rufe ich und reiße die Hände in die Luft. »Ehrlich, können Sie nicht einfach mal nett sein?«

»Ich bin gerade nett.«

»Oh mein Gott!«, sage ich und verdrehe die Augen, bis es fast wehtut. »Scheiß drauf!«

Ich schiebe meine Tür auf, trete in meine Wohnung und knalle die Tür mit aller Kraft wieder hinter mir ins Schloss. Das sorgt im Grunde auch nicht dafür, dass ich mich besser fühle, aber trotzdem befriedigt mich der Gedanke, dass er den Knall gehört und wahrscheinlich sogar die Erschütterung gespürt hat, dieser Blödmann. Ich atme tief durch, verriegele die Tür und gehe in die Küche, um meine Sachen abzustellen. Ich brauche Wein. Sofort. Ich brauche etwas, was mir hilft, mich zu entspannen – denn ehrlich, ich fühle mich im Moment total gestresst. Ich muss dringend runterkommen.

Ich gieße mir ein Glas ein, nehme einen Schluck und fülle es sofort wieder auf. Ich schüttele meine Schuhe ab, ziehe etwas Bequemes an – kurze Baumwollshorts und ein Tanktop –, und dann lasse ich mich aufs Sofa fallen und trinke weiter Wein. Er rinnt viel zu weich durch meine Kehle, und bevor ich weiß, wie mir geschieht, habe ich die Hälfte der Flasche geleert. Mein Körper ist entspannt, also lasse ich mich tiefer in die Kissen sinken.

Dann fällt der Strom aus.

Ich schwöre, in einer Minute ist alles hell und in der nächsten alles schwarz. Für einen Augenblick bleibe ich einfach sitzen, dann bricht ein hysterisches Lachen aus meiner Kehle. Als wäre alles, was in den letzten Tagen passiert ist, noch nicht genug, muss natürlich an meinem einen freien Abend, an dem ich mich entspannen und am nächsten Tag ausschlafen könnte, so etwas passieren. Natürlich.

Jemand hämmert an meine Tür, also reiße ich den Kopf in die ungefähre Richtung herum. Ich lache immer noch hysterisch und betrunken, als ich auf den kleinen Lichtstreifen zustolpere, der unter der Eingangstür hindurchdringt. Ich erreiche die Tür – knalle quasi dagegen, das Gesicht gegen das Holz gepresst. Das stoppt mein Lachen für einen Moment, dann fange ich sofort wieder an zu kichern. Schließlich entriegele ich die Tür und reiße sie auf.

Ace steht vor mir, eine Taschenlampe auf den Boden gerichtet. Ich kann im diffusen Licht, das vom Boden zurückgeworfen wird, gerade so sein Gesicht erkennen. Er sieht aus wie … na ja … wie er immer aussieht. Grüblerisch.

»Ich bin noch am Leben, falls Sie das wissen wollten.« Ich kichere.

Er zieht die Augenbrauen hoch. »Sind Sie betrunken?«

»Leicht angeschickert.«

»Ist doch dasselbe.«

»Tatsächlich«, ich grinse, »gibt es da einen Unterschied.«

Er brummt. »Ich wollte nur nachsehen, ob bei Ihnen auch der Strom ausgefallen ist. Ich nehme an, es betrifft das ganze Haus.«

Ich kichere wieder. »Sie wollten nachschauen, ob ich noch lebe, geben Sie es zu. Sie wollen mein Freund sein.«

»Himmel«, murmelt er in seinen Bart. »Haben Sie eine Taschenlampe da drin? Ich werde nicht fragen, ob Sie Kerzen haben, weil es mir lieber wäre, nicht in einer Feuersbrunst zu sterben, weil Sie betrunken waren.«

»Sind Sie immer so dramatisch, oder ist es nur mir vergönnt, dass Sie sich von dieser Seite zeigen?«

Ich bin mir sicher, dass er die Augen verdreht, auch wenn ich es nicht sehen kann. Ich lächele.

»Wo ist Ihre Taschenlampe?«

Ich zucke mit den Achseln, obwohl ich mir nicht sicher bin, ob er die Geste sehen kann. »Weiß nicht genau. Es ist lange her, dass wir das letzte Mal einen Stromausfall hatten.«

»Okay, gehen Sie, und setzen Sie sich aufs Sofa. Ich werde eine suchen gehen.«

»Nein. Ich helfe Ihnen beim Suchen.«

Ein tiefes Geräusch entreißt sich seiner Kehle, dann seufzt er. »Okay. Wo bewahren Sie sie normalerweise auf?«

Ich versuche, darüber nachzudenken, wo ich meine Taschenlampe habe, aber bisher habe ich sie eigentlich nie gebraucht. Also gehe ich davon aus, dass ich sie irgendwo verstauen würde, wo sie mir nicht im Weg ist. Wahrscheinlich im Gästezimmer.

»Wahrscheinlich im Gästezimmer. Wir können die Suche dort starten.«

Ace verschließt meine Tür, ehe wir den Flur entlanggehen, bis ich die Tür zum Gästezimmer aufstoße. Ich greife nach dem Lichtschalter, bloß um mich dann zu erinnern, dass es keinen Strom gibt. Nun, dann teilen wir uns wohl die Taschenlampe. Ich strecke den Arm nach Ace' Lampe aus, doch er entzieht sich. »Nein. Ich werde sie festhalten.«

Herrisch.

»Nun, dann leuchten Sie durch den Raum. Wir werden kaum etwas finden, wenn Sie das Licht weiter auf den Boden richten.«

Er lässt den Lichtkegel durch den Raum wandern, dann gehen wir zu dem Schrank in der Ecke. Darin befinden sich massenweise Stifte, Briefpapier, Druckerpapiere und solches Zeug. Vielleicht liegt da irgendwo auch eine Taschenlampe. Ich ziehe Schubladen auf und grabe darin herum, während Ace das Licht hält, damit ich etwas sehen kann. Wir finden nichts, also gehe ich zu Raymonds altem Schreibtisch, der in einer Ecke steht und unter lauter Zeug begraben ist.

Ich konnte mich nie dazu überwinden, ihn zu verkaufen, aber es auch nicht ertragen, ihn zu benutzen. Also steht der Schreibtisch einfach hier und sammelt Staub an.

Ich fange an, Dinge zur Seite zu schieben, doch plötzlich erstarren meine Hände in der Luft, als wolle ich nach etwas greifen.

Ich blinzele. Dann blinzele ich wieder. Nein. Das kann nicht sein. Ich schüttele den Kopf, frage mich, ob ich mir etwas einbilde … ob der Alkohol mich Dinge sehen lässt, die gar nicht wirklich da sind. Aber ich weiß, dass es nicht so ist. Ich würde diesen Laptop überall erkennen. Raymond hatte ihn immer überall dabei. Ich konnte ihn nicht finden – das weiß ich, weil ich noch vor ein paar Monaten auf der Suche danach alle Kisten durchwühlt habe.

Ich konnte mich beim besten Willen nicht erinnern, wo ich ihn hingetan habe.

Ich weiß ganz sicher, dass er nicht einfach so auf dem Schreibtisch stand … aufgeklappt.

Meine Kehle wird eng. Vielleicht konnte ich noch glauben, dass ich schlafgewandelt bin, als es nur um ein paar Kleinigkeiten ging. Aber das hier … nicht mal schlafwandelnd hätte ich den Laptop einfach so finden können. Auf keinen Fall. Irgendetwas stimmt hier nicht. Irgendetwas stimmt hier absolut nicht. Ich zittere, meine Hände immer noch in der Luft vor mir ausgestreckt, und für einen Moment vergesse ich vollkommen, dass Ace direkt neben mir steht.

»Hartley?«

Seine Stimme ist wahrscheinlich freundlicher, als ich sie je gehört habe, aber trotzdem liegt eine gewisse Schärfe darin.

Ich kann mich nicht bewegen.

Ich kann mich wirklich nicht bewegen.

Was passiert hier gerade?

»Hartley?«

Wieder Ace.

Meine Hände fallen nach unten, und ich flüstere: »Ace, irgendetwas stimmt hier nicht.«

Das ist keine tolle Erklärung, und ehrlich, ich weiß nicht mal, wieso ich ihm das erzähle, obwohl er sich mir gegenüber bisher die ganze Zeit wie ein Vollpfosten aufgeführt hat. Aber er ist Polizist, und was auch immer gerade geschieht, es ist nicht richtig. Einen solchen Vorfall könnte ich abtun, über zwei noch hinwegsehen; allerdings das hier ... nein. Nein. Irgendetwas läuft hier absolut falsch.

»Ich verstehe nicht, was Sie sagen wollen. Hey, sehen Sie mich an.«

Ich drehe den Kopf, und unsere Blicke treffen sich.

»Ich glaube, jemand war in meiner Wohnung.«

Ich starre auf den Boden, plötzlich wieder stocknüchtern, und versuche, meine Gedanken zu ordnen; versuche herauszufinden, warum jemand versuchen sollte, mich so fertigzumachen, und wer das sein könnte. Denn das ist es doch, was hier passiert, oder? Jemand versucht, mich fertigzumachen. Wieso sonst sollte jemand Dinge von meinem Ehemann überall in der Wohnung verteilen? Dafür gibt es keine nachvollziehbare Erklärung. Absolut keine. Außer jemand tut das absichtlich. Aber wer? Und warum?

Raymond kann das nicht getan haben, oder? Ich meine, ist das eine Art *P.S. Ich liebe dich*-Imitation? Nein. Wenn das Raymond wäre, wäre es früher passiert.

All diese Vorkommnisse sind zu seltsam, um als romantische Gesten aus dem Jenseits durchzugehen.

»Erzählen Sie mir, was alles geschehen ist«, sagt Ace und setzt sich mir gegenüber aufs Sofa.

Seit ein paar Minuten war der Strom wieder da, und wir sind ins Wohnzimmer gegangen. Ich öffne den Mund. Ich weiß, dass er nicht gehen wird, bevor ich ihm alles erzählt habe, was ich weiß. Wird er mich für total gestört halten? Werde ich wirklich verrückt? Ich weiß nicht, ob ich überreagiere oder ob es real ist. Um ehrlich zu sein, weiß ich einfach nicht, was ich denken soll. Das ist einfach alles zu … merkwürdig.

»Nun, das erste Mal fiel mir auf, dass etwas nicht stimmt, als ich eines Morgens ein T-Shirt von Raymond, meinem verstorbenen Ehemann, auf dem Küchentisch gefunden habe. Ich war mir sicher, dass ich das T-Shirt eingepackt hatte, aber ich neige hin und wieder zum Schlafwandeln, also bin ich davon ausgegangen, dass mir das T-Shirt irgendwo begegnet ist und ich es dort hingelegt habe, ohne selbst etwas davon mitzubekommen. Dann bin ich an einem Morgen aufgewacht, und mein Hochzeitsvideo lief auf dem Fernseher. Ich habe mich wieder gefragt, ob ich es vielleicht selbst in das Gerät geschoben haben könnte …«

»Tun Sie oft so seltsame Dinge, wenn Sie schlafwandeln?«, fragt Ace und fällt mir damit ins Wort.

Ich werfe ihm einen Blick zu, doch er wirkt ernst, und mir wird klar, dass er nicht unhöflich sein will, also gebe ich ihm eine ehrliche Antwort. »Nun, Taylor, meine beste Freundin, hat mir erzählt, dass ich so was im College ein paarmal getan habe. Raymond hat nie etwas erwähnt. Ich bin hin und wieder aufgestanden, und manchmal bin ich morgens an komischen Orten aufgewacht … aber soweit ich weiß, habe ich nie Dinge verrückt. Allerdings habe ich in letzter Zeit oft an Raymond gedacht, und ich habe mich gefragt, ob das vielleicht eine Erklärung dafür sein könnte, dass ich mich von seinen Sachen angezogen fühle.«

Ace wirkt skeptisch, was nur dafür sorgt, dass sich mein Herz noch mehr verkrampft. »Aber heute Abend haben Sie etwas in Ihrem Büro gesehen, was diese Erklärungen unglaubwürdig erscheinen lässt.«

Ich sehe Ace in die Augen. »Raymonds Laptop. Ich konnte ihn nirgendwo finden, als ich vor einer Weile danach gesucht habe. Ich habe alle Kisten durchgekramt, meine gesamten Schränke, und ich konnte ihn einfach nicht finden. Damit will ich nicht sagen, dass das Gerät nicht irgendwo war – es hätte an einer Stelle verstaut sein können, an der ich bloß nicht gesucht habe –, aber die Sache ist, wenn ich es schon in wachem Zustand nicht finden konnte, wie gut stehen dann die Chancen, dass ich es beim Schlafwandeln finde?«

Ace sieht mich nachdenklich an und murmelt daraufhin: »Ist sonst noch etwas passiert? Seltsame Anrufe? Irgendwer, der auf der Straße versucht hat, Sie anzusprechen? Irgendwelche anderen Vorfälle, die aus dem Rahmen fallen?«

Ich denke eine Minute darüber nach, aber nein, mir fällt sonst nichts ein, was ich merkwürdig gefunden hätte.

»Ich hatte in letzter Zeit ein paar Dates, aber ehrlich, die Männer wirkten viel zu normal, als dass ich ihnen so etwas zutrauen würde.«

Ace nickt, ohne den Blick von mir abzuwenden. »Ich hätte gerne ihre Namen, nur um auf Nummer sicher zu gehen.«

Stirnrunzelnd erwidere ich das Nicken.

»Ist es möglich, dass Sie all diese Sachen im Schlaf getan haben? Gehen Sie wirklich in sich, halten Sie das auch bloß im Entferntesten für möglich?«

Ich tue, worum er mich gebeten hat, denke wirklich reiflich darüber nach. Und die Antwort bleibt dieselbe. Ich glaube wirklich nicht, dass es hier um Schlafwandeln geht. Das habe ich von Anfang an nicht geglaubt. Ich weiß, dass etwas nicht stimmt, das sagt mir mein Bauchgefühl. Ich wollte nur unbedingt eine einfache Erklärung finden, weil ich das Gefühl hatte, damit würde alles mehr Sinn ergeben. Aber die Wahrheit lautet, ich weiß, dass es keine einfache Erklärung gibt.

Irgendetwas stimmt hier nicht – ich weiß bloß nicht, was es ist.

Ich suche seinen Blick und halte ihn. »Nein. Die ersten paar Sachen konnte ich noch abtun, aber – das hört sich jetzt vielleicht blöd an –, aber ich hatte so ein Bauchgefühl … ich weiß nicht, wie ich es erklären soll, doch irgendetwas hat sich einfach nicht richtig angefühlt.«

Ace nickt, dann zieht er sein Handy aus der Hosentasche und tippt irgendetwas ein. »Ich werde morgen früh ein paar Anrufe tätigen und schauen, ob ich etwas herausfinden kann. Ich werde mit der Gebäude-Security reden und sehen, ob sie etwas bemerkt haben. Fällt Ihnen jemand ein, irgendjemand, der vielleicht für all das verantwortlich sein könnte? Gibt es vielleicht Freunde, die es für witzig halten könnten, Ihnen solche Streiche zu spielen?«

Ich schüttele sofort den Kopf. »Ich kenne niemanden, der so grausam wäre, und das ist die reine Wahrheit. Abgesehen von diesen paar Dates habe ich in letzter Zeit keine neuen Leute kennengelernt.«

»Und Sie sind sich sicher, dass die Männer nicht irgendwie verdächtig waren?«

Ich schürze die Lippen. »Sie waren schon ein wenig seltsam, aber nicht stalkermäßig. Einer war ein wenig besessen von jüngeren Frauen und hat mich über die sozialen Medien kontaktiert, um sich dafür zu entschuldigen, dass er so oberflächlich gewesen ist, aber ich hatte nicht das Gefühl, dass er ein schlechter Mensch ist, verstehen Sie?«

Erneut nickt Ace und steckt dann sein Handy weg. »Ich hätte trotzdem gerne ihre Namen. Fühlen Sie sich sicher genug, heute Nacht allein hier zu schlafen?«

Darüber habe ich noch gar nicht nachgedacht … doch in dem Moment, in dem er die Frage ausspricht, wird mir die Brust eng. Ich weiß nicht genau, ob ich mich sicher genug fühle, um allein hier zu schlafen, mit dem Gedanken im Kopf, dass jemand vielleicht meine Wohnung betreten hat. Oder noch schlimmer, dass jemand versucht, mich zu quälen. Ich meine, wenn irgendjemand hinter diesen Vorfällen steckt, dann war er in meiner Wohnung … während ich auch da war. Dieser Gedanke trägt wirklich nicht dazu bei, dass ich mich gut fühle.

»Eigentlich nicht.«

»Haben Sie jemanden, den Sie anrufen können?«

Ich könnte Taylor anrufen, obwohl sie wahrscheinlich arbeitet, nachdem sie auch Krankenschwester ist und oft Schichtdienst hat. Damit bliebe Jacob. Ist es zu früh, ihn anzurufen? Würde es schräg wirken, wenn ich ihn um seine Hilfe bäte? Ich weiß es nicht. Wir gehen ziemlich unverfänglich miteinander aus, und ich mag ihn wirklich, aber es ist ja nicht so, als würde es zwischen uns total knistern. Ich bin auf jeden Fall noch nicht bereit, das Eine mit ihm zu tun – fände er es seltsam, wenn ich ihn bäte, zu mir zu kommen und über Nacht zu bleiben?

Ace muss mein Zögern gespürt haben, weil er aufsteht und die Arme vor der Brust verschränkt, nur um sie dann wieder zu öffnen. »Ich bin in zehn Minuten wieder da.«

Ich blinzele zu ihm auf. »Wie bitte?«

»Ich. Bin. In. Zehn. Minuten. Wieder. Da.«

»Warum?«, zische ich leise.

»Um bis morgen früh auf der verdammten Couch zu schlafen, damit ich mich dann um Ihre Security kümmern und herausfinden kann, was hier vor sich geht.«

Ich starre ihn entgeistert an. »Nein. Auf keinen Fall.«

Wieder hebt sich sein Blick zur Decke. »Himmel, Sie stellen meine Geduld ganz schön hart auf die Probe. Ich bin Polizist. So was tun wir nun einmal. Wenn irgendwer dafür sorgen kann, dass Sie heute Nacht sicher sind, dann ich.«

Ich werfe ihm einen skeptischen Blick zu. »Sie könnten mir alles Mögliche erzählen … woher soll ich wissen, dass Sie wirklich Cop sind?«

Nun wird sein Blick wirklich vernichtend. »Ich werde meine Dienstmarke mitbringen, wenn Sie darauf bestehen.«

»Dass Sie Cop sind, heißt noch lange nicht, dass Sie nicht … ich weiß nicht … ein Killer sind oder ein Vergewaltiger oder …«

»Verdammt noch mal.«

Ich blinzele wieder. »Jetzt mal ehrlich, müssen es ausgerechnet Sie sein?«

Er atmet tief durch, offensichtlich in dem Versuch, sich zusammenzureißen. »Wollen Sie nun jemanden hier haben oder nicht? Ihr freches Mundwerk geht mir ganz schön auf die Nerven. Ich kann Sie aber auch gerne allein hierlassen, wenn Ihnen das lieber ist.«

Verdammt, ist es nicht.

Ist es wirklich nicht.

Ich seufze. »Schön, aber ich sperre meine Schlafzimmertür zu.«

Er starrt mich einen langen Moment an, dann schüttelt er den Kopf und verlässt meine Wohnung, begleitet von einer gemurmelten Schimpftirade.

Super. Einfach super.

11

Ich wälze mich in meinem Bett hin und her – von rechts nach links, links nach rechts, auf meinen Bauch, auf den Rücken –, um mich schließlich mit einem Seufzen aufzurichten.

Ich kann nicht schlafen. Heute Nacht wird mich das Sandmännchen auf keinen Fall besuchen. Nicht, wenn ich weiß, dass Ace draußen auf meiner Couch schläft. Wie soll man mit dieser Art von Ablenkung im Kopf Ruhe finden? Ich ziehe mein Handy vom Nachttisch und schaue auf die Uhr. Kurz nach drei. Ich schicke eine kurze Nachricht an Taylor, weil ich ja weiß, dass sie gerade in der Arbeit ist.

H: Bist du wach?

Schon eine Minute später folgt die Antwort.

T: Ja. Habe gerade Pause. Es war unheimlich, wie du mir genau in dem Moment geschrieben hast, als ich mich hingesetzt habe. Wieso bist du so früh wach?

H: Dreh nicht durch …

T: Oh mein Gott. Ich drehe durch! Was!
Was ist los! Sag schon!

H: Ace schläft auf meiner Couch.

Eine Minute vergeht. Dann noch eine.

Schließlich klingelt mein Telefon. Als ich abhebe, lache ich leise, nicht, weil ich mich wirklich gut fühle, sondern weil nur Taylor in so einem Fall derart schnell anruft.

»Erzähl mir sofort, warum er auf deiner Couch liegt«, verlangt sie. »Ehrlich, ich habe bloß ein paar Minuten Zeit, also schieß los!«

»Er ist hier, weil noch mehr seltsame Dinge passiert sind. Ich habe heute Abend Raymonds Laptop gefunden, und ich weiß sicher, dass er vor Kurzem noch nicht dort war, wo ich ihn gefunden habe – jemand hat ihn da hingestellt. Tatsächlich kann ich mich nicht mal mehr erinnern, wann ich den Computer das letzte Mal gesehen habe. Also wollte ich eigentlich nicht allein bleiben, und es gab nur ein paar Leute, die ich anrufen konnte, also … ist er geblieben.«

»Oh, Süße, das ist ja schrecklich. Geht es dir gut?«

»So lala. Ich fühle mich ein bisschen besser, wenn ich daran denke, dass Ace hier ist.«

»Also liegt er auf deiner Couch …«

»Ja.« Ich lache. »Auf meiner Couch.«

»Ich hätte nicht gedacht, dass du ihn so gern magst, dass er das darf.«

Ich schnaube. »Wir waren nicht vollkommen einer Meinung, aber er ist Polizist, und er weiß, was er tut, verstehst du? Es erschien mir einfach logisch.«

»Genau. Logisch.«

Ich verdrehe die Augen, obwohl sie es nicht sehen kann. »Sei still. Zumindest fühle ich mich so sicherer.«

Sie stößt ein besorgtes Brummen aus. »Also glaubst du nicht mehr, dass du schlafgewandelt bist?«

Ich atme tief durch. »Langsam nicht mehr. Es ergibt irgendwie keinen Sinn. Ich meine, vielleicht das T-Shirt, aber der Rest …«

Wieder brummt Taylor. »Es wirkt ziemlich seltsam, oder? Ich verstehe nur einfach nicht, wieso jemand so etwas tun sollte. Ich meine, er muss offensichtlich wissen, dass du verheiratet warst und deinen Ehemann verloren hast.«

Das frage ich mich selbst auch ständig. »Darüber denke ich gerade nach. Es ergibt absolut keinen Sinn, dass jemand das absichtlich macht, und dann komme ich immer wieder an den Punkt, ob ich nicht vielleicht doch schlafgewandelt bin …«

»Möglich, aber … ich weiß nicht … das passt trotzdem alles nicht zusammen, oder?«

Ich seufze. »Nein.«

»Na ja, Süße, ich würde wirklich gerne länger mit dir reden, aber ich muss wieder an die Arbeit. Ich werde morgen mal vorbeischauen, nachdem ich geschlafen habe, und sehe nach dir, okay?«

»Okay. Hab dich lieb.«

»Ich dich auch.«

Ich lege auf und steige aus dem Bett. Auf Zehenspitzen schleiche ich den Flur entlang und in die Küche, weil ich Wasser brauche, dabei aber versuche, keinen Lärm zu machen. Ich werfe einen Blick zum Sofa, wo Ace so ruhig schläft, dass man nicht mal bemerken würde, dass er da ist, wenn sein großer Körper nicht quasi über den Rand hinge. Armer Kerl. Das kann nicht bequem sein. Wahrscheinlich hätte ich netter zu ihm sein sollen.

Nach all dem hätte er nicht hierbleiben müssen.

Ich mustere den schlafenden Mann und bemerke, dass seine übliche grüblerische Miene verschwunden ist und er ganz friedlich wirkt. Ich frage mich, was wohl passiert ist, um ihn so grimmig werden zu lassen. Liegt es einfach bloß an seinem fordernden Job, der ihm ganz schön zusetzt, oder ist es etwas anderes? Ich lasse meinen Blick über seine markanten Gesichtszüge gleiten. Er ist ein außergewöhnlich attraktiver Mann, das kann ich nicht leugnen. Er ist die Art von Mann, bei dem sofort der Funke überspringt.

Er ist die Art von Mann, von dem man sich, wenn man mit ihm ausginge, wünschen würde, dass er immer bei einem ist – einfach, damit man die Gefühle spüren kann, die er in einem auslöst. Er würde brennende Leidenschaft erzeugen. Das steht ihm förmlich ins Gesicht geschrieben. Raymond war nicht so. Und wenn ich so darüber nachdenke, gilt dasselbe für Jacob. Sie gehören zu den Charmeuren, gut aussehend und immer freundlich. Ace dagegen ist gefährlich, der leidenschaftliche Beschützer, kein Mann vieler Worte.

Wie wäre es wohl, von jemandem wie Ace geliebt zu werden? Ich habe nie wirklich darüber nachgedacht, mit einem Kerl wie ihm auszugehen. Ich nehme an, ich kannte nicht mal besonders viele Männer dieser Art. Aber ich muss zugeben, dass ich eine gewisse Neugier verspüre.

»Wollen Sie mich die ganze Nacht anstarren?«

Beim Klang der barschen Stimme, die scheinbar aus dem Nichts erklingt, zucke ich kreischend zusammen.

Was zur Hölle …? Woher wusste er, dass ich hier stehe und ihn anschaue? Seine Augen sind geschlossen. Er hat sich kaum bewegt. Ich blinzele ein paarmal und sage dann mit matter Stimme: »Ich habe nicht gestarrt!«

Das glaube ich mir doch nicht mal selbst.

Jetzt hält er mich wahrscheinlich echt für verrückt. Verdammt.

»Ich kann Sie fühlen«, grummelt er, öffnet die Augen und sieht mich direkt an. »Starren Sie immer Leute an, während sie schlafen?«

Ich verschränke die Arme vor der Brust, versuche, meinen Mut zusammenzunehmen, obwohl mein Herz wild gegen meine Rippe hämmert. Ich habe keine echte Erklärung für mein Verhalten, weil, na ja, ich war nun mal die seltsame Frau, die einfach bloß dastand und den armen Kerl angestarrt hat. »Ich habe nur bewundert, wie friedvoll und freundlich Sie im Schlaf aussehen. Hat wahrscheinlich etwas damit zu tun, dass Sie dabei nicht reden.«

Mit einem Brummen setzt er sich auf.

Die Decke fällt nach unten und gibt den Blick frei auf diesen perfekt geformten, muskulösen Körper. Mir bleibt die Spucke weg, und ich wende eilig den Blick ab. Ich meine, ich habe das alles schon mal gesehen, aber trotzdem verschlägt es mir immer noch die Sprache. Er hat einen unglaublichen Körper – straff, wohlgeformt und glatt. Tätowierungen ziehen sich über beide Arme, von denen eine sich bis über seine Schulter und auf seine Brust erstreckt. Ich sehe sie mir nicht zu genau an, aber es wirkt, als wäre es ein Schädelmotiv, mit Flammen verziert.

Ich schlucke, dann drehe ich mich eilig um, als er die Augenbrauen hochzieht.

Ich mache mir ein wenig Milch warm und verschwinde eilig aus dem Raum, bevor er die Röte sieht, die in meine Wangen drängt.

»Ernsthaft?«, fragt Jacob, als er sich an meinen Küchentresen setzt. »Wieso hast du nicht mich angerufen?«

Ich schenke ihm ein schwaches Lächeln und trete von einem Fuß auf den anderen, während ich versuche, eine akzeptable Erklärung dafür zu finden, die ihn aber nicht beleidigt. »Nun, um ehrlich zu sein, wir gehen noch nicht, ähm, so lange miteinander aus, und ich fand einfach nicht, dass das jetzt schon in Ordnung wäre.«

Er starrt mich an und wirkt dabei ein wenig vor den Kopf gestoßen. Sein Blick huscht einen Moment über mein Gesicht, ehe er mit den Schultern zuckt und sagt: »Wahrscheinlich kann ich das sogar verstehen. Aber du kannst mich jederzeit anrufen, wenn du Probleme hast. Und zwar ohne zu zögern.«

Okay. Natürlich. Jacob ist ein netter Kerl. Er hätte wahrscheinlich nicht lange gefackelt, wenn ich ihn angerufen und um Hilfe gebeten hätte. Trotzdem: Ace ist Polizist, und es ergibt einfach mehr Sinn, dass er geblieben ist – nur für den Fall, dass irgendetwas passiert. Zumindest fühle ich mich mit dieser Erklärung besser damit, Jacob nicht angerufen zu haben … denn ehrlich, ich wollte das einfach nicht, bin mir aber nicht ganz sicher, warum ich so empfinde.

»Ja, danke. Das nächste Mal werde ich dich auf jeden Fall anrufen.«

Er zwinkert mir zu, und damit scheint das Thema für ihn erledigt. »Also, was will der Bulle tun?«

Ich zucke mit den Achseln. »Er hat gesagt, er würde

mich später anrufen. Er will noch mal die Schlösser austauschen, die Security im Gebäude überprüfen. Solche Kleinigkeiten eben.«

Jacob verzieht das Gesicht. »Was stimmt nicht mit den Schlössern, die ich eingebaut habe?«

Oh Mann. Ich hatte nicht damit gerechnet, dass er deswegen beleidigt sein würde.

»Er meinte bloß, er will größere Schlösser einbauen, vielleicht noch einen zusätzlichen Riegel. Es ist nicht so, als wären deine nicht ausreichend ...«

Jacob kneift die Augen zusammen. »Und du bist dir sicher, dass er die Situation nicht schlimmer darstellt, als sie ist?«

Ich schüttele verwirrt den Kopf. »Was meinst du damit?«

»Na ja, es ist sehr wahrscheinlich, dass du einfach geschlafwandelt bist. Ich weiß, dass der Laptop ein bisschen viel ist, aber ich will nicht, dass Leute dir fixe Ideen einreden oder dir das Gefühl geben, irgendetwas würde nicht stimmen. Dir Angst einzujagen hilft wahrscheinlich nicht weiter.«

In gewisser Weise hat er recht. Ich habe immer wieder darüber nachgedacht. Es ergibt einfach keinen Sinn, dass jemand so etwas tut, doch ich verstehe auch nicht, wie ich all diese Dinge im Schlaf getan haben soll. Ich stehe im Krieg mit mir selbst, frage mich ständig, ob ich aus einer Mücke einen Elefanten mache oder ob ich etwas Wichtiges nicht ernst genug nehme. Ich weiß es wirklich nicht.

»Hast du mal darüber nachgedacht, eine Therapie zu machen?«

Eine Therapie.

Ich habe darüber nachgedacht, aber was soll ein

Therapeut schon gegen schlafwandeln unternehmen? Mir Medikamente geben, die mich so ausknocken, dass ich schlafe wie eine Tote? Nein, damit würde ich mich nicht wohlfühlen. Ich habe nicht das Gefühl, dass sich das Problem so lösen lässt.

»Ich habe darüber nachgedacht.«

Wieder mustert er mein Gesicht. »Ich will, dass du tust, was auch immer dafür sorgt, dass du dich sicher fühlst, Hart. Wenn der Cop, der alles checkt, das erreicht, dann ist das für mich in Ordnung. Ich möchte nur nicht, dass du dich übermäßig aufregst ... du hast in deinem Leben bereits genug mitgemacht.«

Das ist süß. Aber jetzt hinterfrage ich mich selbst. Er hat durchaus einen wichtigen Punkt angesprochen. Rege ich mich unnötig auf?

Blase ich die ganze Sache zu sehr auf?

Verdammt. Ich bekomme Kopfweh.

»Ich meine«, Jacob lacht entspannt, »du bist hin und wieder ein wenig ungeschickt. Du hast letzte Woche deine Schlüssel im Auto stecken lassen, und du vergisst öfter mal etwas.«

Er hat recht.

Das tue ich.

Nun fühle ich mich unwohl. Frage mich ständig, ob ich nicht doch zu zerstreut bin.

»Du hast recht. Es ist nur, dass ich mich momentan wirklich unwohl fühle ...«

Lächelnd hebt er die Hand. »Natürlich. Mach, womit auch immer du dich sicher fühlst. Mir gefällt die Idee, dass jemand in deiner Wohnung war, auch nicht besonders, also freut es mich, dass du vorsichtig bist.«

Ein Schauder überläuft meinen Körper. »Außerdem versuche ich herauszufinden, wieso überhaupt jemand in meine Wohnung kommen sollte. Das ergibt einfach keinen Sinn.«

Er schüttelt den Kopf. »Nein, das tut es nicht. Absolut nicht. Wann will er die Schlösser auswechseln?«

»Er hat gesagt, er arbeitet heute lange, will es aber irgendwann in den nächsten Tagen tun. Ace wartet noch darauf, dass die Schlösser geliefert werden. Das ist okay für mich. Bis dahin werde ich vor dem Schlafengehen einfach alle Schlösser noch mal überprüfen.«

Nicht, dass ich mich damit besser fühlen werde … denn wenn es jemand geschafft hat, bei mir einzudringen, dann muss er es trotz der Schlösser geschafft haben. Ich glaube, ich sollte vielleicht auch die Fenster überprüfen. Ace hat erwähnt, dass er auch sie mit Riegeln sichern will. Ich wohne nicht im Erdgeschoss, doch ich glaube, es wäre relativ einfach, an der Feuerleiter nach oben zu klettern und ein Fenster aufzustemmen. Aber kann man das schaffen, ohne dabei ein Geräusch zu erzeugen? Das bezweifle ich. Bei Gelegenheit muss ich mir mal die Fenster genauer ansehen, sobald Jacob gegangen ist.

»Soll ich ein paar Tage bei dir einziehen?«

Mein Instinkt sagt mir, dass das keine gute Idee ist … auch wenn ich mir nicht sicher bin, ob das die richtige Antwort ist. Ich mag Jacob, tue ich wirklich, doch im Moment gehen wir nur hin und wieder miteinander aus. Ich bin mir nicht mal sicher, ob unser Verhältnis über eine Freundschaft hinausgeht, bei der beide Beteiligten mal sehen, wohin es führen könnte. Wir haben keine Beziehung, und ich fühle mich dafür auch nicht bereit; zumindest noch nicht. Ich will ihn nicht vor den Kopf stoßen, weil er mir bereits etwas bedeutet, aber ihn bei mir schlafen zu lassen, wirkt für mich, als würden wir zu viel Erwartungsdruck aufbauen. Manchmal habe ich das Gefühl, dass ich mich ihm nicht so sehr öffne wie er sich mir. Vielleicht sollte ich mich mehr anstrengen. Kann ich wirklich behaupten, ich wäre nicht bereit, wenn ich noch nicht mal versucht habe, einen Schritt weiter zu gehen?

Also schenke ich ihm mein schönstes Lächeln und sage in lockerem Tonfall: »Danke, aber Taylor hat bereits gesagt, dass sie ein paar Tage bei mir übernachtet.«

Das ist eine plausible Erklärung.

Er nickt und lächelt, scheinbar unbeeindruckt. »Nun, bitte ruf mich an, wenn du etwas brauchst. Ehrlich, ich mache mir Sorgen um dich.«

Er ist ein guter Mensch. Ich gehe zu ihm und drücke sanft seinen Arm. »Danke, aber ich komme schon klar.«

Er seufzt, dann sieht er auf seine Uhr. »Okay. Ich würde gerne noch bleiben, aber ich muss jetzt los. Stell dir vor, ich habe ein ganzes Haus für eine Kundin geplant, und nun kommt sie im letzten Moment daher und ändert ihre Meinung in Bezug auf das Farbschema.«

»Oh, das ist schrecklich! Irgendwann musst du mir mal etwas zeigen, was du entworfen hast. Das würde ich wirklich gerne sehen.«

In Wahrheit weiß ich nicht mal, wo er lebt.

Und das ist im Moment wahrscheinlich auch gut so.

Er nickt und schenkt mir dann ein Grinsen. »Na klar. Ich muss jetzt los. Pass auf dich auf, verschließ diese Tür und sei mit dem Cop bitte vorsichtig. Irgendwie habe ich kein gutes Gefühl bei ihm.«

Ich blinzele.

Jacob hat kein gutes Gefühl bei Ace? Das ist seltsam.

Ace mag eine Menge Dinge sein, doch er wirkt nicht wie ein schlechter Mensch.

Interessant, dass Jacob über ihn so denkt. Das werde ich mir merken.

»Das werde ich. Danke, Jacob.«

Er steht auf, kommt zu mir und lässt seine Lippen über meine Schläfe gleiten. »Ich werde dich später mal anrufen.«

Damit verlässt er meine Wohnung, und ich verriegele die Tür hinter ihm.

Dann kontrolliere ich das Schloss noch einmal, nur um auf Nummer sicher zu gehen.

Ich bin nicht verrückt.

Oder?

12

Ich strecke mich und öffne dann langsam die Augen. Sonnenlicht strömt durch mein Schlafzimmerfenster, drängt sich an den Vorhängen vorbei, um auf mein Bett zu fallen. Sie ist so warm, dass ich davon aufgewacht bin. Ich muss länger geschlafen haben, als ich dachte, weil ich für gewöhnlich bereits im Morgengrauen aufwache. Stöhnend rolle ich meinen steifen Körper vom Bett und stehe auf. Ich rücke meine Baumwollshorts und das Tanktop zurecht, die beide im Schlaf an seltsame Stellen gerutscht sind.

Kaffee.

Sofort.

Als ich durch den Flur in die Küche gehe, huscht mein Blick zur Tür – die Schlösser sind alle an ihrem Platz. Ich atme tief durch und gehe zu meiner Kaffeemaschine, nur um abrupt anzuhalten, als ich die Tasse auf der Anrichte entdecke. Mein Herz beginnt zu rasen, und für einen Moment kann ich bloß starren. Das hier kann ich nicht mal mehr damit erklären, dass Jacob vielleicht vorbeigeschaut hat, um mir einen Kaffee zu bringen, oder Taylor oder sogar Ace.

Weil das die Kaffeetasse ist, die Raymond mir zu unserem ersten Hochzeitstag geschenkt hat. Sie ist knallpink, und darauf steht in großen Buchstaben Yummy Future Mummy. Nach unserer Hochzeit haben wir nicht mehr verhütet, also hat er mir die Tasse gekauft, damit ich jeden Tag mit einem Lächeln beginne. Sie war jahrelang in einer Kiste verstaut. Tatsächlich hatte ich sie schon fast vergessen.

Mit zitternden Knien gehe ich zum Tresen und starre auf die Tasse, ehe ich die Hand hebe und meine Fingerspitzen über die Seite gleiten lasse. Sie ist noch heiß! Mein Blick schießt nach links, wo ein gefalteter Zettel liegt. Nein. Nein. Nein. Mit verschwommenem Blick und zitternden Fingern greife ich nach der Nachricht. Schon bevor ich das Papier auffalte, weiß ich, was darauf stehen wird. Es war jeden Morgen dasselbe. Ein paar dieser Zettel habe ich sogar aufgehoben, da ich sie so sehr geliebt habe.

Meine liebste Hartley,
ein Kaffee, um Dich zu wecken, zwei Küsse,
damit Du an mich denkst, und drei Stunden,
bis ich Deine wunderbare Stimme wieder höre.
Hab einen tollen Tag, meine Süße!
R X

Ich kann nichts dagegen machen – ein Schluchzen steigt in meine Kehle und bahnt sich seinen Weg ins Freie. Zitternd klammere ich mich an der Arbeitsplatte fest und zerknülle die Nachricht in meiner Hand. Ich bebe in einer Mischung aus Angst und Trauer. Ich bin nicht verrückt. Das weiß ich jetzt. Auf keinen Fall hätte ich das hier tun können. Was bedeutet, dass jemand mir das antut. Jemand versucht, mich fertigzumachen, indem er das benutzt, was mir am meisten bedeutet hat – meinen Ehemann.

Mein Blick huscht durch die Küche, weil mich plötzlich Panik überfällt.

Was, wenn in diesem Moment jemand hier drin ist?

Ich denke nicht nach. Ich drehe mich einfach um und renne zur Tür. Tränen laufen mir über die Wangen, als ich mit den Schlössern kämpfe, um sie zu öffnen, bevor ich die Tür so heftig aufreiße, dass sie gegen die Wand knallt. Dann stürme ich in den Hausflur. Ich erreiche Ace'Tür und beginne, mit der Faust dagegenzuschlagen. Ich weiß nicht, wie viel Uhr es ist. Es ist mir egal. Ich bete einfach nur darum, dass er zu Hause ist. Ich bin vollkommen verängstigt. Ich fühle es bis in meine Knochen. Mein Magen fühlt sich an, als hätte sich eine eiserne Faust darumgeschlossen.

Die Tür schwingt auf, und Ace steht im Türrahmen, gekleidet in einen Anzug, das Haar noch feucht von der Dusche. Sein Blick fällt auf mein Gesicht, dann auf den Zettel in meiner Hand, ehe er mit ruhiger, aber doch scharfer Stimme fragt: »Hartley, was stimmt nicht?«

»Jemand spielt m-m-mit m-mir, Ace.«

Ich kann nicht mal mehr reden.

»Komm her.«

Er legt eine Hand auf meine Schulter und zieht mich in seine Wohnung, bevor er die Tür hinter uns schließt. Er führt mich zu einem Küchenstuhl und übt leichten Druck aus, damit ich mich hinsetze. Als mein Hintern Halt gefunden hat, geht er in die Knie, sodass er mir in die Augen schauen kann. »Sieh mich an.«

Ich blinzele ein paarmal, um die Tränen aus meinen Augen zu vertreiben.

»Hart, sieh mich an.«

Hart.

Ihn ansehen.

Ich schnappe nach Luft, als unsere Blicke sich treffen. Ich erkenne kein bisschen Panik in seinem Blick, sondern nur ruhige Autorität. Ich beiße mir auf die Zunge, um nicht wieder zu schluchzen, und halte einfach seinen Blick. Ich will keine Sekunde lang wegsehen, weil er mir Halt gibt und ich fürchte, dass ich sonst erneut die Kontrolle verliere.

»Atme ein paarmal tief durch. Atme so tief ein, wie du kannst, halte ein paar Sekunden die Luft an, und dann atme langsam aus.«

Ich tue, was er sagt – hole tief Luft, halte die Luft ein paar Sekunden lang in meiner Lunge und lasse sie danach wieder entweichen. Das mache ich mehrmals, bis das Schluchzen, das mir die Kehle zuschnürt, verklingt und mir nicht länger Tränen über die Wangen laufen. Erst dann richtet Ace sich auf, schnappt sich einen zweiten Stuhl und setzt sich vor mich.

»Und jetzt erzähl mir, was passiert ist«, befiehlt er, wahrscheinlich sanfter, als ich es je vorher gehört habe, auch wenn seine Stimme immer noch barsch und ein wenig unheimlich klingt.

»Also«, ich atme noch mal tief durch, »ich bin heute Morgen aufgewacht … und als ich in die Küche gegangen bin, stand da eine Tasse fertiger Kaffee auf der Arbeitsfläche. Und er war sogar noch heiß. Und ich weiß, dass mir nicht einfach Taylor oder Jacob Kaffee vorbeigebracht hat, weil die Tasse ein Geschenk meines Ehemannes war. Er hat mir jeden Morgen einen Kaffee hingestellt, mit dieser Nachricht.«

Ich gebe Ace den Zettel, den ich immer noch zusammengeknüllt in der Hand halte.

Er wirft einen Blick darauf. »Ist das die Handschrift deines Ehemannes?«

»Ja. Ich hatte ein paar dieser Nachrichten aufgehoben. Er hat mir jeden Morgen dasselbe geschrieben.«

Ace nickt und sieht mich erneut an. »Alles, was bisher geschehen ist, steht irgendwie im Zusammenhang mit deinem Ehemann, und zwar ausschließlich, oder?«

Ich nicke und schlucke schwer.

»Okay«, murmelt er und brummt leise vor sich hin, bevor er aufsteht. »Ich warte nach wie vor auf diese Schlösser. Sie sollen heute Nachmittag oder spätestens morgen früh geliefert werden. Ich werde sie einbauen, aber ich stelle immer noch Nachforschungen an. Ich habe mit der Security geredet – nichts Außergewöhnliches, allerdings ist die Security in diesem Gebäude auch nicht gerade der Hit.«

Ich kaue auf der Innenseite meiner Wange, um zu verhindern, dass die Angst mich wieder überwältigt.

»Ich will den vollen Namen von jedem, den du kennst und der in der Umgebung wohnt. Und von jedem, den dein Ehemann kannte, inklusive eventueller Ex-Freundinnen, von denen du weißt. Volle Namen von allen. Ich will so viele Details wie möglich über jeden, mit dem du in den letzten Monaten irgendwie zu tun hattest. Kannst du mir diese Liste bis heute Nachmittag zusammenstellen?«

Ich nicke. »Was glaubst du, was hier vor sich geht?«

»Es könnte verschiedene Erklärungen geben, und ich habe auch ein paar Theorien, aber ich würde sagen, ich kann sicher davon ausgehen, dass du nicht selbst dafür verantwortlich bist, sondern jemand dir das antut. Was ich wissen will, ist, wer und warum.«

»Glaubst du«, ich schlucke schwer und atme erneut tief durch, »glaubst du, ich bin in Gefahr?«

Er zögert. »Im Moment kann ich das wirklich noch nicht sagen. Ich brauche mehr Informationen. Bisher hat derjenige, der das alles tut, dich nicht verletzt … oder auch nur versucht, dich zu verletzen. Das ist ein gutes Zeichen. Andererseits könnte es schwerer sein, herauszufinden, warum jemand beschlossen hat, dich in dem offensichtlichen Versuch, dich in den Wahnsinn zu treiben, immer wieder mit der Erinnerung an deinen Ehemann zu konfrontieren. Es findet nicht heimlich statt, was heißt, dass, wer auch immer dafür verantwortlich zeichnet, will, dass du weißt, was er tut.«

Dieser Gedanke sorgt dafür, dass mir übel wird. Ich verstehe einfach nicht, wieso jemand mir das antun will, besonders so lange Zeit nachdem ich meinen Ehemann verloren habe.

»Ich werde wegen der Schlösser ein wenig Druck machen. Das Computersystem der Security funktioniert seit zwei Wochen nicht, aber ich habe ihnen erklärt, dass sie das besser mal sofort in Ordnung bringen, weil ich den Vermieter sonst persönlich für jeden möglichen Vorfall verantwortlich machen werde.«

»W-w-was ist mit meinen Fenstern?«, frage ich, da sie mir plötzlich einfallen. Ich meine, das ist doch eine Möglichkeit, oder? Jede Öffnung bietet einen möglichen Zugang zu meiner Wohnung.

Er nickt. »Auch die werde ich mit Schlössern sichern. Falls es nötig werden sollte, stelle ich einen Streifenwagen vor die Tür, oder wir installieren eine Alarmanlage.«

Gott. Das ist alles zu viel für mich.

Ich presse eine Hand an meine Brust und lasse den

Kopf sinken. Dann atme ich zitternd durch, den Blick auf den Boden gerichtet.

»Wir werden dieser Sache auf den Grund gehen, Hartley«, sagt Ace. »Dafür werde ich sorgen. Bitte vertrau darauf, dass ich alles tun werde, was ich kann, um deine Sicherheit zu garantieren.«

Alles, was er kann.

Alles. Was. Er. Kann.

Was, wenn das nicht genug ist?

»Ehrlich, das ist unheimlich«, murmelt Taylor, als sie mit der Gabel ein Stück Curryhühnchen aufspießt, das wir aus einem nahegelegenen Chinarestaurant bestellt haben.

»Was du nicht sagst.« Ich seufze und stochere in meinem Essen herum. Ich bin mir nicht sicher, ob ich wirklich etwas zu mir nehmen kann. Mir ist schon den ganzen Tag nicht gut.

»Du hast Ace deine Liste gegeben. Hat irgendwer darauf die Alarmglocken zum Schrillen gebracht?«

Ich zucke mit den Achseln. »Unsere Freunde kennen wir alle seit Ewigkeiten. Raymonds ganze Freunde, selbst seine wenigen Ex-Freundinnen, kenne ich alle. Ich bezweifle schwer, dass sie Jahre nach seinem Tod plötzlich anfangen, mich zu foltern. Die Einzigen, die vielleicht so seltsam sein könnten, sind die Männer, mit denen ich Blind Dates hatte.«

Sie macht große Augen. »Oh Gott. Die hatte ich ganz vergessen. Was, wenn das alles meine Schuld ist?«

Ich tätschele ihre Schulter. »Ist es nicht, ehrlich. Ich hatte kaum Kontakt zu ihnen. Sie kennen nicht mal meinen vollen Namen und wissen sicherlich nicht, wo sie mich einen Monat nach dem Date mit ihnen finden sollen. Ich kann mir einfach nicht vorstellen, dass sie etwas damit zu tun haben. Aber Ace sieht sie sich trotzdem genauer an.«

»Jacob?«, fragt sie.

Ich schüttele den Kopf. »Nein, bei ihm hat Ace als Erstes eine volle Hintergrundüberprüfung durchgeführt. Er ist vollkommen sauber. Er hat nicht mal einen Strafzettel bekommen. Und ehrlich, er war so nett zu mir.«

Taylor verdreht die Augen. »Natürlich hat er ihn zuerst überprüft.«

Ich lache leise. »Genau das habe ich auch gesagt.«

»Verdammte Männer. Bist du dir sicher, dass es nicht Greg oder Richard war?«

Ich nicke. »Ja. Ich glaube nicht, dass Richard an so etwas auch nur denken würde… wenn man bedenkt, wie fertig er wegen seiner Ex-Freundin war. Das war nicht bloß gespielt – zumindest glaube ich das nicht. Und Greg… Ich nehme an, er kommt von allen noch am ehesten infrage, weil ich ihn vor den Kopf gestoßen habe. Aber trotzdem erscheint es unwahrscheinlich, dass er so extrem reagiert, oder?«

Taylor verzieht nachdenklich den Mund. »Du hast ihm allerdings ziemlich die Meinung gegeigt. Ich meine, was wissen wir schon über ihn? Woher sollen wir wissen, dass er kein Stalker ist? Er hat in seinem Profil gelogen, also wollte er sich vielleicht rächen?«

Ich denke darüber nach. Von allen, die mir bisher eingefallen sind, ist Greg der wahrscheinlichste Kandidat. Ich habe Ace alles gesagt, was ich über Greg weiß, also werde ich jetzt wohl einfach abwarten müssen, was Ace herausfindet.

»Na ja, ich habe Ace alles über ihn erzählt, und er

meinte, er wird sich die Sache ansehen.« Wer auch immer das tut, mein Foltermeister hat einige Nachforschungen angestellt. Woher sonst sollte er denn all diese kleinen Dinge wissen?

Taylor nickt und reibt sich dann das Kinn. »Ja, du hast recht. Trotzdem … wenn man sich nur genügend anstrengt, kann man fast alles über einen anderen Menschen herausfinden. Ich meine, so was passiert ständig.«

»Hmmm.« Ich denke darüber nach, und mein Herz verkrampft sich. »Nun, ich kann bloß hoffen, dass Ace die verantwortliche Person bald findet – wer auch immer sie sein mag. Ich hoffe wirklich inständig, dass er das schafft.«

Taylor schiebt sich noch ein Stück Curryhühnchen in den Mund. »Das hoffe ich auch. Ich fühle mich so unwohl.«

Ich nicke. »Ich mich auch. Ich kann kaum noch schlafen. Ich glaube, ich werde sogar Probleme haben, wenn jemand hier ist. Wenn wir richtigliegen, war jemand in meiner Wohnung, während ich geschlafen habe … ist hier herumgelaufen. Allein bei dem Gedanken, was er hätte tun können, wenn er gewollt hätte, wird mir ganz schlecht.«

Taylor drückt mein Knie. »Wir werden sicher bald Antworten bekommen. Und bis dahin schlafe ich so oft hier, wie ich kann, das weißt du. Und du kannst auch mal bei mir übernachten, wenn dir das lieber ist.«

»Du hast bereits eine Mitbewohnerin und kein Gästezimmer. Das kann ich nicht machen. Es ist okay. Ich bin mir sicher, ich komme schon klar.«

Es klopft an der Tür, und wir reißen beide die Köpfe herum. Ich werfe Taylor einen Blick zu, doch sie ist bereits aufgestanden, geht zur Tür und ruft: »Wer ist da?«

»Ace.«

Barsch. Männlich. Die Stimme ist unverwechselbar.

Sie sieht über die Schulter zu mir, und ich nicke zustimmend. Sie entriegelt die Tür und zieht sie auf. Ace steht im Türrahmen, eine Tüte in der Hand. Er mustert Taylor einen Moment aus zusammengekniffenen Augen, dann gleitet sein Blick zu mir, wie ich auf der Couch sitze, eine unangetastete Schüssel mit Essen auf dem Schoß.

»Hey«, sage ich, wobei meine Stimme selbst in meinen eigenen Ohren matt klingt.

»Ich wollte nur kurz nach dir sehen, bevor ich nach Hause gehe. Ich habe ein paar Dinge, die ich dir geben will, und ein paar Informationen.«

Ich nicke und fordere ihn mit einer Geste auf, die Wohnung zu betreten. Er wirft Taylor noch einen Blick zu, dann kommt er rein und setzt sich mir gegenüber auf einen Stuhl. Eingehend mustert er mein Gesicht.

Sein Blick schließt meinen gesamten Körper mit ein, doch überwiegend sieht er mir in die Augen. Ich schwöre, es fühlt sich an, als könnte er alles sehen, was ich zu verbergen versuche. Es ist, als könnte er alle Schutzmauern durchschauen, die ich so sorgfältig errichtet habe, um mein verletzliches Inneres zu verbergen.

»Geht es dir gut?«, murmelt er. Seine Stimme ist leise, heiser und … fast aufrichtig besorgt.

»Ich halte mich, so gut es eben geht«, erkläre ich ihm, und das ist die Wahrheit.

Er nickt und stellt dann die Tüte vor mir ab. »Es ist nicht viel, aber da drin sind ein paar Dinge, die du benutzen kannst, sollte es … nötig werden.«

Mein Blick schießt zu Taylor. Seine wenigen Worte

scheinen bereits dafür zu sorgen, dass sie sich unwohl fühlt. Sie verlagert ihr Gewicht, verschränkt die Arme vor der Brust und runzelt die Stirn.

»Pfefferspray, eine unglaublich laute Pfeife, die jeden zum Rückzug zwingt, und eine Liste von Nummern für den Notfall … von einigen Polizeibeamten, inklusive meiner eigenen.«

Meine Hände fangen an zu zittern, also klemme ich sie mir zwischen die Beine und halte Ace' Blick. »Danke. Das sorgt dafür, dass ich mich besser fühle.«

Eigentlich nicht. Wirklich nicht. Ich glaube nicht, dass es im Moment irgendetwas gibt, was das erreichen könnte. Doch die Tatsache, dass er daran gedacht hat, tröstet mich ein wenig.

Er nickt abgehackt. »Ich habe mir jeden auf deiner Liste angesehen, und bisher sind alle sauber. Was natürlich nicht heißt, dass sie nicht fähig wären, so was durchzuziehen, aber ich glaube, ich muss anfangen, die Suche auszuweiten … mir die Leute anzusehen, mit denen du arbeitest, Leute, die in anderen Stockwerken dieses Hauses leben. So was eben.«

»Danke, Ace«, sage ich, und es kommt von Herzen. »Ich weiß das wirklich zu schätzen.«

Er zuckt mit den Achseln. »Würde ich für jeden tun.«

Stimmt. Seine Worte sorgen dafür, dass sich etwas in meiner Brust verkrampft … was mich überrascht. Mir gefällt gar nicht, was seine Worte in mir auslösen. Aber ich bemühe mich, nicht zu sehr über die möglichen Gründe für diese Gefühle nachzudenken.

Er steht auf. »Ich bin direkt nebenan, also schrei einfach, wenn du mich brauchst. Stell sicher, dass du die Tür verriegelst, und kontrollier es dann noch mal. Die neuen Schlösser kommen morgen.«

Ich nicke, dann schlucke ich gegen den Kloß in meinem Hals an. »Danke.«

Er nickt wieder. »Bis später.«

Damit verlässt er die Wohnung, ohne sich noch mal umzuschauen. Ich sehe zu Taylor, die seinen Abgang beobachtet und dann mich ansieht. »Er ist unglaublich intensiv.«

Ja.

Ja, das ist er.

Aber er sorgt auch dafür, dass ich mich auf seltsame Weise sicher fühle. Und im Moment ist das alles, was ich brauche.

13

Draußen zuckt ein Blitz über den Himmel und erhellt mein Schlafzimmer, gefolgt vom lauten Grollen des Donners. Heftiger Regen prasselt vom Himmel und sorgt dafür, dass ein Wasserfall über mein Fenster nach unten rinnt. Ich sitze auf dem Bett, die Beine an die Brust gezogen, jede Lampe in der Wohnung eingeschaltet, und starre in den Sturm, der gerade unsere Stadt heimsucht.

Ich mag Stürme.

Heute Abend allerdings fühle ich mich damit nicht allzu toll.

Es ist kurz nach ein Uhr morgens, und ich weiß, dass ich nicht schlafen werde. Besonders nicht mehr, seitdem Taylor zur Arbeit ins Krankenhaus gerufen wurde. Sie wollte über Nacht bleiben, aber jetzt kann sie das nicht tun. Ich bin allein. Auf keinen Fall werde ich schlafen können. Also habe ich alle Lichter eingeschaltet und beschlossen, diese Nacht einfach irgendwie durchzustehen. Was ist schon eine Nacht ohne Schlaf? Trotzdem lässt die Schwere in meiner Brust nicht nach.

Nicht mal ein wenig.

Jedes noch so kleine Geräusch sorgt dafür, dass mir

das Herz in die Hose rutscht. Ich bin vollkommen verängstigt. Ich wünschte, Raymond wäre hier. Ich wünsche es mir so inständig, dass der Schmerz in meiner Brust noch heftiger wird und langsam in meine Kehle wandert, bis ungeweinte Tränen in meinen Augen brennen. Er würde wissen, was nötig ist, damit ich mich sicher fühle. Er würde wissen, wie er dafür sorgen kann, dass ich mich besser fühle.

Dann herrscht plötzlich tintenschwarze Dunkelheit.

Für einen Moment höre ich auf zu atmen.

Nein.

Gott. Nicht schon wieder.

Der Strom ist ausgefallen.

Meine Hände fangen an zu zittern, und mein Körper fühlt sich plötzlich an, als wäre er zu schwer, um mich zu bewegen. Ich bin wie erstarrt. Ich versuche, mich dazu zu zwingen, aufzustehen, doch nichts passiert. Ich bin vor Angst zur Salzsäule erstarrt. Erneut erhellt ein Blick das Zimmer, und meiner Kehle entringt sich ein Schrei. Wo ist mein Handy? Wo ist es? Es hat eine Taschenlampe. Gott, warum bin ich hiergeblieben? Ich hätte besser nachdenken müssen. Ich hätte in Taylors Wohnung gehen können. Ich will überall sein, nur nicht hier.

Was habe ich mir bloß dabei gedacht?

Tränen brennen in meinen Augen. Ich weiß, dass ich aufstehen und mich bewegen muss. Ich werde nach nebenan gehen. Ace macht das sicher nichts aus. Verdammt, ich werde sogar in seiner Wohnung auf dem Boden schlafen, wenn es sein muss. Mir ist egal, dass er mich nicht mag. Ich kann hier nicht bleiben. Meine Finger zittern immer noch, als mir einfällt, dass mein Handy auf dem Nachttisch liegt. Ich greife danach, und gerade in dem Moment, als ich die eingebaute Taschenlampe einschalte, klingelt es.

Es. Klingelt.

Und Raymonds Name leuchtet auf dem Display auf.

Nein.

Ein verängstigtes Gurgeln dringt aus meinem Mund, und ich werfe das Handy quer durchs Zimmer, bevor ich aus dem Bett springe. Mein Blick huscht nach links, dann nach rechts, dann zu der offenen Tür vor mir. Habe ich sie offen gelassen? Gott. Habe ich nicht. Ich bin mir sicher, dass ich sie geschlossen habe, als ich ins Bett gegangen bin. Ich bin mir absolut sicher. Ich höre ein Geräusch aus der Küche. War das Donner? Ist jemand in meiner Wohnung? Panik ergreift Besitz von mir, und ich kann nicht mehr atmen. Ich kann nicht atmen.

»Hilfe«, krächze ich, als irgendwo im Raum erneut mein Handy klingelt.

Wer tut mir das an?

Warum?

Meine Knie werden weich. Ich kann nichts sehen. Oder nur kurz, als erneut ein Blitz über den Himmel zuckt, irgendwo draußen einschlägt und den Raum für einen kurzen Moment in helles Licht taucht. Ich strecke die Hand aus, in dem Versuch, eine Wand zu finden, an der ich mich abstützen kann. Ich muss mein Handy finden. Darin ist Ace' Nummer eingespeichert. Ich werde ihn anrufen. Dann wird alles gut. Es wird wieder gut.

Mein Handy finden.

Das ist alles, was ich tun muss.

Ich habe solche Angst, dass es sich anfühlt, als würde mir jemand mit beiden Händen die Kehle zerquetschen. Kalter Schweiß bildet sich auf meiner Stirn, und ich scheine mich einfach nicht unter Kontrolle bekommen zu können. Nicht mal genug, um zu denken. Irgendwo aus Richtung der Küche erklingt ein krachendes Geräusch. Mir gefriert das Blut in den Adern. Jemand ist in meiner Wohnung? Oh Gott, jemand ist in meiner Wohnung! Mit zitternden Händen versuche ich mich daran zu erinnern, wo ich die Tüte hingetan habe, die Ace mir mitgebracht hat. Sie steht auf dem Schreibtisch direkt neben meinem Bett. Sie ist in diesem Raum, also muss ich nur hingehen.

Zuerst mein Handy. Ace anrufen. Mich zusammenreißen.

Der nächste Blitz zuckt über den Himmel, während mein Blick immer noch auf die offene Schlafzimmertür gerichtet ist. Der Raum erhellt sich, und ich entdecke eine dunkle Gestalt mit Kapuze im Türrahmen. Ich schreie. Ich schreie so laut, dass meine Stimme plötzlich abbricht und kein Geräusch mehr aus meiner Kehle dringt. Meine Knie geben nach, und ich sinke zu Boden, bloß um den Kopf hochzureißen, als der nächste Blitz den Raum erhellt.

Diesmal ist niemand im Türrahmen.

»Ace!«, kreische ich, so laut ich kann. Ich weiß nicht, ob er mich hören kann. Ich weiß gar nichts, doch ich schreie einfach immer wieder seinen Namen, bis meine Stimme bricht. Ich weiche zurück, bis ich den Bettrahmen an meinem Rücken spüre. Dort bleibe ich zusammengerollt sitzen, die Augen auf die Tür gerichtet, starr vor Angst.

Jemand ist in meiner Wohnung.

Ich habe ihn mit eigenen Augen gesehen.

Ich kann mich nicht bewegen. Ich muss mein Handy finden, das weiß ich, aber die Angst hält mich als Geisel. Ich kann mich nicht bewegen.

»Hilfe«, schluchze ich und ziehe die Beine enger an die Brust. »Bitte.«

Wieder höre ich ein Krachen, dann ein Hämmern an meiner Tür. »Hartley?«

Ace.

Er hat mich gehört.

»Hartley?«

Er brüllt, und ich kann seine Stimme ganz deutlich hören.

»Die Tür ist verriegelt, Hartley.«

Die Tür ist verriegelt? Aber … aber jemand war in meiner Wohnung. Ich habe ihn gesehen. Ich … er war da. Ich habe ihn gesehen. Werde ich verrückt? Verliere ich den Verstand? Was zur Hölle geht hier vor sich? Ich beuge mich nach vorne, bis ich auf Händen und Knien lande, und krieche zur Schlafzimmertür, bevor ich krächze: »Ace?«

»Mach die Tür für mich auf«, ruft er.

Er ist direkt vor der Tür. Niemand wird mir etwas antun, während er so nahe ist.

Ich atme einmal tief durch, dann springe ich auf und renne. Ich renne, so schnell ich kann, auf die Eingangstür zu. Mit zitternden Fingern mache ich mich an den Schlössern zu schaffen, bis sie sich endlich öffnen. Dann trete ich zurück und sinke auf die Knie. Mein Körper ist zu sehr von Angst beherrscht, um weiter zu funktionieren. Ich weiß, dass mir Tränen über die Wangen laufen, obwohl ich sie nicht wirklich spüren kann.

Der Strahl einer Taschenlampe huscht durch den Raum, ehe er auf mir landet.

»Scheiße.«

Auf den gemurmelten Fluch folgen zwei breite Arme, die sich um mich schließen und mich in die Luft heben, als wöge ich gar nichts. Ich vergrabe die Finger in Ace' Hemd und klammere mich fest. Mir ist egal, dass er eigentlich ein Fremder ist – und noch dazu einer, der mich die meiste Zeit über nicht mal besonders mag. Mich interessiert nur, dass der Trost, den er mir in diesem Moment spendet, allumfassend ist.

Ace geht zum Sofa und setzt sich vorsichtig. Auf keinen Fall werde ich ihn in nächster Zeit freigeben – er kann meine Berührung hassen, sosehr er auch will. Ich bin so verdammt verängstigt, dass ich etwas brauche, woran ich mich festhalten kann – und das wird er sein, ob er es nun will oder nicht. Anscheinend hat er kein Problem damit, dass ich mich an ihn presse, als bräuchte ich ihn, um atmen zu können, obwohl ich spüren kann, wie verspannt seine Muskeln unter meinem Körper sind.

Er tut so was nicht oft, das ist offensichtlich, aber für mich tut er es, und dafür bin ich ihm dankbar.

»Beruhige dich«, sagt er angespannt, als hätte er wirklich keine Ahnung, wie er sich gerade benehmen soll. Er sieht mir in die Augen und hält meinen Blick; schenkt mir damit eine Ruhe, die ich im Moment ehrlich nicht für möglich gehalten hätte. »Du atmest kaum, Hartley. Mach die Atemübung, die ich dir gezeigt habe – tief einatmen, kurz die Luft anhalten, dann ausatmen.«

Ich tue, worum er mich bittet, ziehe die Luft tief in meine wunde Lunge und halte sie dort ein paar Sekunden, bevor ich den Atem durch die Nase wieder nach draußen fließen lasse. Das muss ich ganze zehn Minuten lang machen, ehe mein Körper sich endlich wieder anfühlt, als gehöre er mir selbst. Das Taubheitsgefühl in meinen Beinen verschwindet, meine Hände hören auf zu zittern, und ich schaffe es, mich verlegen von Ace zu lösen. Ich rutsche von seinem Schoß und setze mich direkt neben ihn.

Der Strom kehrt zurück. Ich halte mir die Hand vor die Augen, weil das Licht viel heller wirkt als sonst, nachdem ich mich an die Dunkelheit gewöhnt hatte. Ich reibe mir ein paarmal die Augen, und dann blinzele ich heftig, um ihnen die Anpassung zu erleichtern. Als ich zu Ace sehe, starrt er mich an. Sein Blick huscht über mich – zuerst über mein Gesicht, dann tiefer, über meinen gesamten Körper. Sucht er nach Verletzungen? Glaubt er, ich wäre verletzt worden?

»Was ist passiert?«, fragt er.

Ich schlucke schwer und reibe mir die Oberarme. Mir ist kalt, obwohl die Wohnung alles andere als kühl ist.

»Ich habe Geräusche gehört«, erkläre ich leise. »Und mein Handy hat geklingelt. Die Anruferkennung sagte, es wäre das Handy meines Ehemannes. Danach – und das schwöre ich, Ace – habe ich jemanden im Türrahmen gesehen. Einen Mann, glaube ich, mit einem schwarzen Kapuzenpulli. Ich könnte mich irren, denn als der nächste Blitz den Raum erhellt hat, war niemand da. Und dann, als du gekommen bist, war die Tür verriegelt ...«

Ace steht auf. »Wo ist dein Handy?«

»Ich habe es quer durchs Schlafzimmer geworfen.«

»Warte hier.«

Er verschwindet mit langen Schritten durch den Flur. Er bleibt ein paar Minuten weg, bevor er wieder auftaucht, mein Handy in der Hand, den Blick auf das Display gerichtet. »Es gibt mehrere verpasste Anrufe von der Nummer deines Ehemannes. Ich glaube nicht, dass du dir etwas eingebildet hast.«

»Ich weiß, dass ich mir das nicht eingebildet habe«,

sage ich und ziehe die Beine an die Brust. »Aber glaubst du, es war wirklich jemand hier?«

Wieder verschwindet er und bleibt ein paar Minuten weg. Er durchsucht die gesamte Wohnung, ehe er zurückkommt und vor mir stehen bleibt. »Ich kann keinen Hinweis auf gewaltsames Eindringen entdecken.«

Mir rutscht das Herz in die Hose. Also werde ich verrückt? Habe ich mir das bloß eingebildet? Gott, ich hätte schwören können, dass jemand im Türrahmen stand. Ich bin mir dessen so sicher, wie ich weiß, dass ich atme.

Ace muss meine Miene bemerkt haben, weil er vorsichtig sagt: »Das heißt nicht, dass du niemanden gesehen hast … sondern nur, dass er sehr professionell eingedrungen ist.«

Jetzt fühle ich mich, als versuche er lediglich, mir die Sache leichter zu machen.

»Ace?«, frage ich und sehe zu ihm auf.

»Mmmm?«

»Glaubst du, ich bin verrückt?«

Er runzelt die Stirn und sagt mit tiefer, barscher Stimme: »Natürlich nicht, verdammt.«

Ich weiß nicht, warum, aber das sorgt dafür, dass ich wieder anfange zu weinen. Tränen laufen mir über die Wangen, und ich komme mir blöd vor, weil ich so schwach bin. In meinem Kopf herrscht absolutes Chaos, und ich bin müde, und ich versuche, das alles irgendwie zu verstehen. Ace schweigt einen Augenblick, so lange, dass ich mich frage, ob er überhaupt noch da ist, aber dann geht er vor mir in die Hocke und überrascht mich, indem er mein Kinn umfasst und meinen Kopf gerade genug anhebt, dass er mir in die Augen sehen kann.

»Du musst eine Menge verarbeiten – und ich weiß,

dass du im Moment wahrscheinlich alles infrage stellst –, aber stell dich nicht selbst infrage. Du bist nicht verrückt. Jemand versucht, dich fertigzumachen, und ich werde herausfinden, wer das ist, und dafür sorgen, dass er verdammt noch mal damit aufhört. Hast du mich verstanden?«

Meine Unterlippe zittert.

»Ich bin der Beste in meinem Job, Hartley. Und jetzt frage ich dich noch mal: Hast du mich verstanden?«

»Ja«, flüstere ich.

»Gut. Wie trinkst du deinen Tee? Ich werde dir eine Tasse machen, und dann wirst du ein wenig schlafen.«

Das ist keine Frage, sondern ein Befehl.

Und ich widersetze mich nicht.

Ihn hier zu haben sorgt dafür, dass ich mich sicher fühle, also werde ich auf keinen Fall mehr versuchen, irgendetwas abzuwehren, was er mir freiwillig zu geben bereit ist.

Ich brauche Ace hier.

»Wie hast du deinen Ehemann verloren?«, fragt Ace. Er sitzt an einem Ende des Sofas. Ich sitze am anderen Ende, mit einer Decke über meinen Beinen und einer Tasse Tee in den Händen.

»Er ist bei einem Autounfall gestorben«, erkläre ich. Erst in diesem Moment wird mir klar, wie lang es her ist, dass ich jemandem von Raymond erzählt habe. »Die übliche Geschichte, eigentlich. Er war auf dem Heimweg, es hat geregnet, ein Fahrer hat die Kontrolle über seinen Wagen verloren und ihn von der Straße gerammt. Raymonds Truck hat sich überschlagen. Er war sofort tot.«

Ace mustert mich. »Tut mir leid. Es ist nicht einfach, einen geliebten Menschen zu verlieren.«

Er klingt, als wüsste er, wovon er redet.

»Nein, das war es wirklich nicht. Ich hatte lange Zeit Probleme. Ich habe ihn geliebt, aus vollem Herzen. Er war ein toller Mann. Der beste. Er war die Art von Ehemann, von der man sonst nur liest … die Art, um die mich alle Frauen beneidet haben. Es wirkte wie eine grausame Laune des Schicksals, dass so etwas passiert und er mir einfach weggenommen wird.«

Er nickt. »Es klingt, als wäre er ein guter Mensch gewesen.«

»Das war er.« Ich nicke. Es ist ein gutes Gefühl, über Raymond zu reden. »Was ist mit dir?«, frage ich ihn, bevor ich an meinem Tee nippe. »Warst du je verheiratet?«

Etwas blitzt in seinen Augen auf, als er mich ansieht. »Ja.«

Oh.

Oh Mann.

Ich erkenne etwas in seinen Augen. Ich erkenne es deswegen so deutlich, weil ich diesen Ausdruck in den letzten vier Jahren Tausende Male beim Blick in den Spiegel gesehen habe. Es ist eine Leere, eine Traurigkeit, die die meisten Menschen übersehen würden. Doch für mich ist sie überdeutlich. Er ist verletzt worden. Schwer.

Also frage ich sanft: »Ist deine Frau noch da?«

Schmerzen blitzen in den dunklen Tiefen auf, ehe er heftig den Kopf schüttelt. »Nein. Sie ist gestorben. Sie hatte Brustkrebs.«

Also versteht er wirklich, wie ich mich fühle. Ich hatte recht. Er versteht meinen Schmerz. Die Art von Schmerz, die sich mit Worten einfach nicht beschreiben lässt. Die Art von Schmerz, die einen trifft wie ein Schlag und sich dann tief in der Seele einnistet, bis klar ist, dass man diese Pein nie wieder loswerden kann. Sie bleibt ein ständiger Begleiter – ein Geschwür, das man nicht entfernen kann. Selbst an den besten Tagen fühlt man diesen dumpfen Schmerz, der einen immer daran erinnert, was man verloren hat.

»Es tut mir unendlich leid, Ace«, flüstere ich sanft. »Ich weiß genau, wie sehr das wehtut.«

»Ja«, murmelt er barsch, »das weiß ich.«

»Wie lange ist es her?«

»Zwei Jahre.«

Der arme Mann. Zwei Jahre hört sich für die meisten Leute sehr lange an, aber wenn man einen geliebten Menschen verliert, vergeht diese Zeit wie im Nu, und man fühlt sich immer noch, als hätte sich nichts geändert; als ginge nichts im Leben weiter; als würde man sich nie wieder erholen.

»Es tut mir wirklich sehr leid«, wiederhole ich, denn was kann man da sonst auch sagen?

Es folgt ein langer Moment der Stille, ehe er fragt: »Wolltet ihr je Kinder?«

»Ja«, antworte ich. »Wir haben es versucht, aber er ist gestorben, bevor wir die Sache ernsthaft angehen konnten. Und ihr?«

Er schüttelt den Kopf.

Okay.

Es ist offensichtlich, dass dieses Thema vorerst beendet ist. Er will nicht mehr darüber reden, also beschließe ich, etwas anderes anzusprechen, um ihn aus seinem Elend zu befreien.

»Wie lang bist du schon Detective?«

Bei einer Frage nach der Arbeit kann man nie etwas falsch machen.

»Sieben Jahre, aber die drei Jahre davor war ich bereits Polizist.«

»Gefällt es dir?«, frage ich und schließe die Hände fest um die Tasse, um meine Finger aufzuwärmen.

Er nickt. »Es ist anstrengend, aber ich mag die Herausforderung.«

»Ich will gar nicht darüber nachdenken. Ich weiß nicht, wie du das schaffst. Welche Art von Gehirn du haben musst, um all diese Hinweise durchzugehen und dadurch ein Verbrechen zu verstehen ... ich finde das ziemlich beeindruckend.«

»Na ja, es hält mich beschäftigt.«

Kann ich mir vorstellen. Ich nicke und schenke ihm ein vorsichtiges Lächeln. »Darauf wette ich.«

»Was ist mit dir? Wie bist du darauf gekommen, Hebamme zu werden?«

Ich sehe ihn an. Natürlich weiß er, welche Ausbildung ich gerade mache. Ich hatte ganz vergessen, dass er bei mir auch eine Hintergrundüberprüfung durchgeführt hat. »Ich liebe Kinder. Ich liebe Babys. Ich liebe einfach die Vorstellung, dabei zu helfen, neues Leben auf die Welt zu bringen. Ich habe darüber nachgedacht, Geburtshelferin zu werden, dann aber beschlossen, dass die umfassendere Betreuung der Mütter als Hebamme das Richtige für mich ist.«

Ace starrt mich an. Er sagt nichts, sondern sieht mich nur an.

»Du bist ein unglaublich intensiver Charakter, hat dir das schon mal jemand gesagt?«

Er brummt. »Ja. Oft.«

»Ich glaube, wenn du ein wenig in deiner Wachsamkeit nachlassen würdest, könnte man eine Menge Gutes unter der Oberfläche entdecken.«

Er mustert mich weiter. Seine Lippen zucken leicht. Es wirkt, als könnte er sich auf irgendetwas einfach keinen Reim machen oder als versuche er, etwas zu verstehen.

»Magst du diesen Vollpfosten, mit dem du ausgehst?«

Ich blinzele.

Das war jetzt aber ein abrupter Themenwechsel.

»Jacob?«

Er nickt.

»Ja«, antworte ich. »Ich meine, wir gehen das Ganze recht locker an, um zu sehen, ob daraus was Ernstes wird. Aber er ist ein netter Kerl.«

Ace schnaubt. »Er ist ein Waschlappen.«

Ich unterdrücke ein Stöhnen und vielleicht sogar ein kurzes Kichern.

»Er ist kein Waschlappen. Er ist wirklich nett.«

»Und ein Waschlappen.«

»Jetzt bist du wieder bösartig«, erkläre ich ihm mit hochgezogenen Augenbrauen.

Er brummt. »Wieso ist es bösartig, ehrlich zu sein?«

Darüber denke ich einen Moment nach. »Ich glaube nicht, dass du bösartig sein willst, aber deine Worte wirken einfach … kalt.«

Er zieht die Augenbrauen hoch.

»Es stimmt«, beharre ich. »Du kennst Jacob nicht. Also ist es etwas dreist, dass du ihn als Waschlappen bezeichnest … findest du nicht?«

Er schüttelt den Kopf. »Nein, das finde ich nicht. Ich nenne die Dinge beim Namen, gegenüber jedem, den ich treffe. Ich habe ständig mit Menschen zu tun … und ich erkenne die Schwachen – diejenigen, die weglaufen, sobald es mal hart auf hart kommt. Dieser Mann könnte dich nicht mal verteidigen, wenn er es versuchen würde.

Er ist wie all diese anderen Männer dort draußen, die sich zurücklehnen und nichts tun, wenn ihre Frauen sie brauchen.«

»Was ist mit mir?«, sage ich leise. »Wenn du die Dinge doch immer beim Namen nennst …«

Er mustert mich einen Moment, und ich vermute schon, dass er nicht antworten wird, aber dann sagt er mit heiserer Stimme: »Du setzt deinen Sarkasmus und deine Schlagfertigkeit ein, um deine Gefühle zu verbergen. Du hast Angst … vielleicht davor, weiterzumachen, vielleicht vor dem Leben, vielleicht davor, verletzt zu werden. Da bin ich mir nicht sicher. Du bist sanfter, als du wirkst, aber du bist auch unglaublich stark. Diejenigen, die das durchgestanden haben, was du durchgestanden hast, gehören zu den stärksten Leuten, denen man begegnen kann. Du rechnest dir das selbst nicht hoch genug an, aber das solltest du.«

Mein Herzschlag wird unregelmäßig, und für einen Augenblick sehe ich einfach nur tief in diese intensiven Augen. Gott.

Ace stellt seltsame Dinge mit meinem Herz an; erzeugt Risse in einer Schutzmauer, die ich mühevoll aufgebaut habe. Eilig wende ich den Blick ab.

»Schlafenszeit«, sagt Ace leise, aber freundlich. »Du wirkst vollkommen erschöpft.«

»Ich … ich weiß nicht …« Ich sehe den Flur entlang in Richtung meines Schlafzimmers.

Ich weiß nicht, ob ich die Kraft habe, dort zu schlafen. Was, wenn jemand durch das Fenster kommt, während Ace hier draußen schläft … oder …

»Ace?«

Er sieht zu mir, die Hand bereits nach einem Kissen ausgestreckt.

»Können wir in deiner Wohnung schlafen?«

Er sieht mich an … und für einen Moment wirkt er entsetzt von dem Gedanken. Als würde ihm diese Vorstellung wirklich Angst einjagen. Ich habe bereits den Mund geöffnet, um ihm zu sagen, dass er es vergessen soll, als er barsch sagt: »Ja.«

Gott sei Dank.

Gott. Sei. Dank.

14

Ich wache auf, mit dem Rücken in die wahrscheinlich bequemste Couch gekuschelt, auf der ich je gelegen habe. Blinzelnd öffne ich die Augen. Es dauert einen Moment, bis ich mich erinnere, wo ich bin. In Ace' Wohnung. Ich lasse meinen Blick durch den Raum schweifen und nehme die Einrichtung in mich auf. Schnittig, modern und sauber. Ace hat einen guten Geschmack. Alles ist entweder schwarz, grau oder rot. Seine Möbel wirken männlich.

Die gesamte Wohnung wirkt sehr maskulin.

Mein Blick gleitet zur Küche, die sich an genau derselben Stelle befindet wie meine. Die Wohnungen haben denselben Grundriss. Ace steht am Tresen und tippt auf seinem Laptop herum. Er hat noch nicht bemerkt, dass ich wach bin. Hitze steigt in meine Wangen. Ich kenne ihn kaum, und doch schlafe ich auf seiner Couch. Habe ich geschnarcht? Oh Gott, habe ich mit weit offenem Mund geschlafen? Oder noch schlimmer, habe ich gesabbert?

Oh Gott, was ist, wenn ich gesabbert habe?

Und er es gesehen hat?

Ich hebe eine Hand und fahre mir durch mein verknotetes Haar. Damit errege ich seine Aufmerksamkeit.

Sein Blick huscht zu mir, und irgendetwas verkrampft sich in meiner Brust. Es ist eigentlich kein unangenehmes Gefühl, aber eines, mit dem ich nicht allzu vertraut bin. Es fühlt sich warm an, sogar sicher. Ich verdränge es eilig und murmele ein verschlafenes »Hi«.

Er nickt. »Morgen.«

»Wie viel Uhr ist es?«

»Acht.«

Ich hätte erwartet, dass ich länger schlafe, doch gleichzeitig bin ich auch froh, dass ich das nicht getan habe. Ich setze mich auf und rücke meine Kleidung zurecht – stelle sicher, dass alles an der richtigen Stelle sitzt –, bevor ich von der Couch aufstehe. Ich falte die Decke und lege sie über eine Armlehne, dann ordne ich die Kissen wieder, ehe ich zur Arbeitsfläche gehe. Ace schiebt mir eine Tasse Kaffee herüber, ohne den Blick zu heben.

Mir wird warm ums Herz.

Er hat mir Kaffee gemacht.

»Danke«, sage ich, als ich nach der Tasse greife.

»Ich werde heute ein paar Sachen aus deiner Wohnung mit aufs Revier nehmen, um nach Fingerabdrücken und Ähnlichem zu suchen. Die Schlösser sind angekommen. Ich werde sie vor dem Mittagessen einbauen. Dann solltest du in deiner Wohnung sicher sein.«

Ich schlucke schwer.

Obwohl er recht hat, erfüllt mich der Gedanke, nach Hause zurückzukehren, mit großer Angst. Diese Wohnung fühlt sich einfach nicht mehr sicher an.

»Ich werde noch ein paar Recherchen anstellen und mal sehen, was ich herausfinden kann. Ich denke, du solltest hierbleiben, zumindest, bis ich die Schlösser ausgetauscht habe. Kannst du auch hier lernen?«

Er will, dass ich … hierbleibe? In seiner Wohnung?

»Ähm, ja, ich kann mir meinen Laptop holen und mich hier einrichten. Heute Abend muss ich arbeiten … ist das ein Problem?«

Er schüttelt den Kopf. »Ich werde dich dort absetzen, damit ich weiß, dass du sicher ankommst. Und ich hole dich auch wieder ab, wenn deine Schicht endet.«

»Ist es normal, dass, ähm, Detectives all das tun?«

Endlich sieht er mich wieder an. »Ich bin nicht dein Detective, wenn ich hier bin, Hartley. Ich bin dein Nachbar. Und ja, es ist normal.«

Okay. Trotzdem: Ich habe noch nie von einem Polizeibeamten oder Detective gehört, der so weit geht, um jemandem zu helfen. Meist übertragen sie die Aufgabe, jemanden zu bewachen, der sich in Gefahr befindet, einem der neuen Rekruten und gehen dann ihrer Wege. Die Tatsache, dass Ace mir helfen will – auch in seiner Freizeit –, geht mir unter die Haut. Das bedeutet mir eine Menge. Wahrscheinlich hätte ich Jacob erlauben sollen, das zu tun, aber dafür bin ich nach wie vor nicht offen. Ich fühle mich noch nicht bereit für diesen Schritt in unserer Beziehung. Außerdem ist Ace Polizist … was einfach mehr Sinn ergibt.

»Okay.« Ich nicke zustimmend. »Was auch immer für dich am einfachsten ist.«

»Hoffentlich finde ich in den nächsten Tagen eine Spur, damit wir wenigstens eine Vorstellung davon bekommen, womit wir es hier zu tun haben.«

Mein Handy klingelt. Ich sehe mich um und frage mich, wo es wohl sein mag. Gestern Abend hatte Ace es, und er hat es offensichtlich mitgebracht. Er senkt den Blick, und ich entdecke das Telefon neben seinem Laptop. Er verzieht das Gesicht, dann greift er nach dem Handy und hebt ab.

Er geht an mein Telefon.

Ich starre ihn mit offenem Mund an, als er missgestimmt »Jacob« brummt.

Oh. Mann.

»Sie ist in meiner Wohnung und steht im Moment unter meinem Schutz. Bis ich Sie für sauber erklärt habe, sollten Sie sich besser von ihr fernhalten.«

Mein Herz rast wie wild ... schließlich hat er Jacob bereits überprüft. Ich weiß das, weil er es mir erzählt hat. Wieso also sagt er ihm etwas anderes?

»Es geht ihr gut. Aber sie hat gestern Nacht einen ziemlichen Schreck bekommen.«

Ace richtet den Blick an die Decke.

Ungeduldig.

»Fünf Minuten.«

Damit legt er auf und knallt das Handy auf den Tresen, bevor er sich wieder auf seinen Laptop konzentriert.

»Ähm«, setze ich an, »was war das?«

»Er wird gleich hier sein. Ich habe ihm gesagt, er bekommt fünf Minuten.«

»Du bist an mein Handy gegangen.«

Er sieht auf. »Und?«

»Und ... das ist mein Handy.«

»Sicher, aber du stehst gerade unter meinem Schutz.«

»Genau genommen tue ich das nicht ...«

Er wirft mir einen Blick zu, der sofort dafür sorgt, dass ich einen Rückzieher mache. »Du wirst belästigt, du bist meine Nachbarin, du hast in meiner Wohnung geschlafen, und ich ermittle in deinem Fall. Im Moment bist du meine Angelegenheit. Mir wäre es lieber, wenn du nicht direkt neben mir ermordet wirst. Also hör auf, mit mir zu diskutieren, und tu, was man dir sagt.«

Oh. Mein. Gott.

»Ace«, knurre ich, »Jacob geht nur mich etwas an, und das ist mein Handy.«

Er ignoriert mich.

»Du hast kein Recht, so mit jemandem zu reden, der mir wichtig ist.«

Er ignoriert mich weiterhin.

»Ich rede mit dir!«, blaffe ich.

Wieder sieht er mich an. »Ich garantiere deine Sicherheit, Hartley.«

»Nein«, kontere ich frustriert. »Du benimmst dich gerade wie ein überbehütender, eifersüchtiger Freund. Das ist kein Schutz. Du hättest freundlich zu ihm sein können oder mir das Telefon geben, während du in der Nähe bleibst. Stattdessen hast du dich wie ein Arsch verhalten …«

Er stößt ein wütendes Knurren aus. »Vorsichtig.«

Ich schüttele den Kopf. »Du gehst zu weit.«

Er kneift die Augen zusammen, und wir starren uns eine gefühlte Minute nur an, weil keiner von uns nachgibt. Ich bin wütend, und ich habe auch das Recht, es zu sein. Ein Klopfen an der Tür lenkt mich von meinem Wunsch ab, Ace zu würgen. Ich gehe hinüber, öffne die Tür und entdecke Jacob davor. Kaum dass er mich sieht, tritt er vor und zieht mich in eine enge Umarmung. »Bist du okay?«

Ich lege die Hände an seine Hüfte und werfe einen kurzen Blick zu Ace, der uns immer noch böse anstarrt – überwiegend allerdings mich.

»Mir geht's gut. Ich hatte bloß eine ziemlich lange Nacht.«

Jacob zieht sich zurück und sieht an mir herunter. Ich rücke die Träger meines schlichten Kleides zurecht, um sicherzustellen, dass sie nicht nach unten gerutscht sind. »Du wirkst vollkommen erschöpft. Was ist passiert?«

»Das ist Angelegenheit der Polizei«, sagt Ace aus seiner Ecke der Küche, ohne Jacob zu grüßen oder irgendwelche Manieren an den Tag zu legen.

Jacob bedenkt ihn mit einem bösen Blick, dann sieht er wieder auf mich herunter. »Kannst du mir zumindest sagen, ob du jetzt sicher bist?«

»Meine Situation ist … so sicher wie eben möglich«, antworte ich.

»Mir gefällt das nicht, Hartley. Ich mag es nicht, dass man mich im Unklaren darüber lässt, was deine Sicherheit betrifft.«

Okay.

Das ist ein bisschen zu viel, wenn man bedenkt, dass der Mann und ich uns kaum kennen. Trotzdem habe ich Schuldgefühle. Ich habe nicht allzu viel Zeit mit Jacob verbracht, und ich habe auch nicht groß an ihn gedacht, wenn wir gerade nicht zusammen waren. Tief in meinem Inneren weiß ich, dass meine Gefühle für ihn nicht so sind, wie sie sein sollten. Zugegeben, ich habe mir auch keine große Mühe gegeben – aber wenn ich mit Ace zusammen bin, spüre ich das bis in die Zehenspitzen. Bei Jacob empfinde ich nichts in der Art. Wird das noch kommen? Liegt das vielleicht nur daran, dass ich nicht genug Zeit hatte, um ihn wirklich kennenzulernen?

Ich bin mir nicht sicher. Das ist alles ein wenig verwirrend.

»Nicht Ihr Problem, ich habe alles im Griff«, wirft Ace ein, bevor ich die Chance bekomme, Jacob zu antworten.

Himmel.

Das wird langsam merkwürdig. Die meisten Leute würden davon ausgehen, dass die beiden Männer in Konkurrenz zueinander stehen – doch das ist hier nicht der Fall, weil Ace mich kaum ertragen kann.

»Es tut mir leid. Ich wünschte, ich könnte dir mehr sagen, aber das kann ich nicht«, erkläre ich Jacob.

»Du hättest mich anrufen und mir sagen sollen, dass etwas nicht stimmt.«

Ich werfe ihm einen »Ups«-Blick zu und kaue für einen Moment auf meiner Unterlippe, ehe ich antworte: »Tut mir leid. Ich war wirklich gestresst.«

Was für eine schreckliche, schreckliche Antwort.

Selbst ich würde mir das nicht abnehmen.

Es klingt, als wolle ich ihn abspeisen. Verdammt, vielleicht will ich das ja sogar.

Ich weiß es nicht.

»Ich verstehe«, seufzt er. Sein Blick huscht erneut zu Ace, bevor er wieder mich ansieht. »Bitte halt mich zumindest auf dem Laufenden. Ich mache mir Sorgen.«

Ich nicke. »Natürlich. Und danke, dass du nach mir gesehen hast.«

Er beugt sich vor und drückt mir einen Kuss auf die Stirn. »Ich muss jetzt zur Arbeit. Ich werde dich später anrufen, okay?«

»Okay.«

Er wirft noch einen letzten Blick zu Ace, dann verschwindet er.

Ich drehe mich um. Ace hat bereits den Mund geöffnet. Ich hebe einen Finger und murmele: »Ich will nichts hören.«

Er klappt den Mund wieder zu.

Kluger Mann.

15

Ich verlasse das Krankenhaus, wo ich gerade eine achtstündige Trainingsschicht mit einigen erfahrenen Hebammen absolviert habe, und strecke mich dabei. Ich bin schon nach dieser kurzen Zeit vollkommen erschöpft. Ich weiß, dass es Jahre dauern wird, die Ausdauer zu entwickeln, die einige dieser älteren Frauen aufweisen. Es ist unglaublich, wie sie rund um die Uhr arbeiten, den ganzen Tag auf den Beinen sind und ständig etwas tun. Ich ziehe den Hut vor ihnen, denn das ist bestimmt nicht einfach.

Vor dem Gebäude wende ich mich nach links, auf dem Weg zu dem Parkplatz ein paar Blocks entfernt, wo mein Wagen steht. Ich benutze mein altes Auto nicht oft, weil ich ziemlich zentral wohne und es manchmal wirklich schwierig sein kann, einen Parkplatz zu finden, doch Ace ist es lieber, wenn ich momentan selbst fahre, statt die öffentlichen Verkehrsmittel zu benutzen. Ich habe zugestimmt. Ich freue mich schon darauf, nach Hause zu kommen und mal richtig zu schlafen. In der letzten Woche habe ich kaum Ruhe gefunden. Obwohl Ace die neuen Schlösser eingebaut hat und es seitdem keine seltsamen Vorkommnisse mehr gab, fühle ich mich immer noch nicht wieder ganz wohl. Das Einschlafen fällt mir schwer.

Ace hält es für ein gutes Zeichen, dass nichts mehr passiert ist, seit die Schlösser ausgetauscht wurden, aber ich fühle mich noch nicht wieder sicher. Ich habe ständig das Gefühl, dass jemand mich beobachtet. Jacob hat mir erklärt, ich würde mir das nur einbilden; dass es wahrscheinlich einfach der Paranoia zuzuschreiben ist, die ich nach der unheimlichen Begegnung neulich nachts entwickelt habe. Allerdings kann ich das Gefühl nicht abschütteln, dass es mehr ist. Es spielt keine Rolle, wie sehr ich versuche, mir vernünftige Begründungen zurechtzulegen, ich fühle mich einfach nicht besser.

Heute Abend hat es wieder geregnet, und der Gehweg ist rutschig, als ich Richtung Parkplatz gehe. Ich trete auf den Asphalt und will gerade zur Fahrertür meines Autos gehen, als ich auf etwas trete, was aussieht wie eine Ölpfütze. Sofort rutsche ich aus. Ich reiße die Hände hoch, um mich am Wagen festzuhalten, greife aber daneben und knalle auf den harten Boden. Mein Knöchel verdreht sich heftig.

Ich schreie auf, als ein scharfer Schmerz durch mein Bein schießt.

Verdammt.

Das war übel.

Mit einer Grimasse rolle ich mich auf den Po und sehe mir meinen Knöchel an. Er pulsiert bereits, und ich kann förmlich beobachten, wie er anschwillt. Ich bin richtig schlimm umgeknickt, so schlimm, dass mein Magen sich auch noch verkrampft, weil der Schmerz mit jeder Sekunde intensiver wird. Ich beiße mir auf die Unterlippe, um nicht zu weinen, dann versuche ich, meinen Knöchel zu bewegen und herauszufinden, ob ich aufstehen kann. Scharfe Pein schießt aufwärts, und sofort weiß ich, dass ich das Gelenk auf keinen Fall belasten kann.

Ehrlich. Warum?

Ich greife in meine Handtasche, die vollkommen durchnässt ist, da sie in einer Pfütze gelandet ist, und ziehe mein Handy heraus. Dann starre ich aufs Display. Soll ich Jacob anrufen? Ja, wahrscheinlich sollte ich das. Ich könnte auch das Krankenhaus verständigen und jemanden bitten, die zwei Blocks weit zu laufen, um mich zu holen, aber das ist mir einfach zu peinlich. Seufzend wähle ich Jacobs Nummer und halte mir das Handy ans Ohr. Ich muss mich schwer bemühen, nicht hysterisch zu schluchzen, als er abhebt, weil der Schmerz in meinem Knöchel mich inzwischen ganz beherrscht.

»Hey, Süße.«

»Jacob«, krächze ich, »bist du zufällig noch in der Innenstadt?«

»Ja«, antwortet er besorgt. »Was ist los?«

»Ich bin neben meinem Auto ausgerutscht. In der Nähe des Krankenhauses. Ich glaube nicht, dass ich aufstehen kann, und ich will nicht im Krankenhaus anrufen, damit jemand kommt und mich holt.«

»Natürlich. Ich bin vielleicht fünf Minuten entfernt. Geht's dir gut? Wo bist du?«

Ich verziehe das Gesicht, als ich mich so umdrehe, dass ich mit dem Rücken am Auto lehne. »Ich sitze auf dem Parkplatz. Ich denke mal, ich bin sicher, wenn in den nächsten fünf Minuten nicht ein Räuber auftaucht.«

Ich versuche, witzig zu sein, doch es ist ein ziemlich

jämmerlicher Versuch. Nicht mal ich selbst kann darüber lachen.

»Rühr dich nicht vom Fleck. Ich bin schon unterwegs.«

Er legt auf. Ich sehe auf das Display hinunter und bemerke ein paar Nachrichten, die ich vorhin offensichtlich übersehen habe. Beide sind von Ace. Ich habe seine Nummer vor ein paar Tagen in mein Handy gespeichert. Er hält mich so weit wie möglich auf dem Laufenden; lässt mich wissen, wenn er etwas herausgefunden hat oder jemanden befragen will.

A: Ist alles okay?

Ich kneife die Augen zusammen, als ich die Nachricht lese. Er fragt mich nie, ob alles okay ist. Sicher, er sieht jeden Abend nach mir, wenn er von der Arbeit kommt, aber er schickt keine Nachrichten, und er ruft nie an. Ich möchte wissen, warum er jetzt nachfragt.

H: Ja. Ich bin nur vor dem Krankenhaus ausgerutscht, also werde ich meinen Knöchel untersuchen lassen und komme dann nach Hause.

Ein paar Minuten später klingelt mein Handy, und Ace' Name leuchtet auf dem Display auf.

»Ähm, hallo?« Ich bin mehr als ein wenig verwirrt.

»Bist du wirklich okay?« Ace' fordernde Stimme erklingt aus dem Lautsprecher.

»Ja, ich habe mich bloß am Knöchel verletzt.«

»Wo bist du?«

Hm. Herrisch.

»Auf dem Parkplatz des Krankenhauses. Ich warte

darauf, dass Jacob auftaucht und mir zurück zum Krankenhaus hilft, damit ich meinen Fuß untersuchen lassen kann.«

»Wie bist du ausgerutscht?«

»Ace«, sage ich und verziehe dann das Gesicht, weil ich mein Gewicht verlagert habe, »langsam machst du mir Angst.«

»Ich muss mit dir reden. Schreib mir eine Nachricht, sobald du weißt, was los ist, oder wenn du zu Hause bist. Ich werde dann zu dir kommen.«

Mein Herz verkrampft sich.

Das sorgt nicht gerade dafür, dass ich mich besser fühle … absolut nicht.

»Ace«, sage ich wieder, meine Stimme ganz matt, »was ist los?«

»Bist du allein auf dem Parkplatz?«

Plötzlich fühle ich mich nicht mehr sicher. Mein Blick huscht über die Umgebung, doch ich kann nichts und niemanden entdecken. Mein Herz rast, und plötzlich empfinde ich Unsicherheit. Der Schmerz in meinem Knöchel scheint noch zuzunehmen, sobald ich darüber nachdenke, dass ich nicht laufen kann – nicht mal, wenn es nötig sein sollte.

»Du machst mir wirklich Angst«, flüstere ich.

»Bleib am Telefon, bis Jacob da ist.«

»Ace, ehrlich, was ist los?«

»Ich werde das nicht am Telefon mit dir besprechen.« Seine Stimme klingt barsch und herrisch, lässt mir keinen Raum für Widerspruch.

»Bin ich … in Gefahr?«

»Ich weiß es nicht, aber wir müssen reden. Ist er schon da?«

Gott.

Ich fühle mich nicht gut.

»Noch nicht.«

»Wie bist du ausgerutscht?«

Ich mustere die ölähnliche Substanz, in der ich jetzt sitze. »Ich glaube, mein Wagen – oder irgendein anderer – hat Öl verloren, denn hier klebt etwas auf dem Boden, was so aussieht.«

Ace schweigt einen langen Moment. »Siehst du neben anderen Autos auch noch solche Flecken?«

So genau habe ich mich bisher nicht umgesehen. Ich sehe zu den anderen, leeren Parkplätzen hinüber. Sie sind alle feucht vom Regen, doch auf keinem kann ich diesen glänzenden Schimmer entdecken, der mich umgibt. Super. Genau, was ich brauchen kann – ein Auto, das Öl verliert und das ich reparieren lassen muss.

»Nein«, antworte ich schließlich. »Ich glaube, mein Auto verliert Öl.«

Er sagt nichts, sondern stößt nur ein seltsames Brummen aus.

»Hart?«

Jacobs Stimme hallt über den Parkplatz, und ich rufe zurück: »Ich bin hier.«

Dann konzentriere ich mich wieder auf das Handy. »Jacob ist jetzt da.«

»Schreib mir eine Nachricht, wenn du im Krankenhaus bist, und lass mich auch wissen, wenn sie dich nach Hause schicken.«

Erneut verkrampft sich mein Herz vor Grauen. »Okay, Ace.«

»Bis später.«

Er legt auf. Einen Moment lang starre ich verwirrt mein Handy an, dann hebe ich gerade rechtzeitig den Kopf, um zu sehen, wie Jacob um das Auto tritt. Er wirft einen Blick auf mich, und seine Miene wird weich. Er kommt zu mir, weicht der Ölpfütze aus und geht vor mir in die Hocke, um sich meinen Knöchel anzusehen. »Er ist schon geschwollen, Hartley. Hast du Schmerzen?«

Ich nicke. »Ja, ziemlich.«

»Ich werde dich hochheben und zum Krankenhaus bringen. Bist du bereit?«

Ich strecke ihm den erhobenen Daumen entgegen, also beugt er sich vor, zieht mich in seine Arme und hebt mich hoch. Ich lege einen Arm um seinen Hals, als er vorsichtig die Straße überquert und mich bis zum Krankenhaus trägt. Er geht direkt zum Empfang. Die hübsche Blondine, von der ich mich erst vor einer halben Stunde verabschiedet habe, sieht auf und reißt die Augen auf.

»Was ist passiert?«, fragt sie.

»Ich bin ausgerutscht und habe mich am Knöchel verletzt. Ich wollte ihn nur kurz untersuchen lassen«, erkläre ich.

»Er ist jetzt schon geschwollen«, fügt Jacob hinzu.

»Okay, bringen Sie sie in die Notaufnahme. Ich werde dort anrufen und die Schwestern informieren.«

Jacob geht mit mir durch den Flur, und ich weise ihm den Weg zur Notaufnahme. Als wir dort ankommen, erklären wir wieder, was passiert ist. Die Krankenschwester weist mir ein freies Bett zu, in dem ich auf den Arzt warten kann. Inzwischen ist mein Knöchel auf die dreifache Breite angeschwollen und verfärbt sich langsam purpurn. Jacob macht sich auf die Suche nach einem Eisbeutel, während ich mein Handy herausziehe und Ace mitteile, dass ich eine Weile hier sein werde.

H: Wird etwas dauern, bis ich untersucht werde.
Die Notaufnahme ist heute Abend voll.

Er antwortet eine Minute später.

A: Bin bald da.

Ich blinzele. Was?

Das sorgt nicht gerade dafür, dass ich mich besser fühle. Stattdessen wird mir ein wenig schwummrig. Ace würde nicht herkommen, wenn es keinen guten Grund dafür gäbe, und ich bin mir nicht sicher, ob ich hören will, wie dieser Grund lautet.

Absolut nicht.

16

Jacob muss gehen, nachdem er eine Stunde lang mit mir gewartet hat. Er sagt, er hätte noch einen Kundentermin und könnte nicht länger bleiben, obwohl er es sich eigentlich wünscht. Ich danke ihm dafür, dass er mir zuliebe gekommen ist, und versichere ihm, dass es mir gut geht und ich ihn später anrufen werde. Ace ist bisher nicht da, aber es ist durchaus möglich, dass ich noch zwei oder drei Stunden warten muss, bevor jemand mich untersucht, wenn man bedenkt, wie viel in der Notaufnahme los ist. Ganz zu schweigen davon, dass sie den Knöchel wahrscheinlich röntgen werden, was die Wartezeit weiter verlängern dürfte.

Also mache ich es mir in meinem Bett gemütlich.

Ich bin müde. Meine Lider sind schwer. Der Eisbeutel auf meinem Knöchel dämpft den Schmerz ein wenig, und eine Krankenschwester hat mir ein Schmerzmittel gegeben, damit ich durchhalte, bis ein Arzt mich untersuchen kann. Tatsächlich geht es mir ein wenig besser, doch leider werde ich davon auch sehr müde. Ich bin gerade kurz davor einzunicken, als der Vorhang um mein Bett zur Seite gezogen wird und Ace erscheint.

Wie immer sieht er unglaublich gut aus, mit einer

schwarzen Anzughose und eingestecktem weißem Hemd. Er hat die Ärmel bis zu den Ellbogen aufgerollt, und die zwei obersten Knöpfe stehen offen. Sein Haar steht in alle Richtungen ab, auf diese verwuschelte, sexy Art und Weise. Er sieht aus wie ein Geschäftsmann. Einer von der rauen Sorte. Von der Art, die einen über einen Schreibtisch beugt und einem mit dem Gürtel den Hintern versohlt.

Was zur Hölle …? Das muss an den Medikamenten liegen.

Ich schüttele den Kopf und hebe dann die Hand. »Hey.«

Er sucht meinen Blick und kneift schließlich die Augen zusammen. Intensiv. So intensiv.

»Wie geht es deinem Knöchel?«

Bevor ich ihm antworten kann, hat er auch schon die Hand ausgestreckt und hebt den Eisbeutel vom Gelenk, um es sich genauer anzusehen. Mir bleibt der Mund offen stehen, als er mein Bein vorsichtig anhebt und anfängt, den Knöchel zu untersuchen, indem er meinen Fuß leicht hin und her schiebt. Ich verziehe das Gesicht, lasse ihn aber gewähren. Als er zufrieden ist, legt er mein Bein wieder ab.

Mein Herz rast.

»Der Knöchel ist nicht gebrochen«, erklärt er mir. »Aber ziemlich übel verstaucht. Du wirst mindestens eine Woche nicht gehen können.«

Ich blinzele zu ihm auf. »Bist du jetzt auch noch Arzt?«

Er wirft mir einen Blick zu, der sofort dafür sorgt, dass ich den Mund zuklappe. »Ich habe medizinisches Allgemeinwissen, und ich sage dir, der Knöchel ist nicht gebrochen.«

»Ich warte trotzdem auf den Arzt.«

»Dagegen habe ich auch gar nichts«, murmelt er. »Wo ist Jacob?«

»Er musste weg.«

Ace schüttelt angewidert den Kopf.

Ich beschließe, die Geste zu ignorieren, und frage stattdessen: »Willst du mir nun erzählen, warum du hier bist? Wir wissen doch beide, dass mein angeschlagener Knöchel nur ein Vorwand ist.«

Er zieht die Augenbrauen hoch und bedenkt mich mit einem skeptischen Blick, dann setzt er sich auf den Stuhl neben dem Bett. »Ich bin kein solcher Mistkerl«, murmelt er. Sein Blick huscht kurz über meine Lippen, bevor er mir wieder in die Augen sieht.

Gott.

Ich fühle diesen Blick tief in meinem Inneren. Er entzündet einen Funken in mir. Eine Hitze, die ich viel zu lange nicht empfunden habe.

Lust.

Super, ich fange an, eine kleine Schwäche für den Detective zu entwickeln.

Schuldgefühle überkommen mich. Der arme Jacob. Ich mag ihn, das tue ich wirklich, aber langsam glaube ich, dass er einfach nicht mein Typ ist. Ich meine, er sorgt auf keinen Fall dafür, dass mir ganz heiß wird, wie es Ace gelingt. Nicht, dass sich da je etwas zwischen Ace und mir entwickeln wird, doch dank ihm wird mir klar, dass bei Jacob einfach die Schmetterlinge im Bauch fehlen. Ich will ihn nicht verletzen. Ich nehme mir vor, später mit ihm zu reden.

»Lassen wir das mit dem Mistkerl einfach«, sage ich zu Ace, um wieder zum Thema zurückzukommen. »Willst du mir jetzt sagen, warum du hier bist?«

Er nickt und stemmt die Ellbogen auf die Knie. »Ich könnte mich irren, also tick nicht gleich aus.«

Super.

Allein diese Worte sorgen schon dafür, dass ich austicken will.

»Ich habe mir deinen Fall noch mal angesehen … habe eingehend darüber nachgedacht … und irgendetwas daran wirkte vertraut. Ich konnte das Gefühl nicht genau benennen, bis jemand im Revier eine Bemerkung gemacht und es plötzlich klick gemacht hat. Das ist nicht mein Fall, aber wir haben alle Details mitbekommen. Ich weiß nicht, wieso ich nicht bereits früher daran gedacht habe. Wahrscheinlich, weil ich nicht direkt mit dem Fall befasst war.«

Ich schlucke schwer. »Und um welchen Fall geht es?«

Er hält meinen Blick. »Den Seidenfliegen-Killer.«

Mir gefriert das Blut in den Adern.

Eine Sekunde lang höre ich nur das Rauschen in meinen Ohren.

Und ich fühle gar nichts.

»Hartley, atmen nicht vergessen!«, sagt Ace, doch seine Stimme klingt, als käme sie von ganz weit weg.

Serienkiller.

Serien. Killer.

Nein.

Nein, er irrt sich.

Aber dann denke ich an die Artikel, die ich über den Fall gelesen habe, und an all die Dinge, die den anderen Mädchen laut den Medien zugestoßen sind, und alles ergibt Sinn. Obwohl ich es nicht glauben will. Wieso ist mir das nicht früher eingefallen? Wahrscheinlich, weil niemand jemals glaubt, dass einem selbst so etwas zustoßen kann. Gott. Mir wird schlecht.

»Hartley!«

Ace' große Hand schließt sich um meinen Arm. Er schüttelt mich leicht, was dafür sorgt, dass ich die Augen aufreiße und ihn ansehe. »V-v-versuchst du mir zu erklären, dass du glaubst, dass mein Stalker der Seidenfliegen-Killer ist und ich sein nächstes ... Opfer bin?«

Ace verzieht grimmig das Gesicht. »Ich sage, dass es Parallelen gibt. Soweit ich es mitbekommen habe, hat das letzte Mädchen ähnliche Erfahrungen gemacht. Sie hatte einen geliebten Menschen verloren, und es sind ständig Dinge von dieser Person aufgetaucht. Sie wurde monatelang gequält, bevor er sie letzten Endes entführt hat. Wir sind uns immer noch nicht sicher, was geschieht, wenn er sie schließlich hat – ob er sie weiter quält –, aber alles erinnert stark an das, was gerade mit dir geschieht.«

Nein.

Mir wird speiübel.

»Ich glaube, ich muss mich übergeben«, stöhne ich, die Hände an den Bauch gepresst.

»Du wirst dich nicht übergeben. Tief durchatmen, Hartley.«

Ich hole zitternd Luft. Kalter Schweiß bildet sich auf meiner Stirn, und meine Gedanken überschlagen sich. Das kann nicht wahr sein. Er muss sich irren. Die Ähnlichkeiten haben nichts zu bedeuten. Nein. Nein. Das ist nicht dasselbe.

»Hör mir zu«, sagt Ace und umfasst mein Kinn, um mich zu zwingen, ihn weiterhin anzusehen. »Ich könnte mich irren. Aber wenn ich das nicht tue, bist du in den besten Händen. Bei den anderen Opfern hatte niemand eine Ahnung – er hat sie monatelang gequält, und niemand hat es mitbekommen. Bei dir sind wir uns dieser Tatsache bewusst. Das heißt, dass alles ganz anders ist.«

»Inwiefern?«, presse ich hervor.

»Weil wir dich beschützen können.«

»Es ist unmöglich, mich vierundzwanzig Stunden am Tag im Blick zu behalten«, sage ich. Meine Stimme ist ganz hoch und voller Sorge.

»Hartley, wir haben viele Möglichkeiten, jemanden zu beschützen. Wenn wir recht haben, werden wir für deine Sicherheit sorgen.«

Dadurch fühle ich mich auch nicht besser.

»W-w-warum ich?«

Ace mustert mich. »Wir werden später darüber sprechen. Im Moment musst du dich beruhigen. Mir zuliebe, okay?«

»Wird er m-m-mich entführen?«, krächze ich und drücke mir die Hände an die Brust.

Ace hält unverwandt meinen Blick. »Nicht, wenn ich in der Nähe bin.«

Wieso beruhigt mich das nicht?

»Ich habe dem Vermieter mit rechtlichen Schritten gedroht, wenn die Security im Gebäude nicht auf den neuesten Stand gebracht wird. Er hat zugestimmt. Die neue Anlage sollte in den nächsten Tagen eingebaut werden«, sagt Ace, den Arm um meine Taille gelegt, als er mir zu meiner Wohnungstür hilft.

Mein Gelenk ist verbunden, und der Arzt hat mir ein Rezept für Schmerzmittel mitgegeben. Ace hatte recht, ich habe mir nichts gebrochen, sondern mir nur den Knöchel verstaucht.

»Ich fühle mich trotzdem nicht sicher«, flüstere ich, mein Körper taub vor Erschöpfung und Angst.

»Ich habe außerdem einen Streifenwagen vor deinem Gebäude abstellen lassen – wann immer ich nicht hier bin, sitzt jemand vor der Tür. Bis wir uns sicher sind, was hier vor sich geht, habe ich höchste Wachsamkeit angeordnet. Wir werden deine Sicherheit garantieren, Hartley.«

Ich glaube ihm nicht wirklich.

»Verdammt.«

Ich blinzele wegen des plötzlichen Fluches. Mein Blick hebt sich zu Ace, doch er starrt nach vorne. Ich folge seinem Blick und entdecke einen riesigen Blumenstrauß vor meiner Wohnungstür. Mein Herz beginnt, gegen meine Rippen zu springen, denn außer Ace und Jacob wusste doch niemand, dass ich im Krankenhaus war.

Vielleicht sind die Blumen von Jacob.

Ja. Ja. Das ergibt Sinn.

»Sie sind wahrscheinlich von Jacob«, sage ich, meine Stimme klingt allerdings angestrengt.

»Wahrscheinlich«, sagt Ace. »Aber ich muss erst nachsehen.«

Er löst den Arm von meiner Taille und lehnt mich vorsichtig mit dem Rücken gegen die Wand, bevor er mich freigibt. »Bleib hier stehen. Es ist besser, wenn ich nachsehe und sicherstelle, dass alles in Ordnung ist. Wahrscheinlich gibt es kein Problem. Ich muss nur auf Nummer sicher gehen.«

Meine Kehle ist wie zugeschnürt, als ich beobachte, wie Ace zu den Blumen geht, die im Flur vor meiner Wohnung stehen. Er kniet sich hin, neigt den Kopf und lauscht einen Moment. Versucht er … versucht er zu hören, ob eine Bombe in dem Strauß versteckt ist? Meine Knie werden weich, und ich presse mir eine Hand an die Brust, um mich zu beruhigen. Ace bleibt ein paar Minuten lang so sitzen, dann hebt er den Kopf und untersucht die Blumen vorsichtig.

Er zieht eine Karte aus dem Strauß, öffnet eilig den Umschlag und liest die Nachricht darin.

Ich bin mir sicher, dass die Blumen nicht von Jacob sind, als ein Fluch durch den Flur an meine Ohren dringt. Ace stopft die Karte in seine Tasche und untersucht weiter die Blumen, schiebt sie zur Seite, steckt seine Hand in die Mitte des Straußes und hebt ihn schließlich hoch, um an mir vorbei ans Ende des Flurs zu gehen und die Blumen in einen Mülleimer zu stopfen.

»Ace?«, flüstere ich, als er erneut neben mir auftaucht.

Er sagt nichts, sondern legt bloß erneut einen Arm um meine Hüfte und zieht mich an sich.

»Ace«, sage ich wieder, »was stand in der Karte?«

Er hält seinen Blick stur geradeaus gerichtet, doch ich sehe, dass der Muskel an seinem Kinn zuckt.

Das ist nicht gut.

»Ace, bitte«, flüstere ich.

Er atmet aus, flucht noch einmal, dann sieht er auf mich herunter. »Da steht: ›Schon Deinen Knöchel, Du bist so unglaublich ungeschickt! Ich liebe Dich, Ray‹«

Ich stoße ein verängstigtes, schmerzerfülltes Wimmern aus, und Ace umfasst mich fester. Ich weiß nicht, ob er mich damit beruhigen will oder einfach nur verhindern, dass ich umfalle.

»Oh Gott, ich habe mir einmal beim Hausputz den Knöchel verstaucht, und Raymond hat mir Blumen mit genau einer solchen Karte geschickt.«

Gott.

Woher weiß diese Person das alles? Wie kann das sein?

»Es ist okay, Hart«, murmelt Ace geistesabwesend. »Wir werden dieser Sache auf den Grund gehen.«

Werden wir das?

»Wieso gibt er vor, mein Ehemann zu sein, wenn ich doch schon weiß, dass er es nicht ist?«

Ace schließt mit dem neuen Schlüssel meine Tür auf. »Er will dich fertigmachen … will wahrscheinlich, dass du ständig darüber nachdenkst, woher er das alles weiß. Es ist ein Spiel für ihn.«

»Warum ich, Ace?«

»Ich weiß es nicht, aber auch das werde ich herausfinden.«

Er betritt meine Wohnung und führt mich zur Couch, wo er mich vorsichtig absetzt, ehe er zur Tür zurückgeht und sie verriegelt. Er sieht sich einen Moment im Raum um, dann verschwindet er durch den Flur. Er bleibt ein paar Minuten weg, bevor er zurückkommt. »Hier ist niemand.«

Ich schlucke schwer. Ich fühle mich wirklich nicht allzu gut.

»Muss deine Freundin Taylor heute Nacht arbeiten?«

Ich nicke.

»Hast du irgendwelche Verwandten in der Nähe?«

Ich schüttle den Kopf. »Nein, es gibt nur mich.«

Er nickt. »Dann werde ich wieder bei dir bleiben. Ich bringe meine Arbeit mit, weil ich eine Menge zu tun habe.«

Das ist keine Frage, sondern einfach eine Aussage.

Eine, der ich nicht widerspreche. Wenn er bleiben will, werde ich nicht versuchen, ihn vom Gegenteil zu überzeugen. Ich brauche jemanden bei mir, weil der Druck in meiner Brust mit jeder Minute stärker wird.

Ich will nicht allein sein … und ich will auf keinen Fall gezwungen sein, darüber nachzudenken, dass ich vielleicht als nächstes Opfer eines Serienkillers auserwählt bin.

Es ergibt einfach keinen Sinn.

Das ist ein Thema, über das Bücher geschrieben oder Filme gemacht werden, aber nichts, womit man im echten Leben wirklich rechnet. Es ist so unrealistisch, als wäre alles bloß erfunden – nur dass ich weiß, dass das nicht stimmt. Ich fühle es tief in meiner Brust, eine Angst, die ich so noch nie empfunden habe. Ich fühle mich nicht gut. Ich fühle mich absolut nicht gut. Also werde ich Ace nicht sagen, dass er gehen soll. Er kann jede Sekunde an meiner Seite sein, wenn das bedeutet, dass ich nicht allein sein muss.

»Wir werden dieser Sache auf den Grund gehen.«

Mein Blick schießt zu ihm. Er beobachtet mich. Er muss den Ausdruck des Entsetzens auf meinem Gesicht gesehen haben, weil seine Miene sanfter ist als je zuvor.

»Was, wenn wir das nicht schaffen?«, frage ich. Meine Stimme klingt fester, zittert aber immer noch.

»Hartley, das werden wir.«

Der Gedanke, was mit mir geschehen wird, wenn der Killer mich in die Finger bekommt, sorgt dafür, dass ein Wimmern aus meiner Kehle dringt. Ich schlage mir die Hand vor den Mund, um das Geräusch zurückzuhalten, doch Ace hat es bereits gehört. Er sieht mich an, konzentriert und voller Intensität.

»Schau mich an.«

Ich schüttele den Kopf, presse die Augen zu und drücke mir die Hand fest auf den Mund, um nicht noch mehr zu wimmern. Eine große Hand schließt sich um mein Knie und drückt leicht zu.

»Schau mich an, Hartley.«

Erneut schüttele ich den Kopf.

Die Hand gleitet an meinen Arm und löst meine Hand von meinem Mund.

»Augen auf mich«, befiehlt Ace, bestimmt, aber freundlich.

Ich stelle den Blick auf ihn scharf, doch gleichzeitig dringt das nächste verängstigte Geräusch über meine Lippen.

»Ich werde nicht zulassen, dass jemand dir wehtut, hast du verstanden?«

Ich atme tief durch. Ich glaube ihm. Tue ich wirklich.

»Hast du mich verstanden, Hartley?«

Ich nicke. »Ich verstehe.«

»Vertrau mir.«

Das tue ich.

Ich vertraue ihm.

Alles wird gut.

Oder?

17

»So lauten die Fakten«, sagt Ace später an diesem Abend, als wir gemeinsam auf meiner Couch sitzen und uns Lieferessen schmecken lassen. Inzwischen habe ich mich ein wenig von dem Schrecken erholt. Ace hat diese Wirkung auf mich. Er kann mich beruhigen, selbst in Momenten, wo ich das für unmöglich gehalten habe. Ich glaube, es liegt daran, dass er nie die Kontrolle verliert; dass er immer ruhig und gefasst ist. Ich habe Jacob vorhin eine Nachricht geschrieben, ihm aber nur gesagt, dass es mir gut geht. Ich fühle mich schlecht, weil ich ihn so auf Abstand halte. »Zuerst einmal gehen wir davon aus, dass es ein Mann ist … aufgrund der Mühelosigkeit, mit der die Frauen überwältigt wurden. Keine Frau könnte das tun, was er getan hat, ohne dass es Anzeichen eines Kampfes gibt – ganz zu schweigen von der Tatsache, dass die meisten Frauen eine andere Frau abwehren könnten.«

»Okay«, flüstere ich.

Ace spricht weiter. »Ich versuche, eine Verbindung zwischen den Opfern zu finden; etwas, was uns dabei hilft, seinen Opfertypus zu erkennen. Im Moment weiß ich bloß, dass er seine Opfer offensichtlich genau studiert, um alles über sie herauszufinden. Ihre Gewohnheiten, ihre Familie, ihre Freunde. Ihre größten Ängste. Er schwächt sie gerne, bevor er sie entführt, daher der Drang, sie zu quälen. Und das hat er in allen Fällen erreicht, indem er den Tod einer geliebten Person instrumentalisiert hat.«

Meine Brust wird eng, doch ich reiße mich zusammen. Ich muss mich konzentrieren. Muss zuhören.

»Was passiert, nachdem er sie entführt hat?«

Ace wendet für einen kurzen Moment den Blick ab, sieht mich dann allerdings wieder an. »Ich bin mir nicht ganz sicher – die letzte Frau hatte er eine Weile in seiner Gewalt. Sie wurde als vermisst gemeldet … aber die mit dem Fall beauftragten Beamten haben den Zusammenhang erst hergestellt, als es schon zu spät war und sie tot aufgefunden wurde. Der Täter tötet immer auf ganz konkrete Weise. Er schlitzt ihnen die Kehle auf, mit einem Schnitt in Form einer Fliege. Und dann bindet er ihnen eine Seidenfliege um den Hals. Doch bis auf die grausame Art, wie sie ermordet worden war, war sie scheinbar unverletzt. Sie war gesund. Offensichtlich hatte er sich um sie gekümmert.«

Um sie gekümmert?

Gott.

»Was mich zu dem Schluss bringt, dass er sie mental foltert, nicht körperlich. Und wenn er ihren Willen dann gebrochen hat – seinen Spaß gehabt hat –, bringt er sie um.«

Du. Lieber. Himmel.

»Wie ich bereits sagte, ich bin mir noch nicht ganz sicher, ob es sich hier wirklich um denselben Täter handelt, aber einige Dinge, die dir zugestoßen sind, passen zu dem, was den letzten paar Opfern angetan wurde.«

Ich atme tief durch. Ich kann das schaffen. Ich komme klar. »Und wie finden wir eine Verbindung?«

»Da sind wir gerade dran. Aber im Moment ist die einzige Verbindung, die wir erkennen können, die Tatsache, dass sie alle einen geliebten Menschen verloren haben. Ich nehme an, dass er seine Opfer deswegen ins Visier nimmt. Sonst können wir keine anderen Ähnlichkeiten erkennen – Ethnie, Haarfarbe, Größe … nichts. Alle Opfer sind vollkommen unterschiedlich.«

»Was ist mit ihren Persönlichkeiten?«, frage ich und schlage die Beine übereinander.

Ace nickt. »Das haben wir ebenfalls untersucht. Auch hier keine besonderen Ähnlichkeiten.«

»Also tut er … was? Er läuft wahllos über Friedhöfe und sucht nach Leuten, die nahe Angehörige verloren haben? Das wirkt mir zu … unorganisiert für jemanden, der offensichtlich intensiv darüber nachdenkt, was er da treibt.«

»Ja, wir versuchen immer noch herauszufinden, wo genau er die Frauen aufspürt.«

Ich grübele darüber nach, dann kommt mir ein Gedanke. »Was ist mit Beerdigungsinstituten? Vielleicht besorgt er sich die Infos von ihnen?«

Ace nickt. »Gut möglich. Heutzutage ist es nicht schwer, jemandem Informationen abzukaufen, also wäre das denkbar.«

»Vielleicht geht er in die Firmen und besticht die Empfangsdamen, ihm gewisse Akten auszuhändigen, und dann wählt er die Frauen zufällig aus?«

»Ich werde Nachforschungen anstellen, aber meines Erachtens stellt er sich klüger an, geht präziser vor. Noch weitere Ideen?«

Erneut denke ich nach. »Vielleicht liest er einfach die

Todesanzeigen in der Zeitung oder verfolgt die Onlinegruppen, die sich gegenseitig unterstützen? Ich war Mitglied in ein paar dieser Gruppen … um einfach mit Leuten zu reden, die dasselbe Schicksal durchleiden mussten wie ich. Das hat geholfen.«

Ace nickt wieder. »Das sind auch gute Anregungen. Könntest du mir die Namen dieser Gruppen geben?«

»Sicher«, sage ich. »Ein weiterer Vorschlag wäre, sich Selbsthilfegruppen anzusehen.«

Ace mustert mich genau. »Die sich außerhalb des Netzes treffen?«

»Ja«, bestätige ich. »Ich habe mich einer solchen Gruppe angeschlossen, ungefähr ein Jahr nachdem ich Raymond verloren hatte – ich konnte einfach nicht über seinen Tod hinwegkommen. Das hat mir wirklich geholfen. Und diese Selbsthilfegruppe war gut besucht.«

»Danke, das ist eine Nachforschung wert.«

Jetzt, wo ich weiß, dass ich etwas beigetragen habe, fühle ich mich ein bisschen besser. Selbst wenn sich meine Anregungen als Sackgassen entpuppen.

Ich verschränke die Arme vor der Brust und massiere kurz meine Oberarme, bevor ich frage: »Was glaubst du, warum er das tut? Menschen ins Visier nehmen, die einen geliebten Menschen verloren haben?«

Ace blättert weiter durch seine Notizen und antwortet, ohne aufzusehen. »Meist liegt der Auslöser irgendwo in der Kindheit. Die meisten Serienmörder folgen einem Muster – stellen etwas nach, was wirklich passiert ist; was ihnen vertraut ist. Dieser Mann hat vielleicht irgendwann jemanden verloren … oder vielleicht hat sich auch jemand in seiner Umgebung nach einem Todesfall charakterlich verändert. Irgendwo in der Vergangenheit gibt es auf jeden Fall eine Verbindung.«

Ich nicke, immer noch damit beschäftigt, mir die Arme zu reiben. »Aber ihr wisst nicht, was er wirklich mit diesen Frauen macht, wenn er sie in seiner Gewalt hat, bevor er sie …« – ich schlucke gegen den Kloß in meinem Hals an – »… umbringt?«

Ace wirft mir einen mitfühlenden Blick zu. Ich bin mir sicher, dass er weiß, wie schwer es mir fällt, diese Frage zu stellen. »Soweit wir wissen, tut er ihnen körperlich nichts an. Stattdessen foltert er sie mental. Wenn er fertig ist, tötet er sie und hängt sie an einen Baum, mit einer Seidenfliege um den Hals.«

Eine Seidenfliege.

Ich schüttele mich.

»Warum eine Seidenfliege?«

Erneut schüttelt Ace den Kopf. »Ich würde sagen, das hat etwas mit dem zu tun, was ihn so verdammt verrückt gemacht hat. Das ist ein Markenzeichen – die meisten Killer haben so etwas.«

»Ähm, vergewaltigt er sie?«

»Nein«, antwortet Ace angespannt. »Es gab keinerlei Hinweise auf sexuelle Übergriffe. Es geht um rein mentale Folter. Meine Vermutung lautet, dass er sie festhält, bis er sie geistig gebrochen hat, und erst dann bringt er sie um.«

Ich drücke eine Hand auf den Schenkel und reibe ihn heftig, auch wenn das nicht dafür sorgt, dass ich mich besser fühle.

»Vielleicht ist er es gar nicht«, erklärt Ace mir, während er meine verzweifelten Bewegungen beobachtet. »Wir werden morgen noch mal mit den Familien der Opfer reden, um zu sehen, ob wir handfestere Informationen bekommen können.«

»Aber im Moment gehst du davon aus, dass es dieser

Killer auf mich abgesehen hat, habe ich das richtig verstanden?«

»Vorsicht ist die Mutter der Porzellankiste.«

Okay.

»Wir wussten nicht, dass diese anderen Frauen gequält wurden, weil lange niemand davon erfahren hat. Erst beim dritten Opfer wurde uns klar, dass alle Botschaften bekommen haben, wie du ja auch … und ähnlichen Situationen ausgesetzt waren wie du. Serienkiller sind fast unmöglich festzunageln. Wir hatten hier Glück, Hartley. Ich weiß, dass du das nicht so sehen kannst, aber es stimmt. Wir hatten Glück, da wir die Sache durchschaut haben, bevor er dich entführen konnte.«

»Glaubst du, es wird ihn abschrecken, dass ihr nun Bescheid wisst?«

Ace reibt sich seinen Bartschatten, ehe er seufzend sagt: »Ehrlich, ich weiß es nicht. Entweder sorgt das dafür, dass er sich zurückzieht, oder er sieht dich jetzt nur als umso größere Herausforderung. Dass die Polizei überall nach ihm sucht und sich bemüht, sein Opfer zu schützen, könnte ihn auch reizen. Solche Leute … sie denken nicht wie wir.«

Super, also bin ich nun noch reizvoller für ihn.

»Würde es dir etwas ausmachen, wenn ich die Akten dieser anderen Fälle lese?«, wage ich zu fragen.

Ace' Blick huscht über mein Gesicht. »Ich darf solche Informationen normalerweise nicht rausgeben, das ist gegen die Vorschriften. Aber ich werde die Regeln für dich beugen … weil ich genau weiß, wie ich mich an deiner Stelle fühlen würde. Es ist entsetzlich.«

»Danke«, flüstere ich.

Er gibt mir drei Akten. Ich halte sie einen Moment lang nur fest, dann seufze ich tief und beginne zu lesen.

»Es tut mir leid, Jacob«, sage ich zu dem Mann, der auf meinem Sofa sitzt, die Hände auf dem Schoß. »Es ist einfach so, dass ich momentan eine wirklich schwere Zeit durchmache. Ich dachte, ich wäre bereit für eine Beziehung – aber in Anbetracht der Umstände bin ich das nicht. Ich mag dich wirklich, und du hast mich immer unterstützt, allerdings glaube ich nicht, dass ich mich auf dich einlassen kann.«

Jacob sieht mich an. Ich weiß, dass ich ihn aus der Fassung gebracht habe. Ich finde es schrecklich, das getan haben zu müssen, doch leider entwickeln sich meine Gefühle für ihn nicht weiter. Ich mag ihn sehr. Er ist ein toller Kerl, einer der besten, aber er ist nicht der Richtige für mich. Das weiß ich. Daran wird sich auch nichts ändern. Ich gehöre nicht zu der Sorte Frauen, die jemandem etwas vormachen, nur weil sie hoffen, dass sich vielleicht noch etwas ändern wird. So etwas würde ich nie tun.

»Ich verstehe«, sagt Jacob, wenn auch ein wenig traurig. »Ich würde auch nicht wollen, dass du etwas tust, wofür du nicht bereit bist. Ich mag dich wirklich, Hartley, aber ich werde dich zu nichts zwingen.«

Ich habe Mitgefühl mit ihm.

»Es tut mir wirklich leid. Ich wünschte, es wäre anders, aber im Moment ist es das nicht.«

Mit einem Nicken steht Jacob auf. »Bestimmt sind wir sowieso als gute Freunde besser als als Liebespaar, daher mach dir bitte kein Sorgen. Ich freue mich wirklich, dich kennengelernt zu haben.«

»Also können wir Freunde bleiben?«

Er lächelt. »Natürlich. So einfach wirst du mich nicht los.«

Ich strahle und trete vor, um ihn kurz zu drücken, als

er die Arme öffnet. »Ich werde dich bald anrufen und mich erkundigen, wie es dir geht«, sagt er, als er mich wieder freigibt.

»Das wäre toll. Und es tut mir echt leid.«

Er zwinkert mir zu. »Muss es nicht. Wir hören uns bald.«

Er verlässt meine Wohnung, und ich verriegele die Tür hinter ihm. Nur zehn Minuten später klopft es. Ich kneife die Augen zusammen, eile zur Tür und frage laut: »Wer ist da?«

»Ähm, hier ist Greg Jefferson.«

Greg?

Sollte ich die Tür öffnen?

Mein Magen verkrampft sich. Wie hat er meine Wohnung ausfindig gemacht? Woher wusste er überhaupt, wo er suchen muss? Meine Haut beginnt zu prickeln, und ich ziehe mein Handy heraus, bereit, Ace' Nummer zu wählen. »Es tut mir leid, ich werde die Tür nicht öffnen«, sage ich, während ich gleichzeitig kontrolliere, ob das Schloss wirklich verriegelt ist.

»Ich bin nicht hier, um dich zu stören …«

»Wie hast du meine Adresse herausgefunden?«

»Ich …« Er zögert. »Es ist nicht schwer, eine Adresse ausfindig zu machen. Ich will bloß reden. Ich schwöre, ich bin nicht hier, um eine Szene zu machen.«

Es ist nicht schwer, eine Adresse ausfindig zu machen?

Was zur Hölle …?! Wer taucht einfach so plötzlich vor der Tür von jemandem auf?

»Bitte geh. Ich rufe sonst die Polizei.«

»Genau darüber wollte ich mit dir reden«, ruft er durch die Tür. »Sie haben mich zu einer Befragung einbestellt, und ich verstehe nicht, warum. Sie haben gesagt, es hätte mit dir zu tun. Was hast du über mich erzählt?«

Ich bin nervös. Vielleicht sagt er ja die Wahrheit, und dieser Besuch hat absolut nichts mit dem zu tun, was vor sich geht … doch es bleibt die Tatsache, dass Greg sich die Mühe gemacht hat, meinen Wohnort ausfindig zu machen und hierherzukommen. Das gefällt mir gar nicht, und deswegen verstärkt sich meine Unruhe noch.

»Du musst gehen. Polizeiangelegenheiten sind Polizeiangelegenheiten.«

»Ich würde gerne wissen, was du überall über mich herumerzählst«, sagt er. Sein Tonfall ist schärfer, als ich es angemessen finde.

»Ich rufe jetzt die Polizei …«

»Ich weiß nicht, warum du mir Ärger machen willst, aber ich werde das nicht zulassen …«

»Ich wähle jetzt!«, rufe ich.

»Ich gehe«, blafft er. »Pass auf, welche Geschichten du dir ausdenkst. Ich würde ungern Schwierigkeiten wegen etwas bekommen, was ich nicht getan habe.«

Das gefällt mir nicht. Absolut nicht.

Ich wähle Ace' Nummer, lande jedoch sofort auf der Mailbox, also hinterlasse ich eine kurze Nachricht. »Ace, Greg ist gerade vor meiner Wohnung aufgetaucht. Und mir gefiel gar nicht, wie er sich benommen hat. Könntest du mich bitte zurückrufen?«

»Genau, ruf die Bullen!«, schreit Greg. »Du warst eine totale Zeitverschwendung. Wenn ich wegen irgendetwas Ärger bekomme, was ich nicht getan habe, werde ich dir das heimzahlen.«

Ich antworte nicht mehr, sondern warte nur mit angehaltenem Atem ab. Ich höre, wie die Tür zur Treppe zuknallt, erst dann öffne ich meine Wohnungstür und spähe in den Flur. Er ist weg. Mein Herz rast. Das war nicht normal. Keineswegs. Und die Tatsache, dass er meine Adresse herausgefunden hat, macht mich ziemlich nervös.

Ich verriegele erneut die Tür und warte dann darauf, dass Ace zurückruft. Als er das tut, erzähle ich ihm von Greg, und er erklärt mir, dass er die Befragung vorziehen wird – nachdem er zehn Minuten damit verbracht hat, mich mit barscher Stimme über jeden gesprochenen Satz auszuquetschen, und Gregs Dreistigkeit mit ein paar saftigen Flüchen bedenkt. Noch während unseres Telefonats taucht Taylor auf, also beende ich das Gespräch, dankbar, dass meine beste Freundin nun bei mir ist. Mein Herz rast immer noch.

Als Taylor mit zwei Kaffee und ein paar Muffins in die Wohnung huscht, beruhige ich mich ein wenig. Mit allem, was geschehen ist, war ich in letzter Zeit so beschäftigt, dass ich kaum mit ihr geredet habe. Ich habe ihr nichts von Ace' Vermutung erzählt, weil er mich angewiesen hat, so wenig wie möglich darüber zu reden.

Aber Taylor ist meine beste Freundin.

Ich weiß, dass ich ihr vertrauen kann.

Und ich brauche im Moment gerade wirklich jemanden zum Reden.

»Hey.« Ich lächele. »Mann, bin ich froh, dich zu sehen.«

»Wie läuft es so?«, fragt sie, als sie die Kaffeebecher abstellt.

»Greg ist gerade hier aufgetaucht.«

Sie reißt den Kopf zu mir herum. »Was? Warum? Wie hat er deine Wohnung gefunden?«

»Ich weiß es nicht. Allerdings hat er ständig davon geredet, dass ich ihm Probleme mit der Polizei bereitet hätte. Ich habe es Ace schon gesagt, aber irgendwie ist mir die Sache immer noch unheimlich.«

»Glaubst du wirklich, dass er hinter alledem steckt?«

Ich zucke mit den Achseln. »Ich weiß es nicht, aber irgendwie gerät das alles außer Kontrolle. Die letzten paar Tage waren schrecklich. Und ich musste heute auch die Sache mit Jacob beenden.«

Sie wirbelt herum und starrt mich an. »Warum?«

Wieder zucke ich mit den Schultern. »Ehrlich, er ist ein netter Kerl, aber nicht der Richtige für mich. Er ist – Himmel, hoffentlich klinge ich nicht wie ein Miststück, wenn ich das sage – einfach zu nett. Versteh mich nicht falsch, ich mag nette Männer, aber … Ich hatte einfach keine Schmetterlinge im Bauch.«

Sie verdreht die Augen. »Das lässt sich nicht erzwingen.«

»Da hast du recht. Hey, hör mal, wenn wir schon dabei sind, muss ich mit dir noch über etwas anderes reden. Ich soll das eigentlich nicht, aber ich brauche jemanden, mit dem ich alles durchsprechen kann.«

Sie macht große Augen und hebt danach einen Finger. »Okay, lass mich nur kurz alles fertig machen, dann setze ich mich hin. Denn deine Miene lässt mich vermuten, dass ich besser sitzen sollte.«

Ich lächele sie an, und sie nickt. »Ja. Das ist sicher nicht verkehrt.«

Sie zieht zwei große Schokomuffins aus der Tüte und gibt mir einen, anschließend drückt sie mir einen der Kaffeebecher in die Hand. Ich nehme beides und setze mich im Schneidersitz in den Sessel gegenüber dem Sofa.

»Okay.« Sie nimmt einen Schluck von ihrem Kaffee und beißt einmal in ihren Muffin. »Wird das eine Geschichte, bei der ich weinen muss oder schreien oder die mich eher gewalttätig machen wird?«

Ich schenke ihr ein schwaches Lächeln, weil mich der Gedanke stört, dass ich sie belasten werde. Aber ich weiß, wenn ich es ihr nicht erzähle und sie es auf anderem Weg erfährt, wird sie vollkommen austicken. Sie und ich haben uns immer alles anvertraut. Auch die schlimmen Dinge. Besonders die schlimmen Dinge.

Also hole ich tief Luft und komme direkt zum Punkt. »Ace glaubt, er weiß, was es mit all den Dingen auf sich hat, die geschehen sind – warum all diese Sachen von Ray aufgetaucht sind …«

Sie wird ein wenig blass, da sie mich inzwischen gut genug kennt, um zu wissen, dass ich ihr nicht erzählen werde, dass jetzt alles wieder gut ist und wir aufhören können, uns Sorgen zu machen. Nein, sie kennt mich gut genug, um zu wissen, dass sie bei diesem Gespräch aus gutem Grund sitzen soll.

»Hartley«, flüstert sie. Sie hat meinen vollen Namen seit langer Zeit nicht mehr verwendet. »Was ist los?«

Ich atme tief durch und sehe ihr in die Augen. »Ace denkt …« *Sprich es einfach aus, Hartley.* »Ace denkt, es könnte dieser Serienkiller sein, der in letzter Zeit in den Nachrichten war.«

Taylor wird kreidebleich im Gesicht. Mein Herz verkrampft sich. Habe ich auch so ausgesehen, als Ace es mir gesagt hat? Ich stelle Muffin und Kaffee zur Seite, beuge mich vor und ergreife ihre Hand. »Tief durchatmen, Taylor.«

»Du machst Witze«, flüstert sie. »Das ist ein Witz, oder? Muss es sein. Sag mir bitte, dass du mich nur verarschst …«

Ich schüttele langsam den Kopf. »Ich mache keine

Witze. Aber wir werden dieser Sache auf den Grund gehen, und dann wird alles wieder gut.«

Sie wirkt nicht überzeugt. Das kann ich ihr nicht übel nehmen. Ich weiß genau, was sie gerade denkt – was sie gerade empfindet –, weil ich genau dasselbe durchgemacht habe. Bald, auch noch lange Zeit, nachdem sie meine Wohnung verlassen hat, wird sie sich im Kopf alle möglichen Horrorszenarien ausmalen. Sie wird alles bisher Geschehene analysieren, darüber nachgrübeln, sich alles vorstellen, was schieflaufen könnte. Und die Angst wird sich in ihrem Herzen einnisten. Und dort bleiben.

Genau wie es bei mir der Fall war.

»Greg stand gerade vor deiner Wohnung, und die Leute, die dein Gebäude überwachen sollten, haben es nicht bemerkt, aber du versuchst, mir zu erzählen, dass alles gut wird …«

Das ist ein gutes Argument. Ich muss Ace unbedingt mitteilen, dass Greg das Gebäude scheinbar ohne Schwierigkeiten betreten konnte. Ace meinte, die Polizei würde im Auge behalten, wer kommt und geht, also muss jemand etwas übersehen haben. Das sorgt nicht gerade dafür, dass ich mich sicher fühle. Tatsächlich sorgt es bloß dafür, dass ich mir noch mehr Sorgen mache. Ich verlasse mich darauf, dass diese Leute mich beschützen – wenn sie ihren Job nicht machen, kann die Gefahr eindringen. Und dieser Gedanke verängstigt mich.

»Es ist okay. Das wird schon wieder«, sage ich, obwohl ich mir nicht sicher bin, ob ich es selbst überhaupt glaube.

»Hart«, flüstert Taylor und umklammert meine Finger mit beiden Händen, »ich habe Angst.«

Meine Unterlippe zittert, als ich ihren Blick halte. »Ich auch, Süße.«

»Wenn dir etwas zustoßen sollte …«

Ich drücke ihre Finger. »Das wird Ace nicht zulassen.«

Sie nickt, doch ihre Augen wirken glasig.

Ich setze mich aufs Sofa, und sie schlingt die Arme um mich. So sitzen wir eine gefühlte Ewigkeit lang da und klammern uns aneinander fest. Ich habe Angst. Panische Angst. Ich kann stark sein. Ich kann mich zusammenreißen. Doch das Damoklesschwert der Gefahr, das über meinem Kopf hängt – die Möglichkeit, dass ich das alles nicht unversehrt durchstehen werde –, sorgt dafür, dass jede meiner Ängste und Unsicherheiten an die Oberfläche drängt.

Langsam macht mich das alles fertig.

Was genau das ist, was er will.

Ich darf ihn nicht gewinnen lassen. Ich darf nicht zulassen, dass er in die hintersten Winkel meiner Seele eindringt. Ich darf mich von ihm nicht brechen lassen. Ich weiß, was er will. Ich weiß, welche Befriedigung er sucht, und ich muss sicherstellen, dass ich ihm diese Macht über mich nicht verleihe. Ich muss sicherstellen, dass ich ihn niemals gewinnen lasse. Ich muss meine Stärke finden, sie mit beiden Händen packen und mich gegen all das wehren.

»Es kommt wieder in Ordnung«, erkläre ich Taylor. »Ich werde nicht zulassen, dass dieser Kerl mich erwischt.«

»Ich werde auch nicht zulassen, dass er dich erwischt«, schnieft sie, als sie sich von mir löst. »Ich werde selbst zur Serienkillerin und nehme ihn ins Visier, um ihn zu erledigen. Ich bin bereit, zu tun, was auch immer nötig ist. Nur dass ich eine wahre Heldin sein werde.«

Ich lache leise. Ich kann mich immer darauf verlassen, dass Taylor optimistisch ist, auch wenn die Lage noch so hoffnungslos ist.

»Ich bin mir sicher, du würdest das super hinkriegen.« Ich lächele sie an. »Ehrlich, ich würde mich dir nicht in den Weg stellen.«

Sie nickt und wischt sich dann eine Träne von der Wange. »Dieser Mistkerl wird meine beste Freundin nicht kriegen.«

»Nein, Süße«, antworte ich und umarme sie erneut. »Wird er nicht.«

Oder?

18

»Ich will, dass du alles beobachtest, damit du uns vielleicht noch Fragen liefern kannst, die wir nicht stellen«, erklärt mir Ace. Er führt mich vor einen Einwegspiegel, durch den ich in einen Befragungsraum sehen kann, in dem die drei Männer sitzen, mit denen ich Dates hatte. »Wenn du eine Anmerkung hast, drück einfach diesen Knopf hier.«

Ace deutet auf einen kleinen Knopf auf einem Bedienfeld an der Wand. Ich nicke und setze mich in den Lederstuhl mit der hohen Lehne.

»Was willst du von ihnen wissen?« Ich suche seinen Blick.

»Ich werde ihnen nur ein paar grundlegende Fragen stellen. Ich habe die Kerle alle gründlich überprüft, und sie wirken sauber, aber das bedeutet nicht, dass sie nicht fähig wären, das durchzuziehen. Greg ist vor deiner Wohnung aufgetaucht, und das macht mich natürlich misstrauisch.«

»Hast du herausgefunden, wie er ins Gebäude gekommen ist?«

»Der Polizeibeamte vor der Tür hat telefoniert und stand mit dem Rücken zur Tür. Ihm wurde eine mündliche Verwarnung ausgesprochen, und er wurde versetzt. Ich verspreche dir, dass dein Schutz inzwischen alle Standards erfüllt, Hartley.«

Ich nicke. »Okay.«

Er konzentriert sich wieder auf die drei Männer im Raum vor uns.

»Glaubst du, Jacob ist ein Verdächtiger?«, frage ich, als ich den Mann durch das Glas anstarre. Ich fühle mich schlecht, weil er das durchmachen muss. Armer Kerl. Im Moment bereut er wahrscheinlich, jemals mit mir ausgegangen zu sein.

»Ich muss jeden – zumindest kurz – befragen, der in deinem Leben eine Rolle spielt. Einfach, um nichts zu übersehen.«

Das ist verständlich. Ich nehme mir vor, mich später bei Jacob zu entschuldigen. Obwohl ich die Sache beendet habe, war er mir trotzdem ein guter Freund und für mich da, als ich ihn gebraucht habe.

»Ich werde Jacob als Ersten befragen, da er gesagt hat, er hätte später noch einen Termin. Dann widme ich mich diesem Mistkerl mit den Geheimratsecken, der mich so aufregt.«

Ich sehe Greg an. »Okay.«

Ace starrt den Mann einen Moment an, dann brummt er: »Was zur Hölle hast du dir dabei gedacht, ein Date mit ihm zu haben? Du bist eine atemberaubende Frau, Hartley.«

Meine Wangen beginnen zu brennen.

Hat Ace mich gerade atemberaubend genannt?

»Es war ein, ähm, Blind Date. Also sieht man vorher keine Fotos, sondern vertraut einfach darauf, dass die Männer in Bezug auf ihr Aussehen nicht lügen. Greg hat mehr oder minder in jeder Hinsicht gelogen, um ein

Date mit einer jungen, attraktiven Frau zu ergattern. Er wirkte nicht gefährlich, aber ich nehme an, jeder kann gefährlich sein und dennoch nicht so aussehen, oder?«

Ace nickt. »Ja, manchmal sind gerade diejenigen am gefährlichsten, die vollkommen normal und freundlich wirken. Ich werde ihn direkt nach Jacob befragen, einfach, weil ich den Drecksack nicht mag.«

Ich beiße mir auf die Lippe, um nicht darüber zu lächeln, wie Ace den Mann durch den Spiegel anstarrt. Dann sieht er mich an, und sein Blick fällt auf meine Lippen. »Hör auf, auf deiner Unterlippe herumzukauen. Das ist nicht witzig.«

Ich gebe meine Lippe frei und lächele zu ihm auf.

»Himmel«, murmelt er. »Drück den Knopf, falls du mich brauchst.«

Damit dreht er sich um und verlässt den Raum, wobei er die Tür ein wenig zu fest hinter sich schließt. Ganz schön mürrisch. Habe ich irgendwas getan? Mit einem Achselzucken drehe ich mich zu dem Glas um, durch das ich so deutlich in den anderen Raum sehen kann, den Ace gerade betreten hat. Ich fühle mich unglaublich wichtig. Ein Polizeibeamter führt Richard und Greg aus dem Raum. Ace setzt sich Jacob gegenüber, dann starren die beiden sich an. Oh Mann.

Ich höre zu, als Ace versucht, ein paar Höflichkeiten mit Jacob auszutauschen. Dann kommt er direkt zum Punkt. »Was hat Sie dazu gebracht, sich auf einem Dating-Portal anzumelden?«

Jacob, der ruhig die Hände auf dem Tisch verschränkt hat, hält Ace' Blick scheinbar unbesorgt. »Warum meldet man sich wohl auf einem Dating-Portal an? Man sucht nach einem Partner, Liebe, vielleicht auch nur

Freundschaft. Ich bin in letzter Zeit niemandem begegnet, also dachte ich, ich versuche es mal.«

»Sie sind ein gut aussehender Mann. Wieso haben Sie es nicht geschafft, jemanden zu finden?«

»Haben Sie sich in letzter Zeit mal in der Dating-Welt herumgetrieben, Detective? Es ist brutal da draußen. Die Frauen haben es auf ältere, reichere Männer abgesehen, Männer auf junge, attraktive Frauen – versuchen Sie mal, in einem Club herumzusitzen und dort eine normale Person zu treffen. Es ist nicht so einfach, wie man denken sollte. Zumindest hat man beim Onlinedating die Chance, die Auswahl vorher ein wenig einzugrenzen.«

Ace mustert ihn aus zusammengekniffenen Augen. »Was hat Sie dazu bewogen, sich für Hartleys Profil zu entscheiden?«

Jacob lächelt warm. »Es klang optimistisch, und sie wirkte humorvoll und locker. Und das ist sie auch alles.«

Ooooh.

»Und hatten Sie vorher schon Dates?«

»Zwei«, antwortet Jacob ruhig. »Keine der beiden hat mich angesprochen.«

»Interessant«, murmelt Ace. »Was ist mit früheren Beziehungen?«

»Wir alle haben frühere Beziehungen, Detective. Das ist bei mir nicht anders. Ich hatte ein paar, die einige Jahre gehalten haben und dann in die Brüche gingen. So was passiert. Ich bin auf der Suche nach etwas Dauerhaftem ... Ich will nicht immer wieder mehrere Jahre Lebenszeit verschwenden.«

»Und wären Sie bereit, uns die Namen dieser Frauen zu geben?«

»Natürlich«, antwortet Jacob, ohne zu zögern.

»Haben Sie sich jemals strafbar gemacht?«

Jacob zuckt mit den Achseln. »Ich denke, Sie kennen die Antwort auf diese Frage bereits, Detective. Schließlich haben Sie mich bestimmt schon überprüft.«

Ich beiße mir auf die Unterlippe und beobachte weiter.

»In der Tat«, murmelt Ace.

Sie gehen ein paar grundlegende Themen durch – wie Jacobs Arbeit und seinen Freundeskreis. Jacob antwortet entspannt und voller Selbstvertrauen. Ace befragt ihn auch zu den Nächten, in denen die Einbrüche stattgefunden haben, aber Jacob kann für jeden Abend ein Alibi liefern.

Schließlich lässt er Jacob gehen und ruft Greg in den Raum – der vollkommen verängstigt wirkt. Schweiß glänzt auf seiner Stirn.

»Gregory Jefferson, ich bin Detective Henderson, und ich möchte Ihnen heute ein paar Fragen zu Hartley Watson stellen.«

Ich muss zugeben, Ace im Detective-Modus ist ziemlich sexy.

Greg nickt und reibt sich nervös die Hände.

»Alles, was Sie sagen, wird aufgezeichnet.«

Greg nickt wieder, dann presst er hervor: »Hören Sie, ich hatte nicht vor, zu ihrer Wohnung zu gehen. Ich bin einfach ausgeflippt, als ich Ihre Nachricht abgehört habe. Ich würde ihr nie etwas antun, das schwöre ich.«

»Wie haben Sie ihre Adresse herausgefunden, Greg?«

»Es ist wirklich nicht schwer, eine Adresse herauszufinden, Detective. Ich hatte keine bösen Absichten.«

»Sie haben sie quasi bedroht.«

»Ich war wütend, das ist alles. Und nervös.«

»Warum?«

Greg rutscht auf seinem Stuhl hin und her. »Ich wusste, dass ich sie vor den Kopf gestoßen hatte, daher dachte ich, sie versucht vielleicht, mir etwas anzuhängen, weil sie mich so abstoßend fand. Ich ... Als ich jünger war, wurde mir mal etwas vorgeworfen, was ich nicht getan hatte. Deswegen bin ich in dieser Hinsicht ein wenig empfindlich. Ich weiß genau, wie leicht es einer Frau fällt, zu behaupten, man hätte etwas getan, was man gar nicht getan hat.«

Ace kneift die Augen zusammen. »Wie genau lautete diese Anschuldigung?«

Wieder bewegt sich Greg nervös. »Es ging nie über eine mündliche Anschuldigung hinaus. Und die wurde zurückgezogen, also spielt das meines Erachtens keine Rolle.«

Ace stößt ein Geräusch aus, das fast wie ein Knurren klingt. »In Ordnung. Erklären Sie mir, wieso Hartley Sie so abstoßend finden sollte, wie Sie behaupten? Wieso sollte sie so empfinden?«

»Sie, ähm, war wütend auf mich.«

Ace sieht auf und nagelt den Mann mit einem Blick fest, der selbst mich dazu bringt, nervös auf meinem Stuhl herumzurutschen. »Wieso war sie wütend auf Sie? Ich habe Sie um eine Antwort gebeten. Liefern Sie mir eine.«

»Es könnte sein, dass ich vorgegeben habe, jung zu sein und, ähm, gut aussehend.«

Ace zieht die Augenbrauen hoch. »Wieso sollten Sie das tun, Greg?«

»Ich dachte einfach, wenn ich das nicht täte, würde mir niemand einen Chance geben«, sagt Greg eilig. »Nicht alle von uns sind mit so gutem Aussehen gesegnet wie Sie.«

»Also haben Sie gelogen, um eine Frau dazu zu bringen, ein Date mit Ihnen auszumachen.«

»Ich habe das nicht mit bösen Absichten getan, das schwöre ich«, kreischt Greg fast.

»Wieso haben Sie nicht einfach die Wahrheit gesagt?«, fährt Ace fort, vollkommen unbeeindruckt von Gregs panischer Reaktion. »Wieso erzählen Sie Lügen? Gibt es dafür einen bestimmten Grund, oder liegt es nur daran, dass Sie dachten, sonst würde Hartley nicht mit Ihnen ausgehen?«

»Ich wusste ja nicht, dass es Hartley sein würde, mit der ich mich treffe. Es hätte jede sein können. Deswegen nennt man das ja Blind Date.«

Ace nickt und notiert etwas auf dem Block vor sich. »Und was ist geschehen, als Hartley herausgefunden hat, dass Sie sie angelogen haben?«

»Sie war wütend. Sie hat mir erklärt, ich wäre oberflächlich, hat mich beschimpft und ist gegangen.«

»Sie waren danach nicht ebenfalls wütend?«

Greg wirkt verlegen. »Mein Ego war angeknackst, also ja, ich war schon ein wenig sauer. Wie ich bereits sagte, ich dachte, sie hätte mir vielleicht unangemessenes Verhalten unterstellt …«

»Lügen, um an junge Frauen heranzukommen, fällt unter unangemessenes Verhalten.«

»Ich bin kein schlechter Mensch. Bin ich nicht.«

Ace mustert ihn. »Hat sie zufällig mit Ihnen über ihren Ehemann gesprochen?«

Greg schluckt schwer. Ich kann förmlich sehen, wie er nach der richtigen Antwort auf diese Frage sucht. Er will offensichtlich nicht lügen, aber er will auch nicht in ein Fettnäpfchen treten. »Ja, sie hat mir gesagt, dass sie ihren Ehemann verloren hat.«

Er hat sich für die Wahrheit entschieden. Das würde ich ihm auch geraten haben!

»Was haben Sie gedacht, als sie Ihnen das erzählt hat?«

»Ich habe Mitgefühl empfunden.«

»Sonst nichts?«

Greg schüttelt den Kopf.

»Okay, Greg. Danke für Ihre Zeit, ich werde Sie anrufen, falls sich noch weitere Fragen ergeben sollten.«

Ein Beamter kommt herein und führt Greg aus dem Raum. Ace verlässt den Raum ebenfalls und steht wenige Minuten später wieder neben mir. »Er steht noch auf der Liste der Verdächtigen, aber ich bin mir nicht sicher, ob er etwas damit zu tun hat.«

Ich ziehe fragend die Augenbrauen hoch. »Das kannst du jetzt schon sagen?«

Ace nickt. »Wenn er kein Schauspieler ist, ja, dann kann ich das bereits sagen. Der Kerl wirkte, als würde er jeden Moment in Ohnmacht fallen. Das heißt natürlich nicht, dass er nicht dazu fähig wäre, aber ich bin nicht überzeugt. Ich glaube, er ist einfach nur vor deiner Wohnung aufgetaucht, weil er dachte, du versuchst vielleicht, ihm Ärger zu machen. Aber ich werde ihn im Auge behalten.«

Verdammt.

»Und Jacob?«

Ace brummt. »Ich mag den Mann nicht, aber er ist ebenfalls sauber.«

»Wow.« Ich nicke nachdenklich. »Du bist gut.«

»Der Beste in meinem Job«, sagt er voller Überzeugung. »Und nun hole ich den Dritten rein. Amüsierst du dich hier?«

Als ich aufsehe, wirkt er fast fröhlich. Ich muss ein

paarmal blinzeln, aber nein, ich bilde mir da nichts ein. Mir wird warm ums Herz, und ich schenke ihm ein breites Lächeln. »Tatsächlich fühle ich mich ziemlich wichtig. Ich habe so was bisher noch nie getan, konnte so was bisher nicht mal beobachten. Es ist faszinierend.«

Einer seiner Mundwinkel hebt sich zu … Ist das ein Lächeln? Dann dreht Ace sich um und verlässt den Raum, bevor ich noch länger darüber nachdenken kann. Mit rasendem Herzen sehe ich wieder in den Raum und beobachte, wie der arme Richard hereingeführt wird. Er wirkt sogar noch nervöser als Greg. Ich wette, diese Männer verfluchen gerade den Moment, in dem sie mich getroffen haben. Die Armen.

Ace stellt sich vor, dann kommt er sofort zu den Fragen über Raymond und ob ich über ihn gesprochen habe. Richard bleibt ruhig, erzählt Ace genau, was auf unserem Date gelaufen ist. Er gibt sogar zu, dass ich drei Stunden damit verbracht habe, ihn wegen der Trennung von seiner Freundin zu trösten, mit der er jetzt wieder ausgeht. Viel Glück, Richard.

Ace entlässt ihn, notiert noch ein paar Sätze und schließt sich mir dann wieder an.

Ich drehe mich auf dem Stuhl, als er den Raum betritt. »Und?«

Ace schüttelt den Kopf. »Ich wäre sehr überrascht, wenn er etwas damit zu tun hat. Wir werden alle auf unserer Liste belassen, aber ich glaube nicht, dass einer von ihnen unser Mann ist. Langsam beginne ich zu glauben, dass du zufällig ausgewählt wurdest … vielleicht, weil du zur falschen Zeit am falschen Ort warst – vielleicht bei einer der Selbsthilfegruppen. Aber trotzdem wäre das eine zufällige Wahl. Du musst durch irgendetwas sein Interesse erregt haben. Es ist sogar möglich, dass du diesem Mann persönlich niemals begegnet bist.«

Mir rutscht das Herz in die Hose. »Was ist mit den anderen Opfern? Hast du mit ihren Familien gesprochen?«

Er nickt. »Meines Wissens nach lebte keine der drei Frauen in der Nähe ihrer Familie. Zwei von ihnen hatten bereits vor einer Weile ihre Eltern verloren. Das scheint die einzige echte Verbindung zu sein, abgesehen von der Tatsache, dass sie alle einen geliebten Menschen verloren haben.«

Diese armen Frauen. Sie mussten alleine leiden.

»Ja, sie hatten Freunde, aber überwiegend waren sie auf sich selbst gestellt. Deswegen ist er so lange damit durchgekommen, sie zu quälen. Bis irgendwer mitbekommen hat, was vor sich ging, war es schon zu spät.«

Mir läuft ein kalter Schauder über den Rücken. »Was ist mit mir? Ich meine, ich weiß, dass ich kaum Familie habe, aber ich habe Taylor und, na ja, ich wohne direkt neben dir.«

»Er könnte sich langweilen«, sagt Ace und verschränkt die Arme vor der Brust. »Vielleicht erhöht er den Einsatz, stellt sich selbst eine größere Herausforderung.«

Super.

Einfach super.

»Und was passiert jetzt?«

Ace schnaubt leise. »Wir suchen weiter, reden weiter mit Leuten, versuchen weiter, irgendetwas zu finden, was uns in die richtige Richtung führt. Wir nehmen jeden Aspekt deines Lebens unter die Lupe. Wir werden ihn finden.«

»Und wenn ihr das nicht schafft?«

»Das werden wir.«

Er ist so selbstsicher.

Ich weiß, dass ich ihm glauben sollte, und ich will es wirklich dringend.

Aber bis dieser Mann wirklich hinter Gittern sitzt, glaube ich wahrscheinlich gar nichts.

»Wie geht es dir?«, fragt Jacob am Telefon, während ich von meiner Wohnung zu der von Ace gehe.

Ace hat mich eingeladen, damit wir weiter über den Fall sprechen können und schauen, ob wir noch etwas herausfinden. Ich habe nicht abgelehnt, weil ich gerne Zeit mit ihm verbringe und auch, weil ich mich in seiner Wohnung einfach sicherer fühle. Zu wissen, dass er direkt da ist, falls etwas passieren sollte, gibt mir ein gutes Gefühl.

»Ich bin okay«, sage ich, als ich die Hand hebe und an Ace' Tür klopfe. »Es hat sich nichts verändert, aber ich bin in Sicherheit. Wie läuft es bei dir?«

»Ganz gut«, erklärt er mir. »Ich habe eine Menge Arbeit. Tut mir leid, dass ich bisher nicht angerufen habe. Ich wollte dir ein wenig Ruhe gönnen, ich weiß doch, wie gestresst du warst.«

Die Tür schwingt auf, und Ace erscheint. Er trägt ein einfaches graues T-Shirt und Trainingsshorts. Ich schlucke schwer und versuche, den Blick abzuwenden, denn verdammt, er sieht heiß aus.

»Kein Problem«, erkläre ich Jacob, vollkommen abgelenkt von dem sexy Mann vor mir, der dafür sorgt, dass Hitze in mir aufsteigt. Was zur Hölle ist hier los? »Hör mal, ich würde mich gerne noch unterhalten, aber ich treffe mich mit Ace. Wir wollen ein paar Notizen durchgehen. Kann ich dich morgen mal anrufen?«

»Natürlich«, antwortet Jacob. »Freut mich zu hören,

dass es dir gut geht. Wir unterhalten uns ein andermal ausführlich.«

»Das machen wir. Schönen Abend, Jacob.«

»Dir auch.«

Ich lege auf und lasse dann meinen Blick über Ace' Körper nach oben gleiten, bis unsere Blicke sich treffen.

»Du redest immer noch mit diesem Vollpfosten?«

Ich zwinge mich dazu, mein Lachen zu unterdrücken. Ace allerdings bemerkt es trotzdem und schaut Richtung Decke. »Das ist verdammt noch mal nicht komisch. Du solltest mir einfach antworten, statt zu lachen.«

»Du bist so launisch.« Ich kichere leise, als ich an ihm vorbei in seine Wohnung gehe. »Ehrlich, Ace, wen interessiert es, mit wem ich rede?«

Er antwortet nicht, sondern schließt nur die Tür. »Was auch immer dich glücklich macht.«

Ich lache wieder, dann setze ich mich an den Küchentresen und beobachte, wie er zu mir kommt.

»Hast du schon gegessen?«, fragt er mich.

»Nein, noch nicht. Ich dachte, wir könnten uns etwas bestellen.«

Er zieht die Augenbrauen hoch. »Ist dem so?«

»Ja, großer Kerl«, sage ich und verschränke die Arme vor der Brust, »dem ist so.«

Er scheint amüsiert von meinem Kommentar. Eigentlich reagiert er nicht groß, aber ich erkenne es in seinem Blick, an der Art, wie seine Augen funkeln. Es ist schön zu sehen, dass er mal ein wenig lockerlässt. Er ist immer so ernst.

»Was willst du?«, fragt er und zieht einen ganzen Stapel von Flyern aus einem Halter an der Wand. »Pizza, Pasta, Chinesisch, Indisch …«

Himmel.

»Ich liebe indisches Essen«, sage ich und achte dabei genau auf seine Reaktion. »Oder chinesisches. Aber im Grunde will ich einfach nur etwas, das satt macht.«

Er nickt und wirft die Karten der indischen und chinesischen Bestelldienste vor mir auf die Arbeitsplatte. »Hier, such dir was aus. Ich springe kurz unter die Dusche, weil ich gerade erst aus dem Fitnessstudio zurückgekommen bin.«

Allein schon bei der Vorstellung, dass Ace nackt unter der Dusche steht, er ganz nass ist, das Wasser über seinen Körper rinnt, werden meine Wangen heiß. Er sagt nichts, doch ich bemerke durchaus, dass sein Blick für einen Moment über meine roten Wangen gleitet, bevor er sich umdreht und durch den Flur verschwindet. »Bestell einfach«, ruft er über die Schulter zurück.

Okay.

Herrisch.

Ich entscheide mich für indisches Essen und bestelle ein paar unterschiedliche Gerichte plus zusätzlichen Reis. Die Frau am anderen Ende der Leitung blafft, dass es eine halbe Stunde dauern wird, dann legt sie auf, ohne sich zu verabschieden. Nun, wenn das Essen nicht wirklich fantastisch ist, werde ich dort nicht noch mal bestellen. Sobald ich aufgelegt habe, stehe ich auf und schlendere durch Ace' Wohnzimmer, um mir alles mal genauer anzusehen. Ich kann nirgendwo Fotos entdecken, was meine Neugier nur verstärkt.

Ich kehre in die Küche zurück und gehe Richtung Spüle, als ich ein Bild auf seinem Laptop bemerke. Eine wunderschöne Blondine füllt den Bildschirm. Ihr lächelndes Gesicht strahlt auf eine Weise, wie ich es noch nie gesehen habe. Sie hat eine besondere Ausstrahlung, frisch und angenehm. Ihre Augen leuchten hell, so blau wie der Himmel, doch vor allem sind sie warm. Sie wirkt wie ein wunderbarer Mensch. Ich fühle mit Ace.

Offensichtlich ist das seine Ehefrau.

Ich kann sehen, warum er sie geliebt hat. Sie ist wunderschön.

Ich fülle mir ein Glas mit Wasser und schicke Taylor eine Nachricht, während ich auf Ace warte. Zehn Minuten später sorgt ein Klopfen an der Tür dafür, dass ich den Kopf herumreiße. Himmel, so schnell ist ja noch nie eine Essenslieferung eingetroffen. Ich sehe den Flur entlang. Das Rauschen der Dusche ist gerade erst verklungen, also nehme ich an, dass Ace noch ein paar Minuten brauchen wird. Mit einem Achselzucken gehe ich zur Tür, ziehe sie auf und entdecke … niemanden.

Ich strecke den Kopf durch den Rahmen und sehe nach rechts und links. Es ist niemand da. Ich will die Tür gerade wieder schließen, als ich ein paar Tüten mit Essen vor der Tür entdecke. Wie unhöflich. Sie hätten zumindest warten können, bis ich die Tür aufgemacht habe. Was, wenn sie das falsche Apartment erwischt hätten? Ich greife nach den Tüten, doch dann erstarrt meine Hand zitternd in der Luft, als mir klar wird, dass es kein indisches Essen ist.

Meine Kehle ist plötzlich wie zugeschnürt, und für einen Moment stehe ich wie erstarrt da, halb vorgebeugt, um nach dem Essen zu greifen. Es kostet mich ein paar Sekunden, mich genug zusammenzureißen, um mit zitternden Händen nach der Tüte zu greifen und mich in die Wohnung zurückzuziehen. Ich verriegele die Tür und wandere wie betäubt in die Küche. »Ist das Essen schon da?«, fragt Ace, doch ich antworte nicht.

Ich starre einfach nur die Tüte an. Zwei Portionen

Cashewnuss-Huhn mit gebratenem Reis. Das war Raymonds und mein Lieblingsessen. Wir haben es uns jeden Freitag bestellt, komme, was wolle, und dann saßen wir gemeinsam auf dem Sofa und aßen, während wir Wiederholungen alter Folgen von *Grey's Anatomy* schauten. Meine Hände zittern, und die Tüten knallen förmlich auf den Tresen.

»Hartley?«

»Ich habe das nicht bestellt, Ace«, flüstere ich. »Aber ich weiß, wer es war.«

Ace kommt eilig zu mir, reißt die Tüten von der Arbeitsfläche, öffnet sie und starrt hinaus. Er zieht einen Zettel heraus und öffnet ihn eilig. Dann liest er mir die Nachricht darauf laut vor, doch ich höre die Worte kaum. Ich habe bereits gesehen, dass es Rays Handschrift ist, und ich weiß, was dort steht. Raymond hat mir immer etwas zu essen bestellt, wenn er länger arbeiten musste und deswegen nicht bei mir sein konnte.

Ich bin mir sicher, Du hattest eine stressige Woche
und wirst Dir Dein Lieblingsessen schmecken
lassen.
In Liebe, R X

»Ich muss kurz telefonieren«, sagt Ace. »Bleib da.«

Ich hatte nicht vor, irgendwohin zu gehen. Ein paar Minuten stehe ich einfach bloß da, um mich zu sammeln, dann drehe ich mich zu Ace um, der sich das Handy ans Ohr drückt. Als er spricht, wird mir klar, dass er mit dem chinesischen Lieferservice spricht, von dem das Essen kommt.

»Ja, ich bin Detective. Irgendwann in der letzten

halben Stunde hat jemand bei Ihnen zwei Portionen Cashewnuss-Huhn und gebratenen Reis bestellt.«

Er lauscht.

»Ja, richtig. Können Sie mir irgendetwas über diese Person sagen?«

Wieder hört er zu.

»War es ein Mann oder eine Frau? Hat er das Essen selbst abgeholt?«

Er flucht.

»Okay. Sie sind sich sicher?«

Ein Murmeln, dann ein tiefes Durchatmen. Er legt auf und dreht sich zu mir um. »Sie hat mir erklärt, ein obdachlos wirkender Mann wäre reingekommen und hätte das Essen bestellt, um später zurückzukommen und es abzuholen. Sie weiß nicht, wer er war. Dieser Kerl ist nicht dumm – er hat sichergestellt, dass wir das Essen nicht zu ihm zurückverfolgen können. Er muss dem Obdachlosen Geld gegeben haben, um die Drecksarbeit für ihn zu erledigen.«

Gott.

Das wird ja immer schlimmer. »Woher wusste er, dass ich hier bin, Ace?«

Ace reibt sich das Gesicht, offensichtlich genauso verwirrt und frustriert von der Situation wie ich. »Ich bin mir nicht sicher. Er könnte das Gebäude überwachen, oder er könnte es durch meine Fenster gesehen haben. Das ist nicht kompliziert, unser Gebäude sieht über die Hauptstraße hinweg. Es gibt viele Erklärungen. Er könnte genauso gut den Flur entlanggegangen sein und unsere Stimmen gehört haben.«

Bei dem Gedanken, dass er uns vielleicht so nahe war, läuft mir ein kalter Schauder über den Rücken. »Was machen wir jetzt?«

Ace schüttelt den Kopf. »Wir können nichts tun. Es gibt absolut keine Spur, der wir folgen können, dafür hat er gesorgt. Keine Angst, das Essen hier schmeißen wir weg und warten auf unsere Bestellung. Und in meiner Wohnung bist du sicher.«

»Langsam glaube ich, dass ich nirgendwo sicher bin.«

Er wirft mir einen verständnisvollen Blick zu. »Setz dich. Wir werden essen, sobald das Essen geliefert wurde, und dann versuchen wir herauszufinden, wie wir nun weitermachen.«

»Ace«, sage ich, als ich mich auf seine Couch sinken lasse, »glaubst du, ihr könntet ihm eine Falle stellen?«

Ace mustert mich nachdenklich. »Darüber sollten wir wahrscheinlich nachdenken.«

»Ich meine, wenn er Spielchen spielt, frage ich mich, ob wir ihm eine Falle stellen und ihn irgendwie festsetzen könnten …«

»Das wäre sicher nicht einfach. Er ist klug, kennt wahrscheinlich alle Tricks. Aber ich werde darüber nachdenken.«

»Es war nur so eine Idee«, sage ich, als ich die Beine übereinanderschlage. »Ich weiß ja nicht viel über so was. Ich weiß bloß, dass ich verdammt noch mal will, dass das alles aufhört. Ich kann nicht mehr schlafen.«

»Ich habe Schlaftabletten, wenn du eine willst.«

Ich beobachte, wie er seinen Laptop zuklappt, bevor er es sich neben mir auf dem Sofa bequem macht. Erst da fällt mir wirklich auf, was er trägt. Oder eben nicht trägt. Er hat erneut diese lange Pyjamahose angezogen, aber sonst ist er unbekleidet. Sein nackter Oberkörper glänzt noch vor Feuchtigkeit. Er … Gott, er sieht fantastisch aus. Ich wende den Blick ab und starre stattdessen auf den Fernseher, den er angeschaltet hat. Plötzlich bin ich mir unglaublich bewusst, dass wir allein sind, und frage mich, ob er wohl dieselbe Anspannung empfindet wie ich.

»Ich glaube nicht, dass ich Tabletten nehmen werde«, presse ich schließlich heraus. »Aber danke.«

Er mustert mich aus den Augenwinkeln. »Atmen nicht vergessen.«

»Was?«, frage ich. »Ich atme doch.«

»Du hältst die Luft an.«

Er hat recht, das tue ich. Eilig atme ich aus. »Wieso bemerkst du so viel?«

»Ich bin Detective. Es ist mein Job, nicht nur zu beobachten, wie Leute sich benehmen oder reagieren, sondern auch, meinen Instinkten zu trauen. Ich bin gut darin. Ich bemerke all die winzigen kleinen Dinge, die Menschen tun, wenn sie nervös oder angespannt oder verängstigt sind – wie auch immer sie aussehen mögen.«

»Also bist du ein Experte für Körpersprache?«

Er schnaubt. »So weit würde ich nicht gehen. Ich weiß einfach anhand des Verhaltens von Leuten, was sie empfinden.«

»Wirklich?«, fordere ich ihn heraus. »Und was empfinde ich dann jetzt gerade?«

»Du bist nervös, weil ich ohne Hemd hier sitze. Du hast meinen Körper inzwischen dreimal angesehen. Ich würde Geld darauf wetten, dass dein Herz rast. Außerdem bist du vollkommen verängstigt von dem, was gerade geschehen ist. Du hast dir zweimal die Hände am T-Shirt trocken gerieben, bevor du sie im Schoß ineinander verkrampft hast.«

Ich blinzele, dann senke ich den Blick auf meine Hände, die in der Tat ineinander verkrampft auf meinem Schoß liegen.

»Ich habe dich nicht dreimal angesehen!«

»Doch, hast du«, sagt er, den Blick immer noch auf den Fernseher gerichtet. »Und gerade hast du es noch mal getan.«

Ich schließe fest die Augen. »Langsam machst du mir Angst.«

Er stößt ein Geräusch aus, das fast als amüsiertes Glucksen durchgehen könnte. »Ich bin nicht derjenige, der dich anstarrt. Langsam fange ich an zu glauben, dass du ein Problem hast, wenn es um Starren geht.«

»Habe ich nicht«, gebe ich zurück. »Es ist nur … ich bin aufmerksam.«

Er brummt.

Was auch immer.

»Such einfach eine Sendung aus, und hör auf zu reden.«

Wieder sieht er zu mir, diesmal mit hochgezogenen Augenbrauen. »Du bist ziemlich herrisch veranlagt, hm?«

»Aus dem Mund des Königs der Herrschsucht nehme ich das als Kompliment.«

Wieder ein Brummen.

»Zumindest hat dir in letzter Zeit anscheinend doch jemand Manieren beigebracht.«

Er verdreht die Augen.

»Und hör auf, ständig die Augen zu verdrehen, das ist unhöflich.«

Diesmal sieht er mich direkt an. »Wenn du nicht so verdammt nervig wärst, müsste ich nicht unhöflich sein.«

Ich grinse ihn an. »Ich war dir gegenüber immer höflich, Ace.«

»Du hast mir einmal zugewinkt wie eine Irre, aus

dem Nichts, direkt vor meinem Gesicht. Ich dachte, du wärst nicht ganz dicht. Was hätte ich denn tun sollen?«

Mir fällt die Kinnlade nach unten. »Wenn jemand einem zuwinkt, winkt man zurück, selbst wenn diese Person irre ist. Und ich habe nicht direkt vor deinem Gesicht …«

Erneut zieht er die Augenbrauen hoch.

Okay, ich habe ziemlich nahe vor seinem Gesicht herumgewedelt. »Das habe ich bloß getan, weil du dich geweigert hast, mich irgendwie zu beachten. Ich habe dich immer und immer wieder gegrüßt, habe mich bemüht, nett zu sein, aber du hast mich einfach ignoriert.«

»Hör auf, das so persönlich zu nehmen.«

Ich schnaube. »Irgendwann schaffe ich es, dir anständiges Sozialverhalten beizubringen.«

»Du sitzt hier, auf meiner Couch, und kaust mir ein Ohr ab, oder?«

Ich grinse. »In der Tat.«

»Dann würde ich behaupten, dass ich mich gar nicht so schlecht halte. Und jetzt sei still, damit ich fernsehen kann.«

Ich grinse weiter, halte aber den Mund und richte den Blick auf den Fernseher, wobei ich mich zum ersten Mal seit Wochen ganz okay fühle. Nicht richtig gut, nicht sicher, aber okay. Und im Moment ist »okay« wunderbar.

»Okay« ist genau das, was ich brauche, um das durchzustehen.

19

»Bestellung ist fertig!«, ruft meine Chefin, Jayme, und schiebt einen Teller über den Tresen in meine Richtung.

Ich eile heran und greife danach, wobei ich mich bemühe, den Streifenwagen vor der Tür zu ignorieren, in dem ein Beamter sitzt und mich unverwandt anstarrt.

»Was hat es mit dem Cop auf sich?«, fragt meine Kollegin Dani, als sie die nächste Bestellung holt.

»Ich bin mir nicht sicher«, lüge ich.

»Er sitzt schon den ganzen Abend dort.«

»Ja.«

Sie sieht mich einen Moment fragend an. Ihr langes rotes Haar ist zu einem hohen Pferdeschwanz gebunden. Ich arbeite gerne mit Dani zusammen, weil sie freundlich ist. Wir stehen uns nicht übermäßig nahe, doch als ich mal eine Fitnessphase hatte, sind wir morgens zusammen laufen gegangen. Sie ist auf Zack und witzig, und man kann gut mit ihr arbeiten.

»Seltsam«, murmelt sie. »Aber gleich ist meine Schicht vorbei, und dann hast du es mit der Verrückten zu tun.«

Ich seufze.

Unsere dritte Kollegin, Rebecca, ist eine total blöde

Kuh. Sie ist älter als wir und davon überzeugt, dass sie deswegen das Recht hat, Ansprüche zu stellen. Sie hat bereits ein Problem mit mir, seitdem ich angefangen habe, hier zu arbeiten … und die paarmal, wo ich das Pech hatte, mit ihr zur Schicht eingeteilt zu werden, hat sie mir das Leben zur Hölle gemacht. Ich bin mir nicht sicher, was sie gegen mich hat, aber sie zeigt mir deutlich, dass sie mich nicht leiden kann.

»Wenn man vom Teufel spricht«, murmelt Dani. Sie lehnt sich näher zu mir, als die ältere Blondine aus dem Hinterzimmer auftaucht, noch damit beschäftigt, sich eine Schürze umzubinden. »Das ist mein Stichwort.«

»Ich hasse dich«, flüstere ich Dani zu. Sie grinst, bevor sie für den Abend ausstempelt.

Ich bediene weiter und bemühe mich, Rebecca so weit wie möglich aus dem Weg zu gehen, doch sie rauscht an mir vorbei und rammt mich zur Seite.

»Bestellung ist fertig!«, ruft Jayme wieder, und ich eile hinüber.

Rebecca erscheint, ehe ich nach den Tellern greifen kann, und zieht sie selbst vom Tresen.

»Diese Bestellung ist für meinen Bereich«, sage ich.

»Nun, diese Leute sind hungrig und warten. Bis du endlich in die Gänge kommst und die Teller rüberträgst, haben sie längst im Internet eine schlechte Beurteilung abgegeben.«

»Ernsthaft? Ich bin sofort gekommen«, antworte ich. Ich bemühe mich, ruhig zu bleiben. Ich brauche diesen Job. Aber ihr Verhalten kann ich gar nicht brauchen.

»Ja, ›ernsthaft‹«, blafft sie. »Wenn du dich nicht anstrengen willst, solltest du dich vielleicht nach einem anderen Job umsehen.«

»Du bist nicht meine Chefin, Rebecca.«

Damit nehme ich ihr die Teller ab. Sie starrt mich böse an.

»Was hast du für ein Problem?«, frage ich. Ich kann förmlich fühlen, wie der Stress der letzten Wochen in mir hochkocht.

»Mein Problem bist du. Ich muss ständig hinter dir herrennen, hinter dir aufräumen und alles selbst machen, weil du einfach nicht aufpasst. Und alle haben Mitleid mit dir, denn schließlich hast du ja deinen Ehemann verloren. Aber das ist jetzt schon vier Jahre her. Manche von uns haben einen Job zu erledigen, müssen Rechnungen bezahlen und haben es nicht nötig, auf die Tränendrüse zu drücken, um weiterzukommen.«

Ich blinzele entgeistert.

Das hat sie nicht wirklich gesagt … oder?

»Ich nutze meine Situation nicht aus. Ich arbeite genauso hart wie du.«

»Nein. Tust. Du. Nicht. Du wirst bevorzugt. Du glaubst, du würdest hart arbeiten, aber in Wirklichkeit machen es dir alle leicht. Servieren dir alles auf einem Silbertablett.«

Sie ist von Neid zerfressen. Ich bin nicht in der Stimmung für dieses Gespräch, und ich bin sicherlich nicht in der Stimmung, meinen Job zu gefährden, also drehe ich mich einfach auf dem Absatz um und verschwinde.

Und den Rest des Abends gehe ich ihr aus dem Weg.

Ehrlich, sehr viel mehr kann ich nicht mehr ertragen.

Sobald meine Schicht vorbei ist, packe ich meine Sachen, ignoriere Rebeccas böse Blicke und verlasse das Restaurant, um zu dem Streifenwagen zu gehen. Jayme hat mich gefragt, was vor sich geht, und ich habe ihr erklärt, er wäre einfach ein Freund – auch wenn ich weiß, dass sie mir das nicht geglaubt hat. Ich hatte jedenfalls nicht vor, ihr zu erläutern, dass ich wahrscheinlich als nächstes Opfer eines Serienkillers auserwählt bin und sie sich besser Sorgen machen sollte. Dann würde ich meinen Job verlieren. Und im Moment brauche ich ihn – mit der Ausbildung und meinen sonstigen Rechnungen kann ich es mir nicht leisten, arbeitslos zu sein.

Beim Einsteigen grüße ich den Beamten, dann schweige ich die gesamte Heimfahrt, während ich darüber nachgrübele, was zum Teufel in Rebeccas Hirn gekrochen und dort gestorben ist. Ich weiß, dass sie mich nicht mag… aber ehrlich, wütend zu sein, weil sie glaubt, ich bekäme eine Sonderbehandlung, weil ich verwitwet bin, ist einfach unfair. Ich bekomme keine Sonderbehandlung, sondern arbeite genauso hart wie alle anderen auch. Jayme hat ihren Laden fest im Griff. Sicher, sie mag mich, aber sie würde mir deswegen nie erlauben, meine Pflichten zu vernachlässigen.

Ich frage mich, was für ein Problem Rebecca hat.

Als wir an meiner Eingangstür ankommen, sagt der Beamte: »Ich werde noch Ihre Wohnung kontrollieren.«

Ich nicke und öffne die Tür, um ihn reinzulassen. Er geht mit großen Schritten ins Wohnzimmer und lässt seinen Blick schweifen. Ich trete hinter ihm in die Wohnung, dann halte ich an und schaue nach unten. Unter meiner Tür klemmt ein Zettel. Kälte breitet sich in meinem Körper aus, als ich mich vorbeuge und ihn aufhebe. Ich öffne das gefaltete Papier, und sofort wird mein gesamter Körper taub. Die Handschrift… ich könnte schwören, dass mein Ehemann das geschrieben hat. Die großzügigen Schwünge, die Art, wie die Buchstaben sich am Ende eindrehen, statt einfach abzubrechen.

Meine Hände zittern, als ich die Worte lese.

Mir gefällt nicht, dass Du heute Abend allein bist.
Achte darauf, die Türen abzuschließen.
In Liebe, R X

Ich verziehe das Gesicht, um die Tränen zurückzuhalten, und zerknülle den Zettel. Der Beamte kommt zurück und sieht mich nicht an, als er sagt: »Alles in Ordnung, es ist niemand hier. Ich werde draußen vor der Tür warten, bis Ace seine Schicht beendet hat. Wäre das alles?«

Ich sollte ihm von der Nachricht erzählen, die ich zerknüllt in der Faust halte, aber wenn ich jetzt den Mund öffne, ticke ich aus. Also nicke ich nur und schaffe es irgendwie, meine Lippen zu einem schwachen, jämmerlichen Lächeln zu verziehen. Er scheint nicht zu bemerken, dass etwas nicht stimmt, sondern nickt, bevor er vor die Tür tritt. Ich schließe sie hinter ihm ab, dann kann ich die Tränen nicht mehr zurückhalten. Sie laufen mir über die Wangen. Leise schluchzend sinke ich auf die Knie.

Warum ich?

Warum lässt dieser Mann mich verdammt noch mal nicht in Ruhe?

Wieso quält er mich so?

Ich krieche den Flur entlang, den Zettel immer noch in der Hand. Irgendwann lasse ich ihn fallen, dann gelingt es mir trotz meines hysterischen Weinens, die Dusche zu erreichen und mich auszuziehen. Ich schleppe mich in die Kabine und stelle das Wasser so heiß, wie ich es gerade noch ertragen kann. Dann ziehe ich die Knie an die Brust und verliere die Kontrolle. Lasse mich vollkommen gehen. Ich bin starr vor Angst. Der Schmerz in meiner Brust will einfach nicht nachlassen. Egal, was ich tue, er geht nicht weg. Er ist immer spürbar, foltert mich, erinnert mich ständig daran, dass ich in ernsthafter Gefahr schwebe.

Es ist der Gedanke, dass dieser Killer mich irgendwann vielleicht wirklich in die Finger bekommt, der dafür sorgt, dass mein hysterisches Weinen in Keuchen umschlägt. Angestrengtes, harsches Keuchen. Es spielt keine Rolle, wie viele Polizisten ich an meiner Seite habe … Es wird immer irgendwelche kleinen Zeitfenster geben, die der Mann nutzen kann. Und wenn er das tut, wenn er mich entführt, könnte er meinem Leben ein Ende setzen. Der Gedanke, dass mein Leben ernsthaft in Gefahr ist, lässt mir das Blut in den Adern gefrieren.

Die Leute haben recht, wenn sie immer sagen, dass man in dem Moment, wo etwas Lebensbedrohliches geschieht, darüber nachdenkt, was man alles hätte tun sollen. Ich habe mich die letzten vier Jahre versteckt – habe um Raymond getrauert, obwohl ich hätte leben sollen. Das hätte er gewollt. Er hätte gewollt, dass ich mich vor die Tür wage, das Leben genieße, reise – verdammt, mich sogar verliebe. Aber ich habe alles von mir ferngehalten, weil ich fürchtete, wieder verletzt zu werden, wenn ich wieder ins Leben eintauche.

Und jetzt kann ich das alles vielleicht nie wieder erleben.

Ich lasse den Kopf auf die Arme sinken und weine so heftig, dass mein gesamter Körper zittert. Ich stoße so scheußliche Geräusche aus, dass ich nicht höre, wie sich die Tür zur Dusche öffnet; nicht einmal bemerke, dass jemand sich in meinem Bad aufhält, bis zwei feste Arme sich um mich schließen und ich hochgehoben werde. Ein überraschter Schrei dringt aus meiner Kehle, gefolgt von noch mehr hysterischem Schluchzen. »Ruhig«, murmelt er. »Ich bin es.«

Ace?

Er trägt mich aus der Dusche, wobei er im Vorbeigehen ein Handtuch von der Stange zieht. Er wickelt es um mich herum, so gut es eben geht, und setzt sich dann aufs Bett, mit mir auf seinem Schoß. Seine muskulösen Schenkel liegen unter meinem Po, seine Arme schließen sich um meinen Körper, und seine Brust drückt sich an mich, sodass ich mich sicher fühle. Ich drehe mich und vergrabe das Gesicht in seinem Hemd, presse meine Wange an seine Brust und schluchze. Ich kann nicht aufhören. Und ich bin mir nicht mal sicher, ob ich das sollte.

Ich habe solche Angst.

Ace sagt nichts, sondern hält mich einfach nur fest, als ich in seinen Armen zusammenbreche. Hin und wieder gleitet seine Hand über mein Haar oder streichelt meine Schulter. Ich zittere und schluchze, klammere mich an ihm fest, als hinge mein Leben von ihm ab. Ich will ihn nicht freigeben, weil er im Moment die einzige Person ist, bei der ich mich sicher fühle.

Nach guten zwanzig Minuten des Weinens lässt der Tränenfluss langsam nach, und ich entwickele einen Schluckauf, als mein Körper versucht, wieder Ruhe zu finden.

»Es wird wieder okay, Hartley«, murmelt Ace in mein Haar. »Ich werde nicht zulassen, dass jemand dir wehtut.«

Wieder hickse ich.

»Ich weiß, dass du Angst hast. Ich weiß, dass du etwas ertragen musst, was niemand verstehen kann. Aber du musst mir vertrauen.«

Ein Nicken. Dann wieder ein Hicksen.

»Du musst stark bleiben. Du musst die Kontrolle behalten. Er versucht, dich zu brechen. Lass das nicht zu.

Du hast bereits das überlebt, was – ohne Zweifel – das Schlimmste ist, was einem Menschen im Leben zustoßen kann … du hast einen geliebten Menschen verloren. Aber du hast es durchgestanden, und du hast mit deinem Leben weitergemacht. Lass ihn jetzt nicht gewinnen.«

Lass ihn jetzt nicht gewinnen.

Lass ihn nicht gewinnen.

Ich nicke und presse meinen Mund an Ace' Brust. Ich spüre die Baumwolle seines Hemdes an meinen Lippen … und erst da wird mir klar, was ich gerade getan habe. Ich reiße den Kopf zurück und sehe Ace ins Gesicht. Er mustert mich, allerdings kann ich seine Miene nicht deuten. Sie ist weich, aber da ist auch dieser grüblerische Ausdruck, den er nie verliert. Doch es sind seine Augen, die mich fesseln. Darin erkenne ich deutlich Zuneigung. Eine tiefe Zuneigung. Die auf mich gerichtet hast.

»Ich werde ihn nicht gewinnen lassen«, krächze ich.

Er nickt, ohne meinen Blick freizugeben. »Braves Mädchen.«

Damit hebt er mich von seinem Schoß. Ich will wimmern und mich an ihm festklammern, tue es aber nicht. Ich lasse zu, dass er mich vorsichtig anhebt und auf die weiche Matratze verschiebt, auf der wir sitzen. Ich wickele das Handtuch fester um mich, und da wird mir klar, dass er mich nackt gesehen hat. Dieser Gedanke bringt meine Wangen zum Brennen. Zitternd stehe ich auf und gehe zu meinem Schrank, um mir Shorts und ein Tanktop zu holen.

Ich verschwinde im Bad, ziehe mich um, um mir dann die Haare zu kämmen und die Zähne zu putzen. Als ich zurückkomme, sitzt Ace immer noch auf dem Bett. Er liest gerade die Nachricht, die ich im Flur habe fallen lassen, bevor ich meinen kleinen Zusammenbruch erlitten habe. Ich schließe mich ihm wieder auf dem Bett an und starre auf den Zettel in seiner Hand. »Diese Handschrift sieht genauso aus wie die von Raymond.«

Ace nickt. »Man kann durchaus lernen, die Handschrift eines anderen Menschen zu kopieren. So werden auch Unterschriften gefälscht. Und nun Schluss damit, du musst über etwas anderes nachdenken.«

»Das alles tut mir leid. Ich hatte einen wirklich schlechten Tag. Da ist diese Kollegin in der Arbeit, die mir den Abend richtig vermiest hat.«

»Hast du ihren Namen auf die Liste der Leute gesetzt, die ich mir genauer ansehen sollte?«

Ich nicke. »Ja. Sie hat irgendetwas davon gesagt, dass ich alles auf einem Silbertablett serviert bekommen würde, weil ich meinen Ehemann verloren habe. Glaubst du, das könnte etwas mit alledem zu tun haben?«

Ace zuckt mit den Achseln. »Es könnte jeder sein oder auch ein vollkommen Fremder. Auf jeden Fall werde ich sie mal überprüfen.«

Ich nicke, dann ziehe ich die Knie ans Kinn, ehe ich nichts anders mehr tun kann, als lang gedehnt zu gähnen. Ich bin so müde. Ich kann mich nicht erinnern, wann ich das letzte Mal richtig geschlafen habe.

»Du brauchst Schlaf«, sagt Ace, steckt den Zettel in die Tasche und sieht mich an.

»Ich kann nicht«, flüstere ich. »Ich versuche und versuche es, aber ich kann einfach nicht schlafen. Selbst wenn du bei mir auf der Couch schläfst oder Taylor … ich finde einfach keine Ruhe.«

Er nickt, dann steht er auf, um sein Hemd aus der Hose zu zerren. Ich beobachte mit leicht geöffnetem Mund, wie er es sich über den Kopf zieht und auf den

Boden wirft. Dann öffnet er seine Hose und zieht sich aus, bis er nur noch seine Boxershorts anhat. »Welche Seite ist deine?«

Ich blinzele.

Er sieht mich erwartungsvoll an. »Auf welcher Seite schläfst du, Hartley?«

»Was tust du da?«, flüstere ich.

»Ich steige zu dir in dieses Bett, damit ich ein bisschen schlafen kann. Bei den Schichten, die ich in letzter Zeit geschoben habe, könnte ich ein Jahr lang schlafen, also dürfte das eine Win-win-Situation sein. Also, welche Seite ist deine?«

»Du wirst … bei mir … schlafen?«

Er schenkt mir einen ungeduldigen Blick. »Ich werde dich nicht anfassen oder irgendwas versuchen. Ich werde einfach nur da sein … weil ich weiß, dass du dann schlafen kannst.«

Ich schlucke schwer.

Ace. In meinem Bett.

In *meinem* Bett.

Oh Gott.

»Ist das nicht gegen die Regeln oder irgendwas?«

Er zieht die Augenbrauen hoch. »Seit wann interessieren dich die Regeln? Und außerdem bin ich nicht im Dienst. Im Moment sind wir bloß Freunde.«

»Wir sind befreundet?«

Er stößt ein ungeduldiges Geräusch aus und starrt an die Decke. Erst nach ein paar tiefen Atemzügen sieht er mich wieder an. »Willst du die ganze Nacht Fragen stellen, oder gönnst du mir ein wenig Schlaf?«

»Okay«, flüstere ich. »Ich schlafe links.«

Er nickt, geht auf die rechte Seite des Bettes, schlägt die Decke zurück und gleitet darunter. Ich stehe am

Fußende des Bettes wie eine Idiotin und starre ihn nur an. Er schiebt die Hände hinter den Kopf und erwidert den Blick. »Willst du da noch länger rumstehen? Oder kommst du auch?«

Wieder schlucke ich schwer.

Dann krieche ich unter die Decke, lege mich ganz an den Rand. Ich bin nervös, aber es ist nicht unangenehm. Ich habe seit vier Jahren nicht mit einem Mann im selben Bett geschlafen. Ich weiß gar nicht mehr, wie sich das anfühlt. Was, wenn ich schnarche? Oder noch schlimmer? Ihn betatsche? Was, wenn ich versuche, mich an ihn zu kuscheln? Gott. Die Möglichkeiten, mich im Schlaf unangemessen zu verhalten, sind endlos.

Bevor ich noch weiter darüber nachdenken kann, gleitet ein Arm über das Bett, Finger schließen sich um mein Handgelenk, und ich werde näher an Ace herangezerrt. Ich keuche, dann rutsche ich sofort wieder ein Stück zurück, als er mich freigibt. »Ich beiße nicht«, murmelt er. »Ehrlich, man könnte meinen, du hättest noch nie einen Mann im Bett gehabt.«

»Es ist schon eine Weile her«, antworte ich.

Sein Blick huscht zu mir. »Bei mir auch.«

Oh.

Plötzlich fühle ich mich besser. So viel besser. Weil er es kapiert. Mich versteht. Er mag es nicht auf dieselbe Weise zeigen wie ich, aber er weiß genau, wovon ich rede. Meine Muskeln entspannen sich, und ich beobachte, wie er nach seinem Handy greift und ein paar Nachrichten abschickt. »Du starrst schon wieder.«

»Weil du wirklich nett anzusehen bist«, gebe ich zu.

Er reißt den Blick von seinem Handy und schaut mich an. Er sagt nichts, sondern mustert mich einfach nur eine Minute lang, dann wendet er sich wieder dem Display zu. Meine Lider werden bereits schwer. Ich versuche, meinen Blick weiter auf ihn zu fokussieren, doch zu wissen, dass jemand in meinem Bett liegt – dass ich sicher bin und niemand in dieses Zimmer eindringen kann, ohne dass Ace es mitbekommt –, sorgt dafür, dass ich mich zum ersten Mal seit Wochen wirklich entspanne.

Bevor ich weiß, wie mir geschieht, schlafe ich ein.

Doch ich könnte schwören, dass ich ihn noch leise flüstern höre: »Du bist auch nett anzusehen, Kleines.«

Aber ich glaube, das habe ich schon geträumt.

Als ich am Morgen aufwache, drückt sich etwas Großes, Hartes, Warmes von hinten an meinen Körper. Einen Augenblick lang verfalle ich in Panik, dann fällt mir wieder ein, dass Ace gestern Nacht bei mir war und beschlossen hat, in meinem Bett zu schlafen. Ich bewege mich leicht, doch er hat sich quasi um mich gewickelt. Ein Arm liegt um meine Taille, eines seiner Beine liegt zwischen meinen, und ich kann spüren, wie sein Atem mich im Nacken kitzelt.

Wir spielen Löffelchen!

Mein Herz rast, und für einen langen Moment weiß ich einfach nicht, was ich tun soll. Soll ich mich bewegen? Soll ich einfach liegen bleiben und genießen, wie unglaublich es sich anfühlt, einen Mann so nah zu spüren? In seiner Wärme zu liegen? Doch dann wird mir bewusst, dass ich seine harte Länge an meinem Po spüren kann. Oh. Mein. Gott. Morgenlatte. Meine Wangen brennen. Ich versuche, das Kichern zu unterdrücken, das in mir hochkocht, doch ich kann es nicht zurückhalten.

Es kommt aus dem Nichts, wirkt wahrscheinlich vollkommen seltsam, aber ich kann einfach nicht anders: Ich kichere laut und anhaltend.

Ace bewegt sich hinter mir, und ich spüre, wie diese Länge über meinen Po gleitet, was mein Kichern nur verstärkt, bis ich lauthals lache.

»Lachst du?«, fragt er mit dieser verschlafenen, sexy Stimme, die fast alle Männer morgens haben.

»Du …« Ich atme tief durch, um mich zusammenzureißen. »Du hast …«

»Eine Morgenlatte.«

Wieder breche ich in hysterisches Gelächter aus.

Er findet das offensichtlich nicht so witzig.

»Was ist daran so lustig?«, grummelt er.

»Du … Es ist nur … Ich …«

Ich kann nicht atmen.

Das ist so peinlich, dass es schon wieder witzig ist.

»Das passiert allen Männern, Hartley«, brummt er. »Keine große Sache.«

Keine *große* Sache.

Oh Gott.

Ich ticke aus. Ich bin verrückt. Jetzt ist es offiziell.

»Lieber Himmel«, brummt er. »Du bist durchgeknallt.«

»Tut mir leid. Ich weiß nicht mal, warum ich das so witzig finde. Aber … irgendwie ist es das.«

»Finde ich immer noch nicht.«

Nein. Ich eigentlich auch nicht. Doch das ändert auch nichts an meinem Gelächter.

Ace legt eine Hand auf meine Hüfte und drängt für einen kurzen Moment seine Härte fester an mich. Mein Lachen bricht abrupt ab, als ein Stich reiner Lust durch meinen Körper schießt. Mir bleibt der Mund offen stehen, und – wow – ich glaube, ich brauche ein frisches Höschen.

»Und wer lacht jetzt?«, knurrt er mir ins Ohr, bevor er sich zur Seite rollt und mich allein zurücklässt, erfüllt von einem tiefen Sehnen, das ich seit Jahren nicht mehr empfunden habe.

Also.

Okay.

Ich drehe mich und beobachte, wie er aus dem Bett steigt, seine große Hand in seine Boxershorts schiebt und sich zurechtrückt, um sich dann vorzubeugen und seine Kleidung aufzusammeln. Ich lecke mir die Lippen und schlucke ein paarmal, weil mein Mund so trocken ist. Gott, er ist wirklich atemberaubend. Mein gesamter Körper kribbelt, als ich mich an das Gefühl erinnere, das er mir gerade verschafft hat, als er seinen Ständer gegen mich gedrückt hat. Ein Schauder überläuft meinen Körper.

Reiß dich zusammen.

Ich zwinge meinen Körper dazu, sich zu bewegen, und werfe die Beine über die Bettkante, um aufzustehen. Ohne Ace anzusehen, schnappe ich mir einen Bademantel und wickele ihn eng um mich, ehe ich in die Küche gehe. Ich schalte gerade die Kaffeemaschine an, als auch Ace erscheint, voll angezogen und damit beschäftigt, sich mit den Fingern das Haar zu kämmen.

»Willst du einen Kaffee?«, frage ich.

»Wie sehen deine Pläne für heute aus? Musst du arbeiten?«, meint er, statt auf meine Frage zu reagieren.

»Ja, ich arbeite von Mittag bis acht Uhr abends.«

»Gut. Ich werde jemanden vor der Tür abstellen, um sicherzustellen, dass du gut dort ankommst.«

Okay.

»Also? Kaffee?«

Er schüttelt den Kopf. »Ich muss los. Ich werde jemanden abstellen, der deine Tür bewacht, bis du bereit bist, zur Arbeit aufzubrechen. Kommst du alleine klar?«

Er benimmt sich seltsam.

Ich hasse es.

Hat mein Gelächter dafür gesorgt, dass er sich unwohl gefühlt hat? Oder tut es ihm einfach leid, dass er über Nacht geblieben ist? Vielleicht fühlt er sich seltsam damit. Schließlich hat er vor nicht allzu langer Zeit seine Frau verloren. Vielleicht hat diese Nacht schmerzhafte Erinnerungen aufgewühlt. Ich beschließe, kein großes Aufhebens darum zu machen, weil er sich schließlich bloß um mich kümmert und das zu seinem Job gehört, also nicke ich lächelnd. »Sicher. Kein Problem.«

Er sieht mich nicht an, als er sein Handy herauszieht und jemanden anruft. Er blafft dem armen Kerl am anderen Ende der Leitung Befehle ins Ohr und weist ihn an, hier hochzukommen und vor meiner Tür Wache zu stehen. Dann legt er auf und lehnt sich gegen die Arbeitsfläche.

»Ruf mich an, wenn du in der Arbeit fertig bist«, murmelt er, immer noch, ohne mich anzusehen. »Damit ich weiß, dass du in Sicherheit bist. Ich werde mich auch regelmäßig bei den diensthabenden Beamten melden.«

Gut.

»Okay«, sage ich leise.

Ein paar Minuten später klopft es an der Tür. Ohne sich von mir zu verabschieden, geht Ace hinüber, sagt etwas zu dem Mann auf der anderen Seite und ruft dann nur noch »Verschließ die Tür«, bevor er meine Wohnung verlässt.

Also.

Das war peinlich.

Und irgendwie schmerzhaft.

Was habe ich bloß falsch gemacht?

20

Ich strecke mich und gähne, froh, dass meine Schicht vorbei ist. Es ist schon nach neun Uhr, denn ich habe ein wenig länger gearbeitet als eigentlich geplant. Es war ziemlich viel los – und als mich meine Chefin gebeten hat, noch ein wenig zu bleiben, habe ich gerne zugestimmt. Das heißt mehr Geld für mich … und das Trinkgeld heute war richtig gut, also habe ich diese Woche mehr verdient als normalerweise. Ich trete vor die Eingangstür und ins Licht einer Straßenlaterne, um mein Handy herauszuziehen. Ich stehe direkt vor dem Restaurant, also gehe ich davon aus, dass ich hier sicher bin.

Der Polizist, der mich beobachtet hat, ist vor ungefähr fünf Minuten gefahren, da Ace bereits unterwegs ist. Der Beamte hat mich angewiesen, im Restaurant zu bleiben, bis Ace ankommt. Ich stehe nun vor dem Restaurant, aber ich höre die Stimme meiner Chefin hinter mir, also sollte das okay sein. Sie steht an der offenen Tür und unterhält sich mit einem Gast. Ich bezweifele, dass mich ausgerechnet jetzt jemand anspringen und entführen wird. Während ich auf Ace warte, schicke ich Taylor eine kurze Nachricht.

H: Hey, Süße. Ich vermisse dich. Wie geht es dir?

Sie antwortet sofort.

T: Gut. Bin ziemlich beschäftigt. Im Moment werde ich ständig begutachtet. Buhu! Ich wollte eigentlich heute Abend vorbeischauen, aber ich habe mir morgen Abend freigenommen, um bei dir sein zu können. Wie läuft es bei dir?

H: Schon okay. Ich komme klar.

T: Freut mich zu hören. Ich muss jetzt aufhören. Ich rufe dich später an, okay?

H: Perfekt! XO

Ich stecke mein Handy ein und warte. Aus fünf Minuten werden zehn, und Ace ist immer noch nicht da. Ich sehe noch mal auf die Uhr – ja, er sollte inzwischen eigentlich da sein. Das Revier ist nicht allzu weit von meiner Arbeitsstelle entfernt, und er hat dem anderen Beamten gesagt, er wäre in der Nähe. Ich ziehe mein Handy wieder heraus und rufe ihn an, erreiche aber nur die Mailbox. Ich versuche es noch mal. Fehlanzeige.

Seufzend stecke ich das Telefon wieder weg und warte noch eine Viertelstunde. Offensichtlich wurde Ace irgendwie aufgehalten, doch ich will wirklich dringend nach Hause. Ich sehe über die Straße zu meinem Auto. Es steht direkt gegenüber. Ich werde die Türen verriegeln, sobald ich eingestiegen bin, und zu Hause auf Ace warten … ich muss dringend mal auf die Toilette und brauche eine Dusche. Und ich bin echt müde. Und ich sehe niemanden, der sich in der Nähe herumtreiben würde. Ich versuche noch einmal, Ace anzurufen, aber als er nicht drangeht, drehe ich mich um und rufe meiner Chefin zu: »Ich fahre jetzt nach Hause. Wenn jemand kommt und nach mir fragt, sag ihm, dass ich schon gefahren bin! Wir sehen uns morgen!«

Sie winkt. »Kein Problem, Liebes. Gute Nacht.«

»Gute Nacht!«

Ich trete an den Rand des Gehweges und sehe zu dem Parkplatz, auf dem mein Wagen steht. Seit dem letzten Vorfall parke ich noch näher am Restaurant. Genau in dem Moment, als ich nach meinem Schlüssel greifen will, verkündet ein Piepen, dass ich eine Nachricht erhalten habe, also ziehe ich das Handy heraus und lese im Gehen die Nachricht von Taylor. Und dann antworte ich.

Als ich mein Auto schließlich erreiche, habe ich meine Schlüssel immer noch nicht in der Hand. Meist halte ich sie schon bereit, bevor ich überhaupt losgehe. Sofort fange ich an, in meiner Tasche danach zu suchen. Ein Geräusch lenkt mich ab und sorgt dafür, dass ich den Kopf hochreiße. Ich sehe mich um, kann aber niemanden entdecken. Ein unangenehmes Gefühl ergreift Besitz von mir, und meine Bewegungen werden hektisch, als ich weiter in meiner Tasche grabe.

Wieso trage ich nur so viel Mist mit mir herum?

Wieder sorgt ein Geräusch dafür, dass ich den Kopf herumreiße. Es klingt, als hielte sich jemand in der Nähe auf. Eilig lasse ich meinen Blick über die anderen Autos gleiten, doch ich kann nichts und niemanden entdecken. Mein Herz beginnt zu rasen. Das war eine schlechte Idee. Verdammt, wo sind meine Schlüssel? Ich ramme meine Hand so fest in meine Tasche, dass sie von meiner Schulter rutscht und ihr Inhalt sich über den Boden verteilt.

»Verdammt noch mal!«, fluche ich, als ich mich auf die Knie sinken lasse, um so viel Zeug einzusammeln wie möglich.

Das Geräusch von Stiefeln, die auf Kies knirschen, sorgt dafür, dass meine Kehle eng wird. Das war definitiv eine schlechte Idee. Was habe ich mir bloß dabei gedacht? Jeder könnte mich entführen. Verdammt. Panik ergreift Besitz von mir, und ich sammele so schnell wie möglich meine Sachen vom Boden auf. Als ich ein weiteres Geräusch höre, diesmal näher, beschließe ich, es zu vergessen. Ich finde meine Schlüssel, schnappe sie mir zusammen mit meinem Handy und dem Schlüsselbund fürs Haus. Alles andere kann gern hier liegen bleiben.

Eilig stehe ich auf, um erneut meinen Blick über den Parkplatz schweifen zu lassen.

Ich kann niemanden sehen, aber ich fühle ihn. Jemand beobachtet mich. Wieder wird meine Brust eng vor Panik, bis ich kaum noch atmen kann. Ich ramme den Schlüssel in die Autotür und sperre sie auf, werfe mich förmlich auf den Fahrersitz. Eilig knalle ich die Tür zu und verriegele sie. Danach sitze ich einen Moment einfach nur keuchend da und starre aus der Windschutzscheibe.

Jemand ist dort draußen.

Das weiß ich einfach.

Ich starte den Wagen und setze aus dem Parkplatz, weil ich keinen Moment länger ins Dunkel starren will. Erst als ich auf die Hauptstraße einfahre, atme ich auf. Oh Gott. War er da? Was zur Hölle habe ich mir bloß dabei gedacht? Ich hätte mich nicht von meinem Handy ablenken lassen dürfen; hätte meinen Schlüssel bereits in der Hand halten müssen, wie ich es immer tue. Es war absolut unglaublich dämlich von mir, mich so sorglos zu benehmen, obwohl mein Leben auf dem Spiel steht. Und wo zur Hölle ist Ace?

Ich bin eine Idiotin.

Eine Vollidiotin.

Meine Hände zittern die gesamte Heimfahrt über, und als ich vor meinem Gebäude halte, bleibe ich noch eine Weile im Auto sitzen, weil ich mich zu sehr fürchte, um auszusteigen. Ich hätte nicht mal alleine ins Auto einsteigen dürfen. Ich grabe erneut in meiner Tasche herum, dankbar, dass ich das Pfefferspray nicht verloren habe, als alles runtergefallen ist. Ich schließe meine Finger um die Dose und halte sie eng an die Brust gedrückt. Dann nehme ich das Handy in die andere Hand. Und warte einfach.

Als zehn Minuten später das Handy klingelt, kreische ich kurz auf. Mit zitternden Fingern hebe ich das Telefon, um aufs Display zu schauen. Es ist Ace. Ohne zu zögern, hebe ich ab. »Ace?«

»Wo. Zum. Teufel. Bist. Du?«

Oh. Mein. Gott.

Er ist wütend. Die Schärfe in seiner Stimme sorgt dafür, dass mir ein kalter Schauder über den Rücken läuft.

»Ich habe auf dich gewartet, aber du bist nicht gekommen, also bin ich, ähm, zu meinem Auto gegangen und nach Hause gefahren. Ich bin immer noch da – also in meinem Auto – vor dem Gebäude. Ich will nicht aussteigen.«

»Rühr dich nicht vom Fleck!«, blafft er, dann bricht die Verbindung ab.

Oh Mann.

Ich bewege mich nicht, weil ich nicht vorhabe, irgendwohin zu gehen. Ich warte, bis ich Scheinwerfer in den Parkplatz einfahren sehe und den lauten Knall einer Autotür höre, als Ace aussteigt und direkt auf mich zustürmt – stürmt, nicht geht. Er ist stinksauer. Das steht ihm deutlich ins Gesicht geschrieben. Ich weiß, warum. Ich habe mich bewegt, obwohl er gesagt hat, ich solle es nicht tun. Ich hätte am Restaurant bleiben sollen, aber ich habe nicht nachgedacht.

Ich öffne meine Tür und steige genau in dem Moment aus, als Ace mich erreicht.

»Wohnung. Jetzt sofort, verdammt.«

Oh Mann.

Ich nicke und gehe den gesamten Weg vor ihm her. Sobald wir meine Wohnung erreicht haben, stößt er mich leicht mit der Schulter an und benutzt seinen Schlüssel, um die Tür zu öffnen. Er stürmt in die Wohnung und durchsucht sie kurz, während ich einfach nur dastehe. Ich weiß nicht, was ich tun oder sagen soll. Er ist wütend auf mich.

Vielleicht sollte ich einfach den Mund halten.

»Alles sauber«, knurrt er. »Verriegele die Tür. Ich muss heute Abend arbeiten.«

Er lässt mich allein.

Mein Herzschlag setzt aus, und ich flüstere: »Du lässt mich allein?«

Er starrt mich an. »Ich habe zu arbeiten.«

»Ace, es tut mir leid, dass ich deine Anweisungen nicht befolgt habe. Du warst zu spät, du hast nicht angerufen und bist auch nicht an dein Handy gegangen, also dachte ich, ich fahre gleich nach Hause. Ich habe nicht nachgedacht. Es tut mir leid.«

Sein Blick bohrt sich in meinen. Er ist so wütend, dass der Muskel an seinem Kinn wie wild zuckt. So habe ich ihn noch nie gesehen. Natürlich kenne ich ihn noch nicht so lange, aber trotzdem habe ich ihn noch nie so sauer gesehen. Ich weiß, dass ich etwas falsch gemacht habe, aber es geht mir gut, und ich bin hier. Oder? Es gibt doch sicherlich keinen Grund, so außer sich zu sein.

»Du hast überhaupt nicht gedacht«, brüllt er. Ich zucke zusammen und trete einen Schritt zurück.

»Warum bist du so wütend?«, frage ich. »Ich weiß, dass ich dumm war. Ich werde so was nicht noch mal tun. Ich habe einfach nicht nachgedacht. Ich weiß, dass ich die Regeln gebrochen habe, aber …«

»Regeln?«, zischt er. »Du glaubst, ich wäre sauer, weil du die verdammten Regeln gebrochen hast und dämlich, wie du bist, allein losgezogen bist?«

Ich nicke. Denn warum sonst sollte er sauer sein?

Er schüttelt den Kopf. »Der Inhalt deiner Tasche lag auf dem Boden verteilt.«

Der Inhalt meiner Tasche lag auf dem Boden verteilt? Was … Oh.

Oh. Er dachte, ich wäre entführt worden.

Ace dachte, der Killer hätte mich erwischt.

»Ace …«

»Nicht«, knurrt er, begleitet von einem weiteren stechenden Blick. »Lass es einfach.«

Ich habe ihm Angst eingejagt. Das merke ich ihm an. Für einen kurzen Moment dachte er, ich wäre entführt worden. Er hatte Angst. Mein Herz verkrampft sich. Ich bin eine Idiotin. Eine absolute Idiotin. Doch bevor ich noch etwas sagen kann, dreht er sich um und stürmt aus der Wohnung, wobei er die Tür so heftig hinter sich zuschlägt, dass ich zusammenzucke.

Verdammt.

Ich habe Mist gebaut. So richtig.

Ich sitze eine Stunde lang einfach nur auf dem Sofa.

Ich weiß, dass ein Beamter vor meiner Tür steht, ich kann das Schlurfen seiner Schuhe hören, und einmal redet er sogar mit Ace. In diesem Moment glaube ich schon, Ace käme zurück, aber das tut er nicht. Also lasse ich ihn in Ruhe. Doch die Sache nagt an mir. Ich habe einen Riesenfehler begangen … und noch schlimmer, ich habe Ace schockiert, was nie meine Absicht war. Ich habe nicht darüber nachgedacht, wie er sich fühlen würde, wenn er mein ganzes Zeug auf dem Boden entdeckt.

Ich kann hier nicht länger herumsitzen. Ich muss ihn sehen und mich noch mal bei ihm entschuldigen. Das Letzte, was ich wollte, war, ihm Angst einzujagen. Das hatte ich nicht beabsichtigt, und ich werde heute Nacht nicht schlafen können, wenn ich weiß, dass er nebenan ist, wütend, aufgebracht und verletzt. Ich kann mir nicht mal vorstellen, wie er sich gefühlt haben muss, als er den Inhalt meiner Handtasche verstreut auf dem Parkplatz entdeckt hat und dachte, ich wäre entführt worden.

Ich stehe auf, rücke meine Kleidung zurecht, gehe zur Tür und öffne sie. Der Beamte, der mich bewacht, lehnt neben dem Rahmen an der Wand und starrt ins Leere. Was für ein langweiliger Job. Ich nehme an, sie alle müssen mal solche Aufgaben übernehmen, egal, ob sie wollen oder nicht. Als ich mich räuspere, gleitet sein Blick zu mir, und er richtet sich auf. »Was ist los?«

»Ich gehe nach nebenan zu Ace. Das wollte ich Sie bloß wissen lassen.«

Er schüttelt bereits den Kopf. Wieso macht er das?

»Ace hat klipp und klar gesagt, dass er keinen Besuch will.«

Das glaube ich nicht.

»Hören Sie, ich gehe da jetzt rüber, so oder so.«

Der Beamte mustert mich skeptisch. »Wird nicht passieren.«

»Es wird passieren, ob es Ihnen nun gefällt oder nicht. Sie können mich entweder begleiten, oder ich fange an zu schreien. Und glauben Sie mir, ich bin laut.«

»Ich habe einen Taser«, warnt er mich.

Ich schnaube. »Wenn Sie mich mit dem Taser beschießen, sind Sie Ihren Job los, und das wissen Sie auch.«

Er brummelt etwas in seinen Bart, dann findet er sich damit ab, dass er mich wohl oder übel nach nebenan begleiten muss. Er streckt mir eine Hand entgegen. »Na, dann kommen Sie in die Gänge. Wenn ich deswegen Ärger bekomme, schulden Sie mir etwas.«

Ich schenke ihm mein schönstes Lächeln. »Verstanden. Ich werde ihm erzählen, dass ich Sie dazu gezwungen habe.«

»Um Himmels willen, sagen Sie das bitte nicht. Da nehme ich lieber in Kauf, dass er wütend auf mich ist.«

Kichernd mache ich mich auf den Weg zu Ace' Tür. Als ich sie erreiche, klopfe ich dreimal, dann trete ich zurück und warte. Es dauert eine Weile, aber schließlich schwingt die Tür auf, und Ace erscheint. Sein Blick findet mich, dann sieht er den Beamten hinter mir an und knurrt: »Ich habe gesagt, ich will keinen Besuch.«

»Er hatte keine andere Wahl«, erkläre ich mit vor der Brust verschränkten Armen. »Kann ich reinkommen?«

»Nein.«

Damit knallt er die Tür zu und lässt mich einfach stehen. Mir bleibt der Mund offen stehen, doch dann beginne ich mit der Faust gegen die Tür zu hämmern. »Ich kann das die ganze Nacht durchhalten, Ace!«, rufe ich. »Oder ich könnte es mal mit Schreien, Kreischen oder sogar Singen versuchen, wenn es nötig ist …«

Erneut schwingt die Tür auf, und diesmal wirkt Ace mehr als nur ein wenig sauer. »Ich bin beschäftigt. Können wir das nicht morgen machen?«

»Nein«, erkläre ich und dränge mich an ihm vorbei in seine Wohnung, »wir machen das jetzt.«

Mit einem wütenden Seufzen schließt er die Tür wieder, nachdem er dem Beamten draußen etwas zugeraunt hat. Er verriegelt das Schloss und dreht sich zu mir um. »Ich bin wirklich nicht in der Stimmung, Hartley.«

Wieder verschränke ich die Arme vor der Brust und starre ihn an. »Dessen bin ich mir absolut bewusst, Ace. Aber es ist nun einmal so, dass ich dich vorhin aufgeregt habe und mich deswegen bei dir entschuldigen muss.«

Er sagt erst nichts, sondern sieht mich bloß mit ausdrucksloser Miene an. »Es ist allerdings schon ein bisschen mehr nötig als das, oder?«

Ich atme tief durch, reibe mir die Oberarme und sage: »Hör mal, es tut mir wirklich leid, okay? Ich meine es ernst. Ich hätte im Restaurant bleiben sollen. Ich hätte nicht allein losziehen dürfen. Ich kann mir nur vorstellen, wie es für dich gewesen sein muss, all mein Zeug auf dem Boden verteilt zu sehen …«

»Bist du fertig?«

Oh Mann, er ist wirklich wütend.

Doch langsam werde ich auch sauer.

»Wenn du einfach bloß hier stehen und dich wie ein Vollpfosten aufführen willst, spare ich mir meine Entschuldigung!«, blaffe ich. »Ehrlich, Ace, ich versuche, hier das Richtige zu tun, und du legst mir Steine in den Weg …«

Er geht einen Schritt auf mich zu.

Ich rede weiter. »Ich weiß, dass ich Mist gebaut habe.

Ich weiß das, und ich werde versuchen, es in Ordnung zu bringen.«

Noch einen Schritt.

»Aber es gibt absolut keinen Grund, so bockig zu sein. Ehrlich. Wenn du mich anschreien willst, dann tu es einfach.«

Und noch einen Schritt. Oh Gott.

»Brüll mich ruhig an, wenn es dir dann besser geht«, sage ich, bevor ich den Kopf in den Nacken lege, um zu ihm aufzusehen, als er vor mir anhält. »Aber behandele mich nicht so, wie du es gerade tust.«

»Ich will dich anbrüllen«, knurrt er leise.

»Okay.«

»Ich will dir verdammt noch mal den Hals für das umdrehen, was du getan hast.«

Oh Mann.

»Ich bin so sauer.«

Gott.

»So. Verdammt. Sauer.«

Ich schlucke schwer. »Ich weiß, und ...«

»Wenn du jemals wieder etwas so unglaublich Dämliches tust, werde ich ...«

Er knirscht mit den Zähnen.

»Mir den Hals umdrehen?«, biete ich an.

»Hartley?«

»Ja, Ace?«

»Halt einfach den Mund.«

Damit tritt er einen weiteren Schritt vor, legt eine Hand in meinen Nacken und zieht mich zu einem Kuss an sich. Ich bin schockiert. Einen Moment lang stehe ich einfach nur da und frage mich, ob ich wach bin oder träume. Diese Lippen – rau, aber gleichzeitig sanft – bewegen sich kraftvoll auf meinen. Mir zittern die Knie, und da wird mir klar, dass ich nicht träume. Nein. Definitiv nicht.

Ace küsst mich.

Ace. Küsst. Mich.

Zum Teufel damit. Ich könnte morgen sterben. Oder übermorgen. Oder irgendwann. Ich werde keine Sekunde mehr verschwenden. Ich hebe die Hand, vergrabe meine Finger in seinem Haar und ziehe seinen Kopf zu mir herunter, um den Kuss zu vertiefen. Unsere Zungen duellieren sich, bis ein Stöhnen über seine Lippen dringt. Er lässt eine Hand an meinen Po gleiten und hebt mich dann an. Ich schlinge die Beine um seine Hüfte. Mit zwei schnellen Schritten bringt er mich zum Sofa.

Und schließlich lasse ich mich fallen.

Ich wimmere, als Ace' großer Körper sich auf meinen senkt, sich an mich presst, sodass ich all diese heißen, harten Muskeln spüren kann. Es ist so lange her, dass ich einen Mann auf diese Weise gefühlt habe, seinen Mund auf meinem, seinen Körper, seine Hände auf meiner Haut. Ich schließe die Augen und lasse zu, dass Ace mich noch leidenschaftlicher küsst. Wir sollten das nicht tun, doch keiner von uns hat vor, damit aufzuhören.

Ace' Hand gleitet über meine Seite und schließt sich um meinen Schenkel, zieht mein Bein fester um seine Hüfte. Die kurzen Baumwollshorts, die ich trage, lassen mich seine harte Länge deutlich spüren. Ich wimmere und hebe mich ihm entgegen, grabe meine Ferse in seinen Hintern, um ihn noch näher an mich zu ziehen. Das wird mit einem leisen, tiefen Knurren belohnt, dann reißt er seinen Mund von meinem.

»Du treibst mich in den Wahnsinn«, sagt er.

Ich starre seine Lippen an und will jetzt schon mehr. »Das tut mir nicht leid.«

»Ich sollte das nicht tun.«

Ich hebe den Kopf und knabbere an seiner vollen Unterlippe. »Dann hör auf.«

Er denkt nicht mal darüber nach, sondern hebt den Oberkörper, um sich sein Hemd über den Kopf zu ziehen. Als er es zur Seite wirft, stößt er hervor: »Wird nicht passieren.«

In Ordnung.

Ich werde nicht widersprechen.

Ich beobachte mit großen Augen, wie er die Daumen unter den Saum meiner Shorts schiebt und sie langsam über meine Beine nach unten zieht. Meine Wangen brennen, als er sie zu Boden fallen lässt und sein Blick über meinen nackten Unterkörper gleitet. Zum Glück habe ich mich erst heute Morgen rasiert. Und nachdem ich definitiv nicht damit gerechnet habe, dass irgendein Mann mich nackt sieht, ist das ein verdammtes Wunder.

»Du bist feucht«, murmelt Ace zähneknirschend, als er meine Scham sieht, senkt einen Finger und zieht ihn durch meine intimste Stelle, ehe er die Hand hebt und den Finger in den Mund schiebt.

Oh Gott.

Das war heiß.

»Verdammt«, zischt er, dann macht er kurzen Prozess mit dem Rest seiner und meiner Kleidung.

Ich sehe nach unten, zu der harten, hoch aufragenden Erektion zwischen seinen Beinen. Du lieber Himmel. Sie ist so groß und eindrucksvoll wie er. Wunderschön, hart, bereit. Ich lecke mir die Lippen, als er sich wieder auf mich senkt, wobei er ein kleines Stück zur Seite rückt, um erneut seine Hand zwischen meine Beine zu schieben. Ich keuche auf, als er einen Finger in mich gleiten lässt, während sein Daumen meine Klitoris liebkost.

Es fühlt sich fantastisch an.

Seit Raymond hat mich niemand mehr berührt. Und bis zu diesem Moment war mir überhaupt nicht bewusst, wie sehr ich mich danach verzehrt habe. Mein Körper ist bereits angespannt und steht kurz vor der Explosion. Ich beiße mir auf die Unterlippe, versuche, mich zurückzuhalten, doch meine Beine beginnen zu zittern, weil mein Orgasmus sich so schnell aufbaut, dass ich jetzt schon weiß, wie unglaublich er werden wird.

»Hör auf, dich zurückzuhalten«, brummt Ace. »Lass dich fallen.«

Ich atme tief ein, dann steigt ein langes, tiefes Stöhnen aus meiner Kehle auf, als ich vom ersten Orgasmus seit einer gefühlten Ewigkeit hinweggerissen werde. Ace stößt ein glückliches Seufzen aus und streichelt mich noch ein paarmal, bevor er seine Hand zurückzieht und sich über mich schiebt, wobei er mit seinem breiten Körper meine Beine weiter spreizt.

Sein Mund findet meinen. Ich lasse mich von ihm küssen, lang und innig. Meine Hände gleiten über seinen Rücken, und ich ziehe die Fingernägel gerade fest genug über seine Haut, um ihm ein halb glückliches, halb schmerzerfülltes Stöhnen zu entreißen. Ich presse meine Ferse in seinen Schenkel, dann löse ich meine Lippen von seinen und finde sein Kinn, küsse die Stoppeln dort, ehe ich meinen Mund an seinen Hals senke, um erst daran zu knabbern und schließlich daran zu saugen.

»Verdammt, hör auf!«, keucht er. »Ich kann nicht viel mehr ertragen.«

Ich lächele an seiner Haut, vergrabe meine Hand wieder in seinem Haar und suche seinen Mund, um ihn erneut zu küssen. Er schmeckt unglaublich. Seine Küsse sind abwechselnd leidenschaftlich und sanft und wieder leidenschaftlich. Wenn es um ihn geht, nehme ich, was ich kriegen kann. Solange unsere Lippen sich berühren, bin ich glücklich.

»Ich werde dich jetzt nehmen«, murmelt er.

»Okay«, flüstere ich keuchend.

Er richtet sich leicht auf und öffnet eine Schublade in dem Beistelltisch neben der Couch. Er zieht eine Packung Kondome heraus, entnimmt eines, öffnet die Folie mit den Zähnen und rollt es sich über seine fantastische Länge. Ich denke nicht allzu lange darüber nach, dass er Kondome neben dem Sofa aufbewahrt, ich konzentriere mich nur auf ihn, erfüllt von köstlicher Anspannung und Vorfreude.

Als er sich wieder auf mich senkt, umschließt er einen meiner Nippel mit dem Mund. Er saugt und knabbert sanft daran. Gott. Das fühlt sich unglaublich an. Ich schließe die Beine fester um seine Hüfte, weil ich ihn in mir spüren will. Mir ist egal, ob ich verzweifelt wirke, denn die Wahrheit lautet, ich bin es. Ich brauche ihn … und zwar jetzt.

»Ace, bitte«, seufze ich lustvoll und zerre gleichzeitig so fest an seinem Haar, dass ich weiß, es muss ein wenig wehtun.

Er verlagert sein Gewicht, und dann spüre ich seine Spitze genau dort. Gott. Genau da. Ich hebe die Hüften, nehme ihn in mich auf. Stöhnend versenkt er sich mit einem harten Stoß in mir. Er füllt mich aus. Ein lustvolles Stöhnen entringt sich meiner Kehle. Eine Mischung aus Lust und einem köstlichen Schmerz durchfährt meinen Körper, als meine inneren Muskeln sich bemühen, seine Länge nach so langer Zeit aufzunehmen.

»Gottverdammt«, zischt er. »Himmel.«

Er zieht sich langsam zurück und stößt schließlich erneut in mich. Mein Schrei verklingt in einem Wimmern, als ich mich an ihn gewöhne. Erst dann fühle ich ihn, fühle ihn richtig. Mit jedem Stoß baut sich die Lust höher in mir auf, entzündet ein kleines Feuer in meinem Körper, das immer heißer brennt, bis ich seinen Namen schreie, bis meine Fingernägel über seinen Rücken gleiten und ich das Gefühl habe, ich könnte es keine Sekunde länger ertragen.

»Ace«, keuche ich.

Mehr muss ich nicht sagen. Sein Name ist mehr als genug. Seine Stöße werden rhythmischer, sind perfekt positioniert, um jedes Mal dieses kleine Bündel aus Nerven zu treffen. Und bevor ich weiß, wie mir geschieht, drücke ich ein letztes Mal den Rücken durch und stöhne lustvoll seinen Namen, als ich von meinem Höhepunkt hinweggerissen werde. Eine Welle der Lust nach der anderen bringt meinen Körper zum Erzittern, und für einen wunderbaren Moment fühle ich mich, als würde die Welt stillstehen.

Es gibt nur noch Ace und mich.

»Verdammt«, stöhnt Ace, dann beginnt auch er zu zittern.

Ein paar Augenblicke lang liegen wir einfach bloß keuchend da, unsere Körper überzogen von einer dünnen Schweißschicht. Ich lasse die Fingerspitzen über Ace' Arme gleiten, über die Wölbung seines Bizeps, seine Schultern und danach langsam über seinen Rücken. Er hat das Gesicht an meinem Hals vergraben, und sein Atem kitzelt mich. Langsam beruhigt sich seine Atmung, und er richtet sich auf, um mir in die Augen zu sehen. »Geht's dir gut?«

Ob es mir gut geht?

Verdammt. Das ist süß.

»Ja«, antworte ich sanft. »Und dir?«

Er nickt und drückt mir dann einen Kuss auf die Stirn, bevor er sich zurückzieht und das Kondom wegwirft. Ich setze mich auf, ziehe mich wieder an und warte auf dem Sofa auf ihn, während er sich im Bad sauber macht. Ein paar Minuten später taucht er wieder auf und setzt sich neben mich. Wir schweigen einen Moment, denn ehrlich, ich glaube, wir wissen beide nicht, was wir sagen sollen.

Ich glaube, keiner von uns beiden hat das kommen sehen.

»Bereust du es?«, wage ich zu fragen, als ich ihn ansehe und seinen Blick auffange.

Er schüttelt den Kopf. »Nein.«

»Du bist so still …«

Er reibt sich das Gesicht und fährt sich dann mit den Fingern durch die Haare. »Es ist nur … es ist das erste Mal seit … Miranda.«

Oh.

Jetzt verstehe ich.

»Für mich auch.«

Er macht große Augen. »Wirklich?«

»Ja, wirklich.«

Er sagt nichts, sondern sieht mich lediglich mit diesem stechenden Blick an.

»Ace?«

»Mmmmm?«

»Erzähl mir von ihr.«

21

»Wie war dein Leben mit ihr?«

»Erfüllt«, antwortet er und sieht mich an. »Sie war eine unglaubliche Frau.«

Ich lächele, weil ich es wunderbar finde, wie er strahlt, wenn er von ihr redet. Sein Blick wird ganz weich, und sein ganzes Gesicht scheint sich zu entspannen. Es ist, als könnte er bei dem Gedanken an Miranda alle Sorgen dieser Welt vergessen. Das gefällt mir. Und ich weiß genau, wie sich das anfühlt.

»Was hast du am meisten an ihr geliebt?«

»Ihr Lachen. Sie hatte ein fantastisches Lachen. Das war es, was mich zu ihr hingezogen hat, weißt du? Sie stand da, in einer Bar, den Kopf in den Nacken geworfen, und hat gelacht. Ich wusste, dass ich sie kennenlernen muss, einfach, um dieses Lachen immer wieder zu hören.«

Das ist wunderbar.

»Warst du anders, bevor du sie verloren hast? Glaubst du, sie zu verlieren hat dich verändert?«

Darüber denkt er einen Moment nach. »Ja, absolut. Sie hat mir auch immer gesagt, dass ich so grüblerisch bin, also nehme ich an, dass sich manche Dinge nie ändern. Aber ich war damals glücklicher. Ich war nicht ständig wütend oder empfand Bedauern oder diese unglaubliche Traurigkeit. Ich habe das Leben geliebt.«

»Und jetzt liebst du es nicht mehr?«, frage ich. Ich verstehe, wie er sich fühlt, wie es ist, in der Trauer festzuhängen und keinen Ausweg zu finden. Ich habe auch lange dafür gebraucht. Und sein Verlust ist noch nicht so lange her.

»Ich liebe meinen Job, aber es gibt Zeiten, in denen ich allein bin und nichts anderes habe. Es gibt nur mich und meinen Job. Das kann sehr einsam sein.«

Armer Kerl. Ich weiß, wie es ist, von Leuten umgeben zu sein und sich trotzdem unglaublich allein zu fühlen. Das kann ich nachempfinden. Verstehen. Ich mag es, Ace zu verstehen, ich mag es, seinen Schmerz respektieren zu können und genau zu wissen, welcher Quelle er entspringt. Ich glaube, das verbindet uns auf eine Weise, die die meisten Leute einfach nicht nachvollziehen können.

»Was hast du gemacht, um Spaß zu haben, bevor du Miranda verloren hast? Es gab doch sicher Dinge, die dir Freude bereitet haben?«

Auch darüber denkt er kurz nach, dann sieht er mich an. »Ich bin unglaublich gerne angeln gegangen. Wir sind fast jedes Wochenende losgezogen, hoch in die Berge, zum See, um dort zu zelten und zu angeln.«

»Wieso machst du das nicht mehr?«

Er zuckt mit den Achseln. »Es war so viel los, ich habe einfach nicht die Zeit dafür gefunden.«

»Das verstehe ich«, gebe ich zu. »Ich weiß, wie sich das anfühlt. Manchmal denke ich, ich würde am liebsten immer zu Hause bleiben und nie vor die Tür gehen. Nachdem man jemanden verloren hat, blendet man total aus, dass das Leben weitergeht.«

»Ja«, brummt er.

»Erzähl mir mehr von Miranda.« Ich lächele. »Ich mag es, wenn du von ihr redest.«

Ace nickt, und seine Mundwinkel heben sich ein kleines Stück. Gott, er wäre wirklich wunderschön, wenn er mal richtig lächeln würde. »Sie war verrückt. Sie hat mich immer auf Trab gehalten, so viel ist sicher. Ich werde nie vergessen, wie wir mal spazieren gegangen sind. Da waren zwei Straßentänzer, die versucht haben, ein wenig Geld zu verdienen. Eine Gruppe Teenager hat sich über sie lustig gemacht, also hat Miranda die Schuhe ausgezogen und sich den Tänzern angeschlossen ... hat alle Umstehenden ermuntert, dasselbe zu tun. Ziemlich bald hat ungefähr ein Dutzend Leute auf der Straße getanzt und gelacht und den beiden Tänzern Geld gegeben. Das hat den Teenagern den Spaß verhagelt. Sie war ein guter Mensch. Sie hatte dieses Strahlen, war ein richtiger Sonnenschein.«

Ich lächele. »Es klingt, als hätte ich sie gemocht.«

»Das hättest du, weil du genauso bist.«

Ich verdrehe die Augen. »Komm schon, ich hätte auf keinen Fall in der Öffentlichkeit mit zwei Fremden getanzt, nur um es einer Gruppe unhöflicher, fieser Teenager heimzuzahlen.«

Ace schnaubt. »Doch, das würdest du tun.«

»Ich kann nicht glauben, dass sie das wirklich gemacht hat.«

»So war sie eben. Sie wollte die Leute immer zum Lachen bringen. Und wenn sie das nicht geschafft hat, ist sie ihnen so richtig auf den Geist gegangen.«

»Beeindruckend. Es gibt viel zu wenige solcher Menschen. Leute, die Anteil nehmen und tun, was sie für richtig halten.«

Ace stimmt mir mit einem leisen »Hmmm« zu, dann spricht er weiter. »Sie war schon etwas ganz Besonderes. Hätte sie die Chance dazu bekommen, wäre sie um die ganze Welt gereist, um allen ein Lächeln ins Gesicht zu zaubern.«

Ich lächele ihn an.

»Was ist mit dir?«, fragt er und wechselt damit das Thema. »Was für eine Art von Mann war Raymond?«

»Er war freundlich«, erkläre ich ihm. »Unglaublich süß. Er hat jeden Tag irgendeine Kleinigkeit getan, um mich zum Lächeln zu bringen. Er hat mir einen Zettel geschrieben oder spontan die Waschmaschine angeschmissen – alles, um mir das Leben zu erleichtern. Er hat immer versucht, mich glücklich zu machen.«

»Solche Männer gibt es nur noch selten«, murmelt Ace.

»Das stimmt. Ich hatte Glück. Ich habe Glück. Ich durfte mit einem solchen Menschen zusammenleben, und sei es auch nur für kurze Zeit.«

»Dasselbe gilt für mich.«

»Glaubst du, du wirst jemals wieder jemanden lieben können?«, frage ich ihn. Etwas blitzt in seinen Augen auf, und für einen Moment erkenne ich seine wahren Gefühle.

»Ich weiß es nicht. Es fällt mir schwer, mir vorzustellen, dass irgendwer ihr gleichkommen könnte«, antwortet er leise. »Aber ich glaube auch nicht, dass es dort draußen für jeden von uns nur einen einzigen Partner gibt, der zu einem passt. Ich glaube, es ist möglich, eine neue Liebe zu finden. Die Beziehung wird womöglich eine ganz andere sein, aber das bedeutet noch lange nicht, dass sie nicht genauso gut sein kann.«

Ich nicke nachdenklich. Da stimme ich ihm zu.

»Glaubst du, dass es möglich ist?«, fragt er mich.

»Ja, natürlich. Ich meine, Liebe ist immer anders, aber ich bin davon überzeugt, dass jeder mehr als einmal lieben kann.«

»Mmmm«, murmelt er, den Blick auf meine Lippen gerichtet.

»Du starrst mich an.« Ich lache sanft. »Wie sich das Blatt doch wenden kann.«

»Bloß, weil du so schön bist.«

Ich erröte und reibe mir nervös die Hände. »Und dabei mochte ich dich nicht mal, als ich dich das erste Mal gesehen habe.«

Er schüttelt den Kopf, und seine Mundwinkel zucken wieder. »Das gilt für die meisten Leute.«

»Du hast gesagt, du wärst immer so gewesen. Ist es schlimmer geworden, nachdem Miranda gestorben ist?«

Er nickt. »Ich habe ihren Tod nicht gut bewältigt. Statt mich damit auseinanderzusetzen, habe ich einfach dichtgemacht. Es fiel mir schwer, wieder aus diesem Loch herauszukommen. Es wurde … sozusagen zu meiner zweiten Natur.«

»Also warst du nicht ständig wütend, wenn du mit ihr zusammen warst.«

»Nein«, antwortet er. »Grüblerisch ja, wütend nein.«

»Glaubst du, du wirst dich je wieder gut genug fühlen, um diese Wut verfliegen zu lassen?«

Er mustert mich. »Ich hoffe es.«

»Wie war es«, wage ich zu fragen, »genau zu wissen, dass du sie verlieren wirst? Ich habe lange geglaubt, wenn ich nur die Chance gehabt hätte, mich von Raymond zu verabschieden, hätte es weniger wehgetan … Aber inzwischen glaube ich das nicht mehr.«

Seine Miene wird traurig. »Ehrlich gesagt hat es mich fast für sie gefreut, als sie schließlich gestorben ist. Ihr

Leiden zu beobachten … sie lächeln zu sehen, obwohl sie solche Schmerzen hatte … hat mich fast umgebracht. Natürlich war es schrecklich, sie zu verlieren, aber noch schrecklicher war es, sie vorher leiden sehen zu müssen.«

Ich nicke, bevor ich gegen den Kloß in meinem Hals anschlucke. »Das kann ich mir vorstellen. Ich glaube nicht, dass ich damit hätte umgehen können – mit diesem langen, schmerzhaften Prozess.«

»Es war nicht leicht, aber immerhin konnte ich mich von ihr verabschieden. Ich will mir gar nicht vorstellen, wie schwer es für dich gewesen sein muss.«

Ich nicke, wende den Blick ab. »Es war grauenhaft. Allerdings habe ich meine wunderbaren Erinnerungen. Ich war nicht am Unfallort. Ich habe nichts gesehen. Ich kann Raymond in meinem Herzen sehen, wie er war. Du musstest Miranda beim Verblassen zusehen, und das erfordert viel Kraft.«

Er starrt mich an. »Ich nehme an, wir sind beide stärker, als wir denken.«

»Wahrscheinlich.«

Wieder heben sich seine Mundwinkel.

»Weißt du, was ich denke, Detective?«

»Was denn, Hartley?«

»Ich denke, du könntest für einen Moment die Welt stillstehen lassen, wenn du lächeln würdest.«

In seinen Augen blitzt etwas auf, was ich nicht benennen kann, und kurz glaube ich schon, er würde lächeln, aber dann tut er es doch nicht.

Eines Tages wird er das allerdings tun. Dafür werde ich sorgen.

»Hast du irgendwas von Jacob gehört?«, fragt er mich und wechselt damit das Thema.

Ich grinse ihn an.

»Hör auf, mich so anzugrinsen. Ich habe bloß eine einfache Frage gestellt.«

»Man könnte fast denken, Sie wären eifersüchtig, Detective.«

»Ich werde nicht eifersüchtig«, erklärt er mit tiefer Stimme. »Ich habe nur gefragt.«

»Niemand ›fragt nur‹, und das weißt du auch. Spuck einfach aus, was du zu sagen hast.«

Er verschränkt seine breiten Arme vor der Brust. »Ich mag diesen Vollpfosten nicht, absolut nicht. Ich verstehe nicht, was du in ihm gesehen hast.«

»Jacob war ein netter Kerl, aber irgendwie kein Partner für mich.«

»Nein, er wäre eher eine Partnerin gewesen.«

Ich kichere. »Himmel, jetzt werden wir aber schlecht gelaunt, hm?«

Ace brummt.

»Auf jeden Fall sind wir bloß gute Freunde. Du musst dir deswegen keine Sorgen machen.«

Er steht vom Sofa auf. »Ich habe mir keine Sorgen gemacht.«

Im Vorbeigehen beugt er sich vor und lässt seine Lippen über meine Stirn gleiten.

»Rede dir das nur ein«, rufe ich ihm hinterher, als er in der Küche verschwindet.

»Kann eine Tasse Tee dich vom Reden abhalten?«

Ich lache.

Er schüttelt den Kopf, doch seine Augen funkeln.

»Ja, bitte«, antworte ich, das Grinsen will allerdings nicht von meinem Gesicht verschwinden.

»Spar dir das Feixen, Hartley.«

Das kann ich nicht, aber ich weiß auch sicher, dass es ihm nichts ausmacht.

Nicht wirklich.

Es ist das erste Mal seit … Ewigkeiten, dass ich mich wohlfühle.

T: Komm vorbei und übernachte heute bei mir. Ich würde dich gern sehen.

Ich lese den Text von Taylor, als ich gerade nach einer Zwölf-Stunden-Trainingsschicht im Krankenhaus in meine Wohnung zurückkehre, wo ich die Geburt meines ersten Babys beobachten durfte. Es war unglaublich. Und die Sache absolut wert. Ich bin vollkommen erschöpft, und Ace ist heute Abend in der Arbeit, also ist es vielleicht eine gute Idee, zu Taylor zu gehen.

H: Habe gerade meine Schicht im Krankenhaus beendet. Ich dachte, du musst heute Abend arbeiten?

T: Nein, muss ich nicht. Komm vorbei. Ich vermisse dich.

Ein Mädelsabend würde mir bestimmt guttun.

H: Lass mich mit Ace reden. Ich melde mich wieder.

T: Okay!

Ich wähle schnell Ace' Nummer, bevor ich meine Haustür schließe. Der Beamte auf der anderen Seite nickt mir zu. Ich hasse es, ihm die Tür direkt vor der Nase zuzuschlagen, weil ich mir dabei schrecklich unhöflich vorkomme, aber Ace hat mir mehr als einmal versichert, dass das normal ist und sie daran gewöhnt sind.

»Hart.« Ace' Stimme klingt ruhig und sanft, als er ans Telefon geht.

»Hey«, sage ich leise. »Hör mal, wäre es okay, wenn ich heute Nacht bei Taylor übernachte?«

»Sicher, solange wir einen Streifenwagen vor ihrem Haus aufstellen und Taylor dafür sorgt, dass alle Türen verriegelt sind.«

»Sie wohnt im zweiten Stock. Ich denke, wir sollten sicher sein, solange jemand den Haupteingang bewacht.«

Ace stößt ein zustimmendes Brummen aus und sagt dann: »Ja, das sollte klappen.«

»Also ist es okay, wenn ich sie besuche?«

»Sicher, geh nur. Das wird dir guttun.«

Ich schnaube. »Jetzt klingst du fast wie mein Vater.«

Nun ist es an ihm zu schnauben. »Glaub mir, die Gedanken, die mich heute in Bezug auf dich verfolgt haben, waren alles andere als väterlich.«

Ich erröte. »Wirklich?«

»Wirklich«, murmelt er tief und sexy.

»Dann ist es wirklich eine Schande, dass du arbeiten musst.«

»Das kannst du laut sagen.«

Ich winde mich innerlich, weil ich mir mehr als alles andere wünsche, er müsste heute Abend nicht arbeiten.

»Na ja, immerhin hast du deine Gedanken, die dir Gesellschaft leisten.«

Er stößt ein knurrendes Geräusch aus, das quasi dafür sorgt, dass mein Höschen sich in Luft auflösen will. »Du solltest jetzt besser zu deiner Freundin fahren, sonst muss ich die Arbeit an deinem Fall ignorieren, damit ich nach Hause kommen und mich wieder in dir versenken kann. Und dafür habe ich leider keine Zeit, denn je eher ich diesen Dreckskerl finden und aus deinem Leben entfernen kann, desto besser.«

Ich stimme ihm leise zu, aber sogar ich selbst höre, wie rauchig meine Stimme klingt. »Okay, starker Mann.«

»Sag Bill, der vor deiner Tür steht, dass er dich zu Taylor eskortieren soll. Ich werde ihn anrufen und ihm sagen, dass er zusätzlich die Nacht vor dem Haus verbringen wird.«

»Okay. Danke dir.«

»Ruf mich an, bevor du heute Nacht schlafen gehst, damit ich weiß, dass es dir gut geht.«

Mir wird warm ums Herz. »Okay, Detective.«

»Okay, Liebste. Gute Nacht.«

Liebste.

Seufz.

»Gute Nacht.«

Ich lege auf und schreibe Taylor schnell eine Nachricht.

H: Bin unterwegs!

T: Juhu! Ich werde alles vorbereiten.

Ich eile ins Schlafzimmer, ziehe mir bequemere Kleidung an – Jeans und Tanktop – und packe danach alles, was ich für einen Übernachtungsbesuch brauche, zusammen, ehe ich in die Küche zurückkehre. Ich kontrolliere kurz, ob ich alles habe, dann trete ich in den Hausflur und verschließe die Tür hinter mir. Bill wartet bereits. Als er mich sieht, fragt er: »Können wir los?«

Ich nicke, glücklich, dass ich zur Abwechslung mal etwas halbwegs Normales vorhabe. Es ist eine Weile her, dass ich losgezogen bin und einfach mal Spaß mit Taylor hatte. Die letzten paar Wochen waren eine ständige Achterbahn der Gefühle, mit einer Menge Angst und Schmerz. Heute fühle ich mich zum ersten Mal ganz gut. Ich weiß nicht, wie lange das anhalten kann, also werde ich es einfach genießen und hoffen, dass es nicht endet.

Die Fahrt zu Taylor dauert ungefähr zehn Minuten. In einem Streifenwagen mitzufahren wird nie langweilig. Ich grinse die ganze Fahrt über. Als wir bei Taylor ankommen, schaue ich zu ihrer Wohnung hoch und entdecke sie am Fenster. Ich kann ihr Gesicht nicht erkennen, aber sie winkt.

»Wollen Sie mit reinkommen und die Wohnung kontrollieren?«, frage ich Bill.

Er sieht zu Taylor auf. »Ist das Ihre Freundin?«

»Ja, das ist sie.«

»Dann ist es okay. Ich werde Sie noch zur Tür bringen, aber offensichtlich ist sie nicht in Gefahr.«

Ich lächele und steige aus dem Streifenwagen. Mein Blick huscht ganz automatisch durch die Straße, bevor ich schnell zum Eingang gehe. Bill folgt mir auf den Fersen, wobei er sich ebenfalls umsieht. Als ich den Lift erreiche, fährt er mit mir bis in den zweiten Stock. Er kontrolliert die Flure, dann dreht er sich zu mir um: »Alles in Ordnung. Ich bin vor dem Eingang und werde sicherstellen, dass niemand das Gebäude betritt, ohne dass ich ihn bemerke.«

»Danke, Bill.« Ich lächele. »Und einen schönen Abend.«

Er nickt, dann schließen sich die Lifttüren. Ich gehe zu Taylors Tür und klopfe. Eine Minute vergeht, dann höre ich das Schloss klicken, und die Tür schwingt auf. Taylor steht im Türrahmen, doch das ist nicht das fröhliche Mädchen, das mir gerade vom Fenster aus zugewinkt hat. Natürlich konnte ich da ihr Gesicht gar nicht sehen, aber nun … wirkt sie vollkommen verängstigt. Mich fröstelt es am ganzen Körper. Ihre Lippen bewegen sich, um etwas zu sagen, vielleicht eine Warnung zu rufen, allerdings ist es zu spät.

Eine Gestalt erscheint hinter ihr. An der Körpergröße kann ich sofort erkennen, dass es ein Mann ist. Und auch der schlanke, aber trotzdem muskulöse Körperbau verrät mir, dass ich es hier nicht mit einer Frau zu tun habe.

Ich kann sein Gesicht nicht sehen, weil er eine Strumpfmaske trägt, die nur die Augen und die Nase freilässt. Außerdem trägt er eine Sonnenbrille, also erkenne ich nicht mal seine Augenfarbe. In einer Hand hält er ein riesiges Küchenmesser, in der anderen eine Pistole. Und die Schusswaffe ist direkt auf den Kopf meiner besten Freundin gerichtet. Die Welt bleibt stehen. Ich kann nicht atmen. Ich kann nicht denken. Ich kann nichts tun, außer wie gelähmt dazustehen und ihn anzustarren.

»Komm rein.«

Er klingt seltsam, als hätte er eine Art Stimmverzerrer vor dem Mund befestigt. Das sorgt dafür, dass ein knisternder, roboterartiger Klang entsteht.

Ich mache einen zitternden Schritt nach vorne. Meine Knie sind weich und mein gesamter Körper eiskalt. Ich sollte schreien oder mich umdrehen und wegrennen … aber das kann ich nicht machen, weil ich genau weiß, dass er dann den Abzug der Pistole drücken wird, die auf Taylors Kopf gerichtet ist. Das werde ich nicht zulassen. Also betrete ich die Wohnung, wie er es verlangt hat.

»Stell dich da drüben hin, Hände hinter den Kopf«, befiehlt er, die Waffe immer noch auf Taylor gerichtet, ehe er in Richtung Küche nickt. »Oder ich verteile ihr Hirn an der Wand.«

Ich zucke zusammen, dann folgte ich dem Befehl und gehe in die Küche. Meine Tasche fällt zu Boden, als ich die Hände hinter den Kopf lege. Taylor wird neben mich geschoben, dann stehen wir beide da und beobachten, wie er die Tür verriegelt. Erst dann dreht er sich zu uns um. Er deutet mit dem Kinn auf meine Handtasche und befiehlt: »Tritt sie zu mir herüber.«

Ich tue, was er verlangt, schiebe die Tasche mit dem Fuß durch den Raum. Er senkt die Hand und kippt den Inhalt auf den Boden. Er durchsucht meine Sachen und schaut mich anschließend an. Ich kann zwar seine Augen nicht sehen, aber der Mann erfüllt mich mit Panik. Er ist vollkommen in Schwarz gekleidet, von Kopf bis Fuß, und es ist nicht die kleinste Stelle Haut sichtbar. Zudem verbergen schwarze Handschuhe seine Finger, und seine Füße stecken in schwarzen Stiefeln. Die Strumpfmaske, die er trägt, ist lang genug, um bis auf seine Schultern zu reichen.

Schwarz.

Das ist alles, was ich sehen kann.

»Wo ist dein Handy?«, verlangt er zu wissen.

Nein.

Verdammt.

Nein.

Mit zitternden Fingern schiebe ich die Hand in die Hosentasche und ziehe es heraus, während ich mir wünschte, ich hätte Ace auf Kurzwahl oder hätte wenigstens versucht, ihm eine Nachricht zu schicken. Irgendwas. Wenn mir der Mann das Handy wegnimmt, ist alles vorbei. Ace wird nie erfahren, dass ich verschwunden bin. Er denkt, ich wäre bei Taylor sicher. Der Mann in Schwarz tritt vor und reißt mir das Handy aus der Hand. Er entsperrt es und tut dann etwas – seine behandschuhten Finger tippen auf dem Display herum, aber anscheinend gelingt ihm nicht das, was er tun will.

Er tritt näher an mich heran. »Schick dem Bullen eine Nachricht. Sag ihm, dass du in Sicherheit bist.«

Nein.

»Und wenn du ihm irgendetwas anderes schickst, bringe ich sie um.«

Taylor sieht mich vollkommen verängstigt an. Sie hat die Augen weit aufgerissen und zittert am ganzen Körper. Ich werde nicht zulassen, dass er ihr etwas antut. Also mache ich das, was er von mir verlangt.

> H: Ich bin bei Taylor. Alles gut. Ich wünsche dir einen schönen Abend.

Ich zeige unserem Geiselnehmer das Display. Er nickt abrupt. Ich drücke auf Senden, dann reißt er mir das Handy sofort wieder aus der Hand, schaltet es aus und stopft es in seine Hosentasche. Ich mustere ihn, weil ich wissen will, ob ich ihn vielleicht durch die Art, wie er sich bewegt, wie er handelt, identifizieren kann – doch nichts erscheint mir vertraut. Er ist groß, aber mit dieser Kleidung fällt es schwer, irgendetwas anderes zu erkennen. Die Klamotten sind weit, sodass ich nicht einmal sagen kann, wie er tatsächlich gebaut ist. Das Einzige, was ich sicher weiß, ist, dass dieser Mann der Killer ist und er clever genug war, mich zu fangen, indem er meine beste Freundin bedroht hat.

Ich darf nicht zulassen, dass er Taylor etwas antut.

Ich muss einen Weg finden, uns beide aus seinen Fängen zu befreien.

22

Ich erwache blinzelnd. Für einen Moment bin ich benommen und verwirrt. Ich kann mich nicht erinnern, dass er mich betäubt – oder bewusstlos geschlagen – hätte, aber nachdem ich ruckelnde Bewegungen spüre, muss ich eine Weile außer Gefecht gewesen sein. Wir befinden uns in einem Auto oder einem Truck, vielleicht einem Van. Ich will die Hände heben und mir die Augen reiben, aber meine Hände sind vor meinem Körper gefesselt. Panik ergreift Besitz von mir, als mir der Mann wieder einfällt, der in Taylors Wohnung war.

Taylor.

Ich reiße den Kopf herum, erst nach links, dann nach rechts. Wir befinden uns in einem Transporter, das ist nach der Größe der Ladefläche und den weißen Wänden um mich herum offensichtlich. Taylor liegt rechts neben mir, ebenfalls mit gefesselten Händen. Ihr Blick ist angsterfüllt und starr auf mich gerichtet. Wieso hat er sie in diese Sache mit hineingezogen? Ich hatte darauf gehofft, dass er sie gehen lassen würde, aber das hat er nicht getan. Und jetzt ist sie hier. Wir sind beide hier, zusammen.

»Bist du okay?«, flüstere ich, während ich nach vorne zu dem Mann in Schwarz am Steuer sehe.

Zwischen uns und ihm erhebt sich eine schwere Trennwand, die nicht aussieht, als könnte man sie leicht einschlagen. Dahinter gibt es nichts außer Tylor und mich und die Decke, auf die er uns gelegt hat. Die hinteren Türen sind mit einem Vorhängeschloss gesichert, um sicherzustellen, dass wir nicht aus dem Wagen springen können. Wir sind an Händen und Füßen gefesselt. Wir sind gefangen.

»Ich habe Angst, Hartley«, flüstert sie.

Mein Herz verkrampft sich, und mein gesamter Körper kribbelt. Ja, ich habe auch Angst. Ich empfinde dieselbe lähmende Furcht wie sie. »Ich auch. Aber wir werden das durchstehen. Wir sind zu zweit, er ist allein. Uns fällt schon was ein.«

Glaube ich wirklich, was ich da gerade sage?

Das fühlt sich an wie ein Traum. Fast, als wäre das alles nicht wirklich wahr, und wir würden jeden Moment aufwachen.

Nur dass ich weiß, dass das nicht passieren wird.

»Ich w-w-wollte dir keine Nachricht s-schreiben«, presst Taylor hervor. »Wollte ich wirklich nicht. Aber er hat mich dazu gezwungen. Ich hatte solche Angst. Er ist einfach vor meiner Tür aufgetaucht und hat von mir verlangt, dich zu kontaktieren und dafür zu sorgen, dass du zu mir kommst. Und es hat funktioniert. Dann hat er mir befohlen, mich ans Fenster zu stellen und dir zuzuwinken, wenn du ankommst, damit der Polizist sich keine Sorgen macht.«

Eigentlich ein genialer Plan.

»Wie hat er uns aus der Wohnung geschafft?«, frage ich.

»Durch den Notausgang. Ich war noch wach. Dich hat er betäubt. Ich musste ihn führen, weil er dich getragen hat. Er hat gesagt, wenn ich auch nur einen Laut von mir geben würde, würde er dich vor meinen Augen erschießen.« Sie schluchzt leise. »Der Lieferwagen war direkt hinter dem Gebäude geparkt.«

Verdammt.

Dieser verschlagene Mistkerl.

»Weißt du, wer er ist?«, frage ich.

Sie schüttelt den Kopf. »Nein, ich konnte ihn unter dieser Kleidung nicht erkennen. Aber etwas ist mir klar geworden, weil er ständig vor sich hin gemurmelt hat.«

Ich nicke ihr aufmunternd zu. »Was?«

»Er hat etwas darüber gesagt, dass er dich brechen will. Ich wusste nicht, wovon er redet, aber er hat irgendwas über Raymond gemunkelt und davon, dass es wegen diesem dämlichen ›Bullen‹ nicht richtig funktionieren würde. Und dass er stattdessen mich benutzen würde, um das zu schaffen.«

Für einen Moment fühle ich mich, als hätte mein Herz aufgehört zu schlagen. Er wird versuchen, mich zu brechen und sein widerliches Spielchen zu beenden, indem er Taylor misshandelt. Das ergibt sogar auf kranke Art Sinn. Raymond zu benutzen hat nicht funktioniert, wie er es geplant hatte, weil wir ihn durchschaut haben … also nimmt er jetzt die einzige andere Person ins Visier, die mir wirklich etwas bedeutet – meine beste Freundin. Ich muss nachdenken. Ich darf nicht einknicken. Nicht jetzt. Aber ich darf auch nicht zulassen, dass er meine Freundin quält. Verdammt. Meine Gedanken überschlagen sich, als ich versuche, einen Ausweg aus unserer Situation zu finden.

Mir wird schon etwas einfallen. Ich muss mich zusammenreißen, meine Ängste unter Kontrolle bekommen und das hier durchstehen. Ich werde das durchstehen. Komme, was wolle. Taylor war mein Fels in der Brandung, nachdem Raymond gestorben ist – sie war in meinen schwächsten Momenten für mich da –, und nun muss ich ihr etwas zurückgeben.

»Hartley«, krächzt sie, »glaubst du, er wird mir wehtun?«

»Nein«, sage ich bestimmt. »Nein. Das werde ich nicht zulassen. Mir wird schon etwas einfallen, Taylor. Versprochen.«

»Ich will nicht sterben«, sagt sie, während ihr gleichzeitig eine Träne über die Wange läuft.

Ich schiebe mich näher an sie heran, strecke die gefesselten Arme aus, bis einer meiner Finger ihre Hand berührt. »Wie gesagt, das werde ich nicht zulassen. Ich werde uns hier rausholen. Ich weiß zwar noch nicht, wie ich das schaffen werde, aber es wird mir gelingen. Wer auch immer dieser Irre ist, er wird nicht gewinnen, Tay, das verspreche ich dir.«

»Er ist clever. All seine bisherigen Handlungen waren präzise geplant. Er hat nicht nur eine von uns, sondern uns gleich beide trotz Polizeiüberwachung entführt.«

Ich bin vor Angst wie gelähmt, weil ich weiß, dass sie recht hat – doch das darf ich mir nicht anmerken lassen. Diese Situation ist real. Ich kann mich entweder in mich selbst zurückziehen, wie ich es getan habe, als Rays Tod einfach zu viel für mich war, oder mich dem Ganzen stellen und kämpfen. Und nachdem ich sicher weiß, dass ich aus dieser Sache auf keinen Fall unbeschadet hervorgehen werde, kann ich genauso gut kämpfend untergehen.

»Ich weiß. Glaub mir, das weiß ich. Aber jeder hat

eine Schwachstelle, Taylor. Sogar er. Und ich werde sie finden.«

»Was, wenn du gar keine Chance dazu bekommst? Was, wenn er uns einfach nur irgendwo hinbringt und umbringt und …«

»Hör mir zu«, sage ich bestimmt. »Das wird er nicht machen. Diese ganze Sache ist ein Spiel für ihn. Ein bösartiges Spiel. Er wird es nicht beenden, ohne das zu bekommen, was er will.«

Sie nickt, die Zähne in der Unterlippe vergraben. Ich weiß genau, wie sie sich gerade fühlt. Ich habe den gesamten letzten Monat mit dieser Angst verbracht. Es ist eine allumfassende Furcht, die man mit Vernunft nicht bekämpfen kann, egal, wie sehr man es auch versucht. Doch für Taylor ist dieser Terror ganz neu. Ich habe lang genug damit gelebt, um ein wenig besser damit umgehen zu können.

Der Kerl dachte, er könnte mich brechen und mürbe machen. Er hat das Gegenteil erreicht.

Weil ich mich auf gar keinen Fall kampflos ergeben werde.

Der Mann, den ich insgeheim Black getauft habe – ich weiß, sehr einfallsreich –, bringt uns zu einem alten, heruntergekommenen Haus, das total abgeschieden liegt. Alte Bäume erheben sich um uns, scheinbar kilometerweit in alle Richtungen. Das Haus steht in der Mitte einer kleinen Lichtung. Früher einmal muss es ziemlich eindrucksvoll gewesen sein. Es ragt drei Stockwerke hoch über uns auf, aber die weiße Farbe an den schweren Holzplanken blättert überall ab. Eine breite Veranda zieht sich um das gesamte Haus. Früher war sie sicher einmal wunderschön, doch jetzt ist sie verwahrlost und verfallen und lässt das Haus noch unheimlicher wirken.

Taylor und mir wurde mit vorgehaltener Waffe befohlen, den Lieferwagen zu verlassen. Wir stehen mit dem Rücken zum Wagen und sehen Black an, der sich immer noch nicht zu erkennen gegeben hat. Ich will sein Gesicht sehen. Ich will wissen, wie jemand aussieht, der derart krank und verdreht ist, dass er so etwas tun kann.

Ich stehe so nah neben Taylor wie möglich, weil ich ihr keine Sekunde von der Seite weichen will. Ich weiß nicht, was uns im Haus erwartet, aber ich werde auf gar keinen Fall zulassen, dass er ihr wehtut. Er wird versuchen, sie gegen mich einzusetzen, und ich muss einen Weg finden, das zu verhindern.

Seine Mission ist es, mich zu brechen.

Wie kann ich ihn davon abhalten, während ich gleichzeitig dafür sorge, dass Taylor sicher ist?

Wenn ich so tue, als wäre mir das alles egal, wird er sie nur umso grausamer behandeln, um sein Ziel zu erreichen. Er ist ja nicht dumm und wird merken, dass ich mich verstelle. Wenn ich ihm die Reaktion liefere, nach der er sich verzehrt … wird das ausreichen, um ihn aufzuhalten? Kann ich so gut schauspielern? Kann ich ihn wirklich davon überzeugen, dass er mich gebrochen hat, bloß um ihn von meiner besten Freundin fernzuhalten? Und wenn ich das tue, wird er ihr dann etwas antun, weil sie keinen weiteren Nutzen mehr für ihn hat?

Mein Herz schlägt wie wild.

Meine Gedanken überschlagen sich.

Ich weiß nicht, was ich tun soll. Ich weiß bloß, dass ich irgendetwas unternehmen muss. Ich atme tief durch und treffe eine Wahl. Ich bin mir nicht sicher, ob es die richtige ist, doch im Moment kann ich nur darauf hoffen, dass sie meine Sicherheit garantiert und Taylor aus der Schusslinie nimmt. Ich starre Black an und sage mit möglichst zittriger Stimme: »Ich weiß nicht, wer du bist, aber bitte tu meiner Freundin nicht weh.«

Ich klinge schwach.

Sogar jämmerlich.

Das maskierte Gesicht wendet sich mir zu, dann erklingt diese mechanische Stimme. »Beweg dich.«

Ich werfe einen Blick zu Taylor. Sie kaut so heftig an ihrer Unterlippe, dass ich Blut sehen kann. Sie ist steif vor Angst und versucht wahrscheinlich gerade, den Mut für eine unglaublich dumme Aktion aufzubringen. Ich weiß, wie sie sich fühlt, aber mit gefesselten Händen und Beinen können wir nicht mal einen Fluchtversuch starten. Wir können lediglich vorsichtig vorwärtsschlurfen. Auf keinen Fall könnten wir ihm jetzt entkommen.

»Zum Haus. Eine falsche Bewegung, und ich fange an, deiner Freundin eine Kugel nach der anderen in den Körper zu schießen, bis sie vor deinen Augen verblutet.«

»Bitte nicht«, krächze ich. Meine Stimme klingt so jämmerlich, dass ich sogar mich selbst damit überzeuge. »Sie hat doch nichts falsch gemacht.«

»Geh«, knurrt er wieder, die Pistole genau auf Taylor gerichtet.

Mein Herz rast, aber ich folge seiner Aufforderung und setze mich in Bewegung. Für eine Sekunde fühle ich mich, als würden sich eiskalte Finger um mein Herz schließen und es zerquetschen … denn was ist, wenn ich das hier nicht überlebe? Wie viele Leute entkommen tatsächlich aus solchen Situationen? Ich habe noch nicht viele Geschichten gehört, wo die Opfer von Serienkillern entkommen sind. Nein.

Ungeschickt kämpfen wir uns die Verandastufen nach oben, fallen mehr als einmal hin. Er rammt uns regelmäßig die Pistole in den Rücken, um uns anzutreiben. Schließlich sind wir oben und schlurfen über die staubige Holzveranda zur Eingangstür. Ohne die Pistole zu senken, schiebt Black die Tür auf und zischt: »Rein.« Wir betreten das Haus gemeinsam. Es ist alt, und alle Möbel sind mit weißen Tüchern abgedeckt, als würde hier schon seit langer Zeit niemand mehr leben.

Wir werden einen heruntergekommenen Flur entlanggetrieben. Ich muss regelmäßig husten, weil wir den Staub aufwirbeln, der auf dem Boden liegt. In der Mitte des Flurs erkenne ich eine Spur, die beweist, dass hier schon vor uns jemand gegangen ist – wahrscheinlich er. Wir erreichen ein Zimmer, und er tritt die Tür auf. Sobald wir den Raum betreten haben, erkenne ich verzweifelt, dass er ihn bestens gesichert hat – Gitter vor den Fenstern, keine Möbelstücke, die man als Waffe verwenden könnte, und eine Tür, die mit einem elektronischen Schloss verriegelt wird.

Das ist nicht gut.

»Ich werde bald zurück sein, um mich dir zu widmen«, sagt Black. Obwohl ich seine Augen nicht sehen kann, bin ich mir sicher, dass er mich ansieht. Ich fühle förmlich, wie sein Blick mich verbrennt.

Ich unterdrücke ein Zittern.

Er tritt zurück und knallt die Tür zu. Das *Piep-Piep* des Schlosses macht überdeutlich, dass es keinen Ausweg gibt. Ich drehe mich zu Taylor um. Sie beginnt hemmungslos zu weinen. Sie schlägt sich die gefesselten

Hände vor den Mund, um ein Schluchzen zu unterdrücken. Ich will sie umarmen. Ich will zu ihr gehen und ihr sagen, dass alles gut wird; will irgendetwas tun, was dafür sorgt, dass sie sich besser fühlt.

Aber ich weiß nicht mal, ob ich mir selbst glauben würde.

Werden wir entkommen können? Hat Ace überhaupt schon verstanden, dass ich entführt wurde? Was, wenn er noch nichts ahnt? Und selbst wenn er bereits etwas gemerkt hat … was, wenn er uns nicht aufspüren kann? Bisher ist es ihm nicht gelungen, den Seidenfliegen-Killer zu finden … wie also soll es ihm jetzt in wenigen Tagen gelingen – oder noch schneller?

Mir wird das Herz schwer, und eine tiefe, allumfassende Panik ergreift Besitz von mir.

Was, wenn wir nicht entkommen können?

23 ACE

»Was willst du damit sagen, dass du Taylors Wohnung nicht kontrolliert hast?«, brülle ich Bill an, während ich im Raum auf und ab tigere.

»Sie stand am Fenster und hat gewinkt. Ich habe Hartley ins Gebäude begleitet, ich bin sogar im Lift mit ihr nach oben gefahren – ich habe nur die Wohnung selbst nicht kontrolliert. Ich wusste nicht, dass jemand dort war, Ace. Hätte ich es gewusst, hätte ich sie nicht reingehen lassen.«

»Es war dein verdammter Job, das zu kontrollieren!«, brülle ich.

Bill starrt auf den Boden. Ich weiß, dass ich zu hart mit ihm ins Gericht gehe. Wirklich. Er hat seinen Job gemacht. Der Mistkerl, der Hartley und Taylor entführt hat, hat es sehr geschickt so aussehen lassen, als wäre bei Taylor alles in Ordnung. Als wir beide nicht erreichen konnten, sind wir sofort losgefahren und haben festgestellt, dass sie verschwunden sind. Wir haben nur ihre Handys gefunden … und Hartleys Handtasche.

Hartley war weg.

Beide Frauen waren verschwunden.

Dieser Dreckskerl hat alle zwei in seiner Gewalt.

»Ace«, sagt mein Boss, Craig, und legt mir eine Hand auf die Schulter, »beruhige dich. Wir werden sie finden.«

»Wir haben nicht eine einzige der anderen gefunden!«, knurre ich, bevor ich mir das Gesicht reibe.

»Zu diesem Zeitpunkt wussten wir auch noch nicht, was wir jetzt wissen. Wir werden sie finden. Während wir hier reden, sitzt jeder Detective an diesem Fall.«

»Ich bin alle Informationen hundertmal durchgegangen. Verdammt, ich muss etwas übersehen haben. Es muss irgendeinen Hinweis geben.«

»Wenn es ihn gibt, werden wir ihn finden.«

Mit hochgezogenen Schultern versuche ich, alles noch einmal im Kopf durchzugehen, zermartere mir das Hirn, um herauszufinden, was ich übersehen habe. Verdammt. Ich muss ständig an Hartley und Taylor denken. Wie lange wird er sie festhalten, ehe er sie umbringt? Wird er Taylor töten, sobald sie keinen Nutzen mehr für ihn hat? Was würde das mit Hartley anstellen? Der Gedanke sorgt dafür, dass mir das Atmen schwerfällt. Sie würde alles für ihre beste Freundin tun. Wenn der Drecksack Taylor verletzt, wird das Hartley zerstören.

Vielleicht hat er deswegen beide entführt. Vielleicht will er Taylor einsetzen, um Hartley zu vernichten, weil sein kranker kleiner Plan bisher nicht funktioniert hat.

Verdammt.

Ich denke an die Frau, für die ich in den letzten paar Wochen eine solche Schwäche entwickelt habe. Ich habe ihre Mischung aus Sturheit und Sanftmut lieb gewonnen … und sie hat es geschafft, mir näherzukommen als jede andere Frau seit dem Tod meiner Frau. Sie ist faszinierend – stark und atemberaubend, lieb und nett. Sie ist eine seltsame Mischung, und ich muss einfach ständig an sie denken.

Ich mag sie.

Sehr sogar.

Und ich habe ihr gesagt, dass ich sie beschützen würde.

»Wir müssen jetzt nachdenken, Ace«, sagt Craig. »Denk nach, ob es noch irgendwelche Spuren gibt, denen wir noch nicht gefolgt sind. Ob Hartley einen Hinweis gegeben hat, dem du bisher noch nicht nachgegangen bist.«

Ich denke nach, gehe im Kopf all unsere Gespräche durch. Und da kommt mir ein Gedanke.

»Hartley hat gesagt, sie hätte eine Selbsthilfegruppe besucht, nachdem sie ihren Ehemann verloren hatte. Sie meinte, es könnte sein, dass der Killer seine Opfer dort findet … in dem sicheren Wissen, dass sie verletzlich sind. Scheiße, ich wollte dieser Anregung eigentlich nachgehen, aber ich habe es vergessen. Können wir die Telefonnummern der Selbsthilfegruppen hier in der Gegend heraussuchen?«

»Ich werde sofort jemanden dransetzen. Noch etwas? Irgendetwas?«

Ich schüttele den Kopf, weil ich momentan einfach nicht klar denken kann.

Ich darf sie nicht verlieren.

Hartley.

»Haben Sie Aufzeichnungen über die Leute, die Ihre Selbsthilfegruppe besuchen?«, frage ich Diana, die Betreuerin der Selbsthilfegruppe, die sich am nächsten an Hartleys Wohnung trifft. Es gibt nur zwei andere Therapiezentren in der Gegend, und bei den anderen haben sie noch nie etwas von Hartley gehört.

»Ja, haben wir.«

»Ich müsste wissen, ob eine dieser Frauen einmal bei Ihnen war«, sage ich und schiebe ihr eine Seite zu, auf der alle Namen der Opfer aufgereiht stehen.

Sie senkt den Blick und hebt dann die Augenbrauen. »Ja, ja, ich erkenne zwei der Namen. Beim Rest müsste ich tatsächlich in meinen Akten nachsehen – wir sind gut besucht, und ich kenne nicht alle Leute mit vollem Namen.«

Bingo.

Hartley hatte recht.

Kluges Mädchen. Verdammt, wieso habe ich nicht auf sie gehört?

»Welche der Namen erkennen Sie?«

Sie deutet auf Hartleys Namen und dann auf Georgias. »Diese beiden. Ich erinnere mich gut an sie. Ich habe neulich gelesen, dass Georgia ... gestorben ist. Das hat mich tief getroffen.«

»Ich kann nicht ins Detail gehen, aber ich glaube, dass auch Hartley in Gefahr schwebt. Ich brauche alle Informationen, die Sie mir liefern können. Alles, was Ihnen einfällt.«

»Natürlich, Detective. Ich habe ein paar Fotos von der Selbsthilfegruppe und Mitschriften der Gespräche, solche Dinge eben.«

»Geben Sie mir alles, was Sie haben«, sage ich. Meine Stimme klingt barsch, obwohl ich das eigentlich gar nicht will. »Könnten Sie die Unterlagen sofort heraussuchen?«

»Aber natürlich. Setzen Sie sich.«

Ich lasse mich auf einen alten Plastikstuhl neben einem Zeitungsständer sinken und starre auf den hellen Parkettboden. Ich kann meine Unruhe einfach nicht abschütteln. Wenn ich nicht schnell genug arbeite, wenn ich diesen Drecksack nicht finde, werde ich sie verlieren. Ich werde sie verlieren, und ich kann nicht … ich kann nicht noch jemanden verlieren. Nicht noch mal. Die seltsame Enge meiner Brust verrät mir, dass ich die Frau viel mehr mag, als ich mir bisher eingestanden habe. Das macht mir Angst. Doch noch mehr Angst macht mir der Gedanke, dass ich eventuell niemals herausfinden kann, was daraus hätte werden können.

Ich habe Hartley gesagt, dass ich sie schützen werde. Ich habe es ihr versprochen. Ich hätte jede Sekunde an ihrer Seite sein sollen. Ich wusste, dass dieser Kerl verschlagen ist; ich wusste, dass er gut ist. Ich arbeite jetzt lange genug an diesem Fall, um mir dessen bewusst zu sein … und trotzdem habe ich sie aus den Augen gelassen. Warum zum Teufel habe ich jemand anderem den Job anvertraut, den ich hätte machen müssen? Wenn ich bei ihr gewesen wäre, wäre sie vielleicht noch hier.

»Scheiße«, flüstere ich leise und fahre mir mit der Hand durch die Haare.

»Hier ist es«, sagt Diana, als sie mit ein paar Aktenmappen in der Hand wieder auftaucht. Sie gibt sie mir, und ich wende mich sofort dem zu, der mit Watson, Hartley beschriftet ist.

»Ich habe auch Unterlagen über zwei andere Frauen auf ihrer Liste gefunden – sie waren offensichtlich auch hier. Sollte ich mir Sorgen machen, Detective?«

»Ich werde Ihnen Bescheid geben«, murmele ich, vollkommen auf die Akte konzentriert.

Ich lese die Protokolle durch, in denen mehr oder minder nur steht, wie Hartley sich gefühlt und wie die Gruppe ihr geholfen hat – solche Dinge eben. Manche Selbsthilfegruppen führen solche Protokolle, andere nicht. Ich blättere weiter, bis ich zu einem Stapel Fotos komme. Ich sehe sie mir an. Immer wieder findet mein Blick Hartley in verschiedenen Szenarien, manchmal im Gespräch mit der Gruppe, manchmal bei verschiedenen Aktivitäten.

Sie wirkt ausgebrannt.

Ihr Blick ist so traurig.

Ich erinnere mich noch, wie ich in den Spiegel geschaut und in meinen Augen denselben Schmerz entdeckt habe.

Ich gebe die Fotos an Diana weiter, als ich sie weiter durchgehe und alle Leute darin genau mustere, um herauszufinden, ob mir jemand auffällt. Bisher gilt das für niemanden. Ich kann Diana natürlich bitten, mir die Namen von allen Abgebildeten zu nennen, aber es würde verdammt lange dauern, sie alle zu befragen.

Im vorletzten Foto entdecke ich es.

Im Hintergrund ist ein halbes Gesicht zu erkennen, das um einen Türrahmen späht. Es ist ein Mann, das ist sicher, und er starrt die Gruppe an, einen Mopp in der Hand und scheinbar gekleidet in einen Overall. Ich kneife die Augen zusammen und hebe das Foto. Irgendwie erscheint mir der Mann vertraut, doch ich bin mir nicht sicher, da das Foto nicht ganz scharf ist.

»Dieser Mann hier, wer ist das?«, frage ich Diana.

Sie wirft einen Blick auf das Foto.

Und als sie den Namen ausspricht, gefriert mir das Blut in den Adern.

Nein.

Verdammt.

Nein.

24 HARTLEY

Black kommt die ganze Nacht lang nicht zurück.

Ich weiß nicht, was er gerade tut. Ich will es auch gar nicht wissen. Ich bin einfach nur dankbar, weil jede Sekunde, die er sich von uns fernhält, unsere Überlebenschancen erhöht. Taylor schläft schon in der ersten Stunde ein, weint sich quasi in den Schlaf. Ich sitze auf dem Boden und halte ihren Kopf im Schoß. Und erst, als sie eingeschlafen ist, erlaube ich meiner Angst, sich Bahn zu brechen. Ich erlaube den warmen, salzigen Tränen, mir über die Wangen zu laufen, doch ich lasse mich von ihnen nicht bezwingen.

Ich kann die Angst fühlen, aber ich muss ihr nicht nachgeben.

Meine Beine sind taub, mein gesamter Körper tut weh, und ich bin hungrig. Es ist mitten in der Nacht, vielleicht sogar schon früher Morgen. Es ist dunkel. Ich kann nichts sehen. Ich kann nichts hören. Nur mein flacher Atem und ab und zu scharrende Geräusche von oben durchbrechen die Dunkelheit. Ich kann Taylor nicht hören, aber sie bewegt sich hin und wieder auf meinem Schoß, also geht es ihr gut. Für den Moment.

Ich überlege fieberhaft, wie ich einen Weg finden kann, um uns aus dieser Situation zu befreien. Egal, was ich auch tue, am ehesten wird mir das gelingen, indem ich einfach so tue, als hätte er mich bereits gebrochen. Zumindest wird er dann Taylor in Ruhe lassen. Wenn ich die Toughe spiele, wird er sie auf jeden Fall foltern. Ich muss das Risiko eingehen; muss eine Show abziehen und kann nur hoffen, dass er Taylor dann vergisst und ihr nichts antut. Auf jeden Fall ist es gefährlich. Doch mir bleibt keine andere Wahl.

Er will mich brechen.

Deswegen tut er das alles.

Ich will sein Gesicht sehen. Ich will den Mann hinter der Strumpfmaske sehen. Ich will wissen, wer entschieden hat, dass mein Leben es wert war, in seinem kranken Spiel zerstört zu werden. Ich will wissen, ob er ein Fremder ist und er mich willkürlich ausgewählt hat oder ob ich ihn kenne. Ich will Antworten. Und je länger ich hier sitze, desto frustrierter und verängstigter werde ich. Ich denke an Ace und frage mich, ob er wohl schon etwas bemerkt hat. Und falls ja, wie fühlt er sich? Hat er auch Angst?

Dann frage ich mich, ob ich ihn jemals wiedersehen werde, und das sorgt dafür, dass meine Brust sich verkrampft, wie es seit Raymonds Tod nicht mehr geschehen ist. Ich spüre die Enge bis in mein Innerstes … und sie spricht von einer tiefen Zuneigung, von der ich bisher nicht einmal wusste, dass ich sie empfinde. Der Gedanke, Ace nie wiederzusehen – dass er sich ständig fragt, wo wir sind, und sich als Versager fühlt –, weckt den Drang in mir, laut zu schreien. Ich weiß genau, wie er sich fühlen wird. Er wird sich selbst die Schuld geben. Erst wird er mir die Schuld geben, weil er wütend sein wird, doch danach wird sich die Angst einschleichen.

Und ich will nicht, dass er diese Angst empfindet.

Die Tür klickt, und ich reiße den Kopf hoch. Einen Moment später schwingt sie auf, und das Licht wird angeschaltet. Ich kneife die Augen zusammen, während Taylor sich keuchend aufsetzt. Es dauert mehrere Minuten, bis ich endlich etwas sehen kann, aber sobald meine Augen sich an die plötzliche Helligkeit gewöhnt haben, entdecke ich Black, die kleine Treppe hinter sich, eine Machete in einer Hand, eine Kette in der anderen. Er ist voll maskiert. Immer noch vollkommen in Schwarz gekleidet. Das spielt keine Rolle. Mein Blick saugt sich an seinen Händen fest, an den Gegenständen, die er hält.

Und in diesem Moment habe ich das Gefühl, vor Angst in Ohnmacht fallen zu müssen.

»Steht auf«, befiehlt er mit dieser heiseren, künstlichen Stimme. »Jetzt.«

Taylor und ich erheben uns, doch es kostet mich all meine Kraft, mich auf den Beinen zu halten, da mir die Knie zittern. Ich versuche, Taylors Wimmern neben mir zu ignorieren, und konzentriere mich stattdessen ganz auf Black.

»Ich bin mir sicher, du fragst dich, wer ich bin und warum ich dich ausgewählt habe«, sagt er, während er die Finger über die Kette in seiner rechten Hand gleiten lässt. »Du wirst die Antworten noch bekommen, aber erst im richtigen Moment. Ich will dir die Antworten auf diese Fragen nicht liefern. Du sollst sie selbst herausfinden.«

»Ich weiß, was du von mir willst«, sage ich und muss mich nicht besonders anstrengen, meine Stimme zittrig klingen zu lassen, weil sie das sowieso tut. »Lass meine Freundin aus der Sache raus. Bitte.«

Er dreht den Kopf zu mir. »Und was will ich von dir, Hartley?«

»Du hast mich nicht grundlos ausgewählt«, erkläre ich schwach. »Du hast Nachforschungen angestellt, um mich so zu quälen, wie du es getan hast. Taylor hat mit alledem nichts zu tun.«

»Immer ganz die Heldin«, sagt er. »So stark.«

Stark.

Gott.

Er muss glauben, dass ich schwach bin. Dass er gewonnen hat.

»Aber ich werde dich brechen, und dafür ist deine kleine Freundin hier da.« Er wedelt mit der Kette in Taylors Richtung, sodass die Glieder klirren.

Nein.

»Lass sie in Ruhe«, krächze ich, und wieder muss ich mich nicht verstellen. Der Gedanke, dass er Taylor verletzen könnte, jagt mir einen kalten Schauder über den Rücken und sorgt dafür, dass mir das Blut in den Adern gefriert. Ich lasse eine einzelne Träne über meine Wange laufen. »Verletz sie nicht. Bitte. Ich flehe dich an.«

Er schwingt die Kette in Taylors Richtung, sodass sie einen kleinen Sprung nach hinten macht, den Halt verliert und mit einem Aufschrei auf den Rücken fällt. Sie kann sich mit den vor dem Körper gefesselten Händen nicht abfangen, also knallt sie hart auf.

»Bitte!«, schreie ich und schlurfe vorwärts. »Bitte hör auf. Tu ihr nicht weh. Ich werde alles tun. Mach das nicht.«

Das Weinen fällt mir nicht schwer. Ein Monat aufgestaute Angst bricht sich Bahn. Ich lasse es zu, versuche nicht einmal, die Tränen zurückzuhalten. Wenn er mich vernichtet sehen muss, um sie in Ruhe zu lassen, dann wird er genau das bekommen. Ich werde nicht zulassen, dass er Taylor verletzt. Wenn ich das hier durchziehen muss, bis ich schluchzend und um Gnade winselnd auf den Knien liege, werde ich es tun. Ich werde tun, was auch immer nötig ist. Schluchzend starre ich Black an, während ich bete, dass es funktioniert. »Verdammt. Was willst du denn noch von mir? Du hast mich genug gequält. Tu einfach mit mir, was du willst, aber lass sie in Frieden. Ich flehe dich an.«

Er sieht mich an. Für einen langen Moment starrt er einfach nur. Ich frage mich, ob er unter der Strumpfmaske wohl die Augen zusammengekniffen hat. Gerade als ich glaube, dass er mir meine Show abnimmt, wirft er den Kopf in den Nacken und … lacht.

Ich richte mich hoch auf, und meine Tränen versiegen sofort. Als er mich wieder ansieht, weiß ich, dass seine Augen auf mein Gesicht gerichtet sind, obwohl ich sie nicht erkennen kann. »Für wie dumm hältst du mich eigentlich? Mal ehrlich, Hartley. Ich habe dich lange genug beobachtet, um zu wissen, dass du nicht so schwach bist – unfassbar, dass du wirklich dachtest, ich würde auf diese Scharade hereinfallen. Aber es war ein guter Plan … deiner Freundin zuliebe vorzugeben, ich hätte gewonnen. Aber das wird nicht funktionieren.«

Er hat mich durchschaut? Einfach so? Wie?

»Ich werde tun, was immer du willst, tu ihr nur nicht weh«, versuche ich es wieder voller Verzweiflung.

Er lacht erneut.

»Bitte«, flehe ich und lasse mich auf die Knie sinken. Scham bringt meine Wangen zum Brennen. Denn tief in mir drin weiß ich, dass er recht hat. So schwach bin ich nicht. Aber für Taylor werde ich alles tun. Ich werde alles sein. »Bitte tu ihr nicht weh.«

»Steh auf!«, befiehlt er. »Ich nehme dir die ganze Show nicht ab. Ich muss sie nicht verletzen, um dich zu brechen. Das wäre zu einfach und zu klischeehaft, findest du nicht auch?«

Ich sehe zu ihm auf, immer noch auf den Knien. Bei seinen nächsten Worten verrät mir sein Tonfall, dass er unter dieser Strumpfmaske lächelt. »Ich muss einfach nur dich verletzen.«

Ich bin verwirrt. Für einen Moment starre ich ihn bloß an. Mich verletzen? War das nicht die ganze Zeit über der Plan? Mir wehzutun? Indem er meinen Ehemann benutzt und jetzt Taylor? Ich verstehe das nicht.

»Viele Wege führen zum Ziel, Hartley. Natürlich verstellst du dich, um zu verhindern, dass deiner Freundin etwas zustößt. Und, zugegeben, ich könnte sie ausreichend verletzen, um dich zu brechen. Aber damit rechnest du. Und wie ich schon sagte, es würde wirklich zu sehr dem Klischee entsprechen. Ich spiele nach anderen Regeln. Nein. Wenn du glaubst, du wärst so tough, so unverwüstlich, dann werde ich *sie* dabei zusehen lassen, wie *du* leidest. Weißt du, ich muss ihr kein Haar krümmen, um sie zu traumatisieren und für den Rest ihres Lebens zu vernichten, womit ich die Person zerstöre, die dir am meisten bedeutet.«

Taylor, die immer noch neben mir auf dem Boden liegt, stößt ein schmerzerfülltes Wimmern aus. Bisher hat sie den Mund gehalten. Sie ist nicht dumm. Doch diese Worte verängstigen sie. Das weiß ich. Taylor hat ein weiches Herz. Sie mag frech wirken, aber sie ist ein sanftmütiger Mensch. Zu sehen, wie jemand verletzt wird … wird sie zerstören. Damit hat er absolut recht.

Meine Haut kribbelt. Dieser gerissene Mistkerl. »Lass sie einfach gehen. Bitte. Sie hat mit dieser Sache nichts zu tun.«

Es ist jämmerlich. Ich weiß das, noch während die Worte aus meinem Mund dringen, aber ich kann sie nicht aufhalten. Ich muss es ein weiteres Mal versuchen. Ich kann nicht zulassen, dass meine beste Freundin dabei zusehen muss, wie ich verletzt werde, wenn ich doch weiß, was das mit ihr anstellen wird. Galle steigt mir in die Kehle, und ich sehe kurz zu Taylor. Sie ist kreidebleich und starrt unverwandt Black an.

Er lacht wieder. »Oh, Hartley. Da irrst du dich.«

Und dann schwingt er die Kette. Sie trifft mich so heftig im Gesicht, dass meine Haut aufplatzt. Blut spritzt aus einer Platzwunde auf meiner Stirn. Ich kann fühlen, wie meine Haut reißt. Schmerzen, schlimmer als alles, was ich je empfunden habe, schießen durch meinen Schädel. Ich stolpere, falle zu Boden, brülle vor Pein. Niemand könnte so stark sein und das ertragen.

Taylors Schreie hallen durch den kleinen Raum, und sie bettelt: »Bitte, bitte hör auf. Bitte tu ihr nicht weh.«

Wieder beschreibt die Kette einen Bogen wie eine Peitsche. Das Klappern ist laut, als das Ende meine Schulter trifft. Ich wälze mich rückwärts und schreie erneut vor Schmerz auf. Tränen sammeln sich in meinen Augen und vermischen sich mit dem Blut, das über mein Gesicht rinnt.

»Stopp!«, kreischt Taylor. »Stopp!«

Ihre panischen Schreie zu hören zerreißt mich innerlich, bis in meine Seele. Und er weiß das – genau deswegen tut er es. Doch er wird mich nicht brechen. Ich werde die schlimmsten Prügel unter der Sonne einstecken, bevor ich zulasse, dass er mich bricht. Aber Gott, es tut so weh. So verdammt weh. Ich muss mich mit all meiner Kraft dagegen wehren, mich wimmernd zu einem Knäuel zusammenzurollen.

»Taylor, mach die Augen zu«, schreie ich meiner Freundin zu. »Mach sie zu. Und vertrau mir.«

»Hartley!«, wimmert sie.

»Augen zu!«

Ich weiß nicht, ob sie meiner Anweisung folgt. Ich höre nur das bösartige Lachen, verändert durch diesen Stimmverzerrer. Ich rolle mich zu ihm herum, stemme mich auf Hände und Knie und keuche durch den Schmerz: »Du wirst verdammt noch mal nicht gewinnen. Schlag mich meinetwegen tot, aber du wirst mich nicht brechen. Vielleicht gefällt es ihr nicht, das zu sehen, doch sie wird sich erholen. Und ich werde dir die Befriedigung nicht geben. Also, schlag mich zu Brei. Tu, was auch immer dein jämmerlicher, schwacher Charakter dir befiehlt. Aber. Du. Wirst. Nicht. Gewinnen. Du weißt nichts über mich. Es gibt absolut überhaupt nichts, was du tun kannst, um mich dazu zu bringen, mich dir zu ergeben.«

»Ach wirklich?«, sagt er und hebt die Hand.

Ich wappne mich für einen weiteren Schlag.

Doch er nimmt einfach seine Strumpfmaske ab.

Ich starre ihn an.

Für einen Moment kann ich nichts anderes tun. Ich kann nur starren. Mein gesamter Körper fühlt sich seltsam an. Er kribbelt. Ich bin mir sicher, dass ich mich irren muss oder dass das alles doch bloß ein böser Traum ist. So muss es sein. Es muss ein böser Traum sein. Das kann nicht stimmen. Das kann einfach nicht real sein. Trotz des brennenden Schmerzes in meinem Schädel und dem Blut, das mir den Blick verschleiert, kann ich ihn deutlich genug sehen. Und ich habe Taylors Keuchen gehört. So deutlich wie mein eigenes.

Aber trotzdem wirkt es nicht real.

Aber da ist er, steht direkt vor mir.

Jacob.

Jacob, der so nett war, so romantisch, so freundlich.

Jacob, der mich ausgeführt und mich geküsst hat, wenn ich traurig war.

Jacob, der meine Schlösser ausgetauscht hat, damit ich mich nicht fürchte.

Jacob, von dem ich geschworen hätte, dass er ein guter, anständiger Mann ist.

»Und, bist du jetzt gebrochen?«

Seine Stimme trifft mich mitten ins Herz wie ein tödlicher Pfeil.

Ich bin mit einem Serienkiller ausgegangen. Ich habe einen Serienkiller geküsst und ihn in meine Wohnung und mein Leben gelassen. Ich habe mich ihm geöffnet. Ich habe ihm vertraut. Ich bin mit einem Mann ausgegangen, der nicht nur eine, nicht nur zwei, sondern drei Frauen getötet hat. Und ich, Hartley Watson, war dumm genug, ihn in mein Leben zu lassen und beinahe sogar in mein Herz.

Ich fühle mich wie betäubt.

Ich kann nicht aufhören, ihn anzustarren.

Ich fühle mich, als würde ich jeden Moment komplett zusammenbrechen.

»Hat es dir die Sprache verschlagen?« Er lacht, dann tritt er vor und starrt auf mich herunter. »Stell dir vor, wie Raymond sich fühlen würde, wenn er jetzt auf dich heruntersehen würde. Seine Ehefrau – die er über alles liebt – ist mit einem Killer ausgegangen.«

Ich bekomme keine Luft.

»Sie hat einen Killer in ihre Wohnung gelassen, in ihr Leben, und hatte keine Ahnung. Nicht die geringste. Er würde sich im Grab umdrehen, wenn er sehen könnte, wie dumm du warst. Wenn er gesehen hätte, wie die Frau, die er zurückgelassen hat, einen Mann küsst, an dessen Händen – wie ich mit Stolz behaupten kann – eine Menge Blut klebt.«

Mir wird schlecht.

Ich übergebe mich, doch in meinem Körper befindet sich nichts, was ich hochwürgen könnte außer Blut und Schleim – aber ich tue es trotzdem: bis ich trocken würge und huste. Tränen rinnen mir über die Wangen, und meine Nase läuft. Das muss ein böser Traum sein. Es muss einfach. Es kann nicht wirklich Jacob sein.

»Du hältst dich für so klug. Du denkst, ich könnte dich nicht brechen. Aber rate mal?« Er kniet sich vor mich, sodass ich in Augen starre, von denen ich noch vor Kurzem erklärt hätte, dass sie freundlich und liebevoll sind. »Du bist gerade gebrochen.«

Mein gesamter Körper beginnt zu zittern.

Ich habe ihn in meine Wohnung eingeladen. Er hätte jeden verletzen können, und das meinetwegen. Ace. Lena … Oh Gott. Ich bin ihm direkt in die Falle gegangen. Die ganze Zeit über hatte er genau das im Sinn, und ich habe nichts davon geahnt. Jetzt im Nachhinein ist es fast offensichtlich … doch noch vor Kurzem hätte ich jedem versichert, dass Jacob ein guter Mensch ist.

Oh Gott.

»Dich einzuwickeln war einfacher, als ich gedacht hatte. Ehrlich. Bei dem Bullen direkt nebenan habe ich mir Sorgen gemacht, dass er es kapieren könnte, aber ihr beide wart wirklich so dämlich und habt rein gar nichts bemerkt. Dieser Bulle, also echt. Er hat mich befragt. Zweimal. Aber statt mir tatsächlich Fragen zu stellen, die ihm vielleicht einen Hinweis hätten liefern können, war er zu sehr damit beschäftigt, mich als komplette Null dastehen zu lassen. Er wollte dich, und das hat ihm den Blick auf die Wahrheit verstellt. Idiot.«

Meine Kehle ist wie zugeschnürt. Ich kann kaum atmen, als er weiterspricht.

»Die ganze Zeit über war ich da, direkt vor deiner Nase, und du hast nichts bemerkt. Ich wusste, dass ich dich brechen würde, doch ich hätte nicht erwartet, dass mir das durch meine Identität gelingt. Ich habe es mit deinem Ehemann versucht, aber damit bist du klargekommen; ich habe es mit deiner besten Freundin versucht, aber du wolltest immer noch nicht zusammenbrechen; und dann habe ich an mich gedacht … und ich wusste es. Ich wusste genau, womit ich dich zerstören kann.«

Leise lachend lehnt er sich weiter vor.

»Mit mir. Einfach mit dem Wissen, dass du mich in dein Leben eingelassen hast, in das Leben deiner Freunde; die Erkenntnis, wie nah ich dir die ganze Zeit über war … mehr war nicht nötig. Und jetzt sieh dich doch an – jämmerlich, zerstört, am Boden. Du bist genau dort, wo ich dich haben wollte, Hartley. Jetzt kann der echte Spaß beginnen.«

Ein gepresstes Schluchzen dringt aus meiner Kehle. Jacob. Der nette, freundliche Jacob. Das muss ein Witz sein. Muss es einfach.

»Ich muss zugeben«, fährt er fort, als würde er ein ganz normales Gespräch führen, »ich hatte eigentlich nicht vor, die Sache so persönlich werden zu lassen, mein Gesicht zu zeigen – bis zu dir. Ich habe diese anderen Frauen gefoltert, indem ich ihnen ähnliche Dinge angetan habe wie dir ... aber ich bin nie Teil ihres Lebens geworden. Ich habe dich so lange beobachtet und wusste bald, dass du die Regeln verändern würdest. Du hattest etwas an dir – so starrköpfig, so stark. Ich musste mich selbst herausfordern, den Einsatz erhöhen. Zuerst wusste ich nicht, wie ich an dich herankommen sollte; doch als ich dein Profil auf diesem Dating-Portal entdeckt habe, wusste ich, was ich tun muss.«

Taylor stößt ein gequältes Geräusch aus, und ich weiß genau, was sie denkt.

Sie glaubt, es wäre ihre Schuld. Aber so ist es nicht. Er hat gesagt, er hätte mich beobachtet, was bedeutet, dass er auf jeden Fall einen Weg gefunden hätte, an mich heranzukommen.

»Willst du wissen, wo ich dich zum ersten Mal gesehen habe?«, fragt er, als er sich auf die Fersen sinken lässt, die Machete nah am Körper. »Es war bei einer dieser Selbsthilfegruppen. Dort habe ich auch die anderen Frauen gefunden. Es war ganz leicht. Du bist mir sofort aufgefallen, und ich wusste, dass du anders bist. Willst du wissen, woher?«

Will ich nicht.

Auf keinen Fall.

»Du hast die Augen verdreht«, kichert er. »Du hast die Augen verdreht, als jemand etwas gesagt hat – oh, ich erinnere mich nicht mehr, was es war. Aber in diesem Moment konnte ich nur denken, sie ist die Richtige. Selbst in ihrer Trauer, mit einer vor Schmerz ausdruckslosen Miene, hat sie noch Feuer. Ich brauchte eine Herausforderung. Und das warst du.«

Mein Blick wird glasig, und mein Kopf pulsiert vor Schmerz.

»Ich wusste, dass du nicht wie die anderen sein würdest. Das konntest du gar nicht.«

Ich kann nicht sprechen. Ich kann einfach nichts sagen.

»Natürlich habe ich mir deinen Tod vorgestellt, wenn ich dir die Form einer Fliege in den Hals schneide. Du wirst meine Trophäe sein, meine größte Errungenschaft. Mami wäre so stolz auf mich. Sie wäre so stolz.«

Was zur Hölle …?

Ich sehe zu ihm auf, doch er starrt ausdruckslos an die Wand. Mami? Was hat seine Mutter mit alledem zu tun? Hat sie ihn als Kind gequält? Hat sie ihn leiden lassen? Warum eine Fliege? Mir schießen so viele Fragen durch den Kopf, allerdings werden sie schnell wieder von dem Entsetzen darüber verdrängt, wie nah er mir die ganze Zeit über war.

Er war direkt vor meiner Nase.

»Na ja, ich denke, ich greife mir selbst voraus«, fährt er fort, als er wieder aus seinen Gedanken, seinen vermutlichen kranken Erinnerungen, auftaucht. »Erst einmal freue ich mich darauf zu hören, wie du um dein Leben bettelst. Und du wirst betteln, Hartley. Und ich werde dich in dem festen Wissen töten, dass ich der Mann war, der dich gebrochen hat.«

»Nein, wirst du nicht!«

Taylors Worte durchschneiden die Luft. Ich reiße den Kopf gerade rechtzeitig herum, um zu sehen, wie sie sich auf Jacob wirft. Er war so sehr auf seine Erzählung und mich konzentriert, dass er sie ganz vergessen hat. Sie knallt heftig gegen ihn, und gemeinsam stürzen sie zu Boden. Für einen Moment bin ich wie erstarrt, aber dann setze ich mich in Bewegung, verdränge die Schmerzen und meine Angst. Taylor landet auf Jacob.

Ein paar Sekunden lang rollen sie auf dem Boden herum, während sie ihre gefesselten Hände immer und immer wieder in sein Gesicht rammt.

Jacob hebt die Machete und sticht sie Taylor ins Bein.

Blut schießt aus der Wunde, und Taylors Schreie hallen durch den Raum. Jacob zieht die Klinge heraus und hebt sie erneut. Diesmal zieht er höher – auf ihre Kehle.

Er wird sie umbringen.

Nein.

Das ist meine Gelegenheit. Taylor hat mir eine Chance geschenkt, und ich werde sie ergreifen. Mit all meiner Kraft werfe ich mich nach vorne. Ich ramme gegen Jacobs Rücken, sodass er nach vorne stolpert. Die Machete entgleitet seinen Fingern und rutscht klappernd über den Boden. Er wirbelt genau in dem Moment herum, als ich meine gefesselten Hände hebe. So fest, wie ich nur kann, schlage ich ihm ins Gesicht. Ein Knacken hallt durch den Raum, und warmes Blut spritzt über meine Hände, als seine Nase bricht. Dann eile ich in Richtung Machete.

Ich schlurfe darauf zu, aber er ist schneller. Er springt nach vorne, vergräbt die Hand in meinen Haaren und reißt mich nach hinten. Ich verliere den Halt und lande mit einem Knall auf dem Boden. Als er sich vorlehnt, um mich wieder nach oben zu ziehen, rolle ich mich auf den Rücken und ramme ihm die Beine mit voller Wucht in den Körper, sodass er durch den Raum fliegt. Keuchend kämpfe ich mich auf die Beine. Er stößt ein schmerzerfülltes Geräusch aus. Eilig werfe ich einen Blick zur Tür. Ich muss mich beeilen.

Also stehe ich auf und hüpfe. So schnell, wie ich kann, hüpfe ich auf die Treppe zu, dann halte ich mich mit den gefesselten Händen am Geländer fest und springe die wenigen Stufen zum Haus hinauf. Ich hüpfe durch den Flur. Mein Körper tut weh, meine Lunge brennt von der Anstrengung. Ich erreiche die Küche und sehe mich eilig um. Jacob braucht eine Weile, um wieder auf die Beine zu kommen, doch er erreicht die Küche in dem Moment, in dem ich anfange, Schubladen zu öffnen.

Er stoppt und starrt mich an, die Machete in der Hand und ein Grinsen auf seinem blutverschmierten Gesicht.

»Du dachtest doch nicht im Ernst, dass du mir einfach so entkommst, oder?«

25 ACE

Ich kann immer noch nicht glauben, dass es Jacob ist. Als ich seinen Namen gehört habe, wollte ich es nicht glauben. Als ich das Foto angesehen habe, wollte ich das immer noch nicht. Ich konnte es einfach nicht fassen. Doch egal, wie sehr ich versuche, es zu leugnen, es ist die Wahrheit. Er war die ganze Zeit direkt vor meiner Nase. War verdammt noch mal ständig da.

»Jacob«, knurre ich. »Dieser verdammte Jacob. Ich hätte es wissen müssen. Ich hatte von Anfang an so ein Gefühl, dass etwas mit diesem Mann nicht stimmt, aber ich habe es ignoriert. Einfach ignoriert. Hätte ich auf mein Bauchgefühl gehört, hätte ich es verstanden.«

»Uns fehlt die Zeit für Vorwürfe, Henderson«, sagt Craig. »Wir müssen den Mann finden.«

»Was haben wir bisher über ihn herausgefunden, jetzt, wo wir wissen, wer es ist?«

Caleb, ein anderer Detective, sagt: »Sein Vorname ist tatsächlich Jacob, aber er hat eigentlich einen anderen Nachnamen. Er hat seinen Namen geändert, als er angefangen hat, Frauen ins Visier zu nehmen. Ich habe unter seinem richtigen Namen nachgeforscht. Er wurde als Baby adoptiert. Alleinerziehende Mutter. Sie ist tot, aber ich sehe sie mir trotzdem genauer an.«

»Gibt es noch etwas, womit wir arbeiten können?«, fragt Craig. »Wissen wir, wo die Mutter gewohnt hat? Vielleicht ist er in diesem Haus?«

»Ich habe schon jemanden drangesetzt«, sage ich, bevor ich mir mit der Hand durch die Haare fahre. Ich bin immer noch total wütend auf mich selbst. Er war die ganze Zeit direkt vor meiner Nase.

»Wie hat er sie denn auf diesem Dating-Portal gefunden, verdammt noch mal?«, brummt Caleb und verschränkt seine tätowierten Arme vor der Brust.

Ich atme tief durch, um mich zu beruhigen. »Er wusste aus der Selbsthilfegruppe genug über sie. Womöglich ist er ihr ja sogar gefolgt, hat ihr Handy angezapft oder hat sie und Taylor belauscht, bis sich die Gelegenheit bot, auf irgendeine Art in ihr Leben einzudringen. Ich kann mir nicht vorstellen, dass ihm diese Idee von allein gekommen ist – dafür hat er zu lange gewartet. Ich vermute, dass er herausgefunden hat, dass Taylor Blind Dates für Hartley organisieren will, und die Gelegenheit einfach genutzt.«

»Er muss ziemlich technikaffin sein«, murmelt Caleb. »Es ist nicht einfach, all die Informationen auszugraben, die er besitzt, oder Computer anzuzapfen ...«

»Leute tun das ständig«, brumme ich. »Das ist es doch, was mit dieser Welt nicht stimmt – es ist zu einfach, alles herauszufinden, was man wissen will, solange man nur gut mit Computern umgehen kann.«

»Ja«, antwortet Caleb. »Wissen wir schon, wie er so viel über Hartleys Ehemann herausgefunden hat? All diese kleinen Details ausgegraben hat?«

»Dieser clevere Mistkerl hat angefangen, in ihre Wohnung einzubrechen. Die Schlösser waren nicht sehr sicher«, knurre ich. »Dann, als sie Angst bekommen hat, hat er die Schlösser ausgewechselt und wahrscheinlich einen Schlüssel behalten. Deswegen haben die Einbrüche erst aufgehört, als ich die Schlösser noch mal ausgewechselt habe. Und dann hat er stattdessen angefangen, ihr Dinge zu schicken.«

»Also hat er all das, womit er sie gequält hat, in ihrer Wohnung gefunden? Was für ein kranker Mistkerl.«

Ich nicke abgehackt. »Hartley hat gesagt, sie hätte kistenweise Sachen ihres Ehemannes behalten. Es hätte ihn sicherlich keine große Anstrengung gekostet, die Kartons zu durchsuchen und genug herauszufinden, um sie damit zu quälen. Und dann ist da noch die Tatsache, dass dieser kranke Dreckskerl mit ihr ausgegangen ist. Sicher hat sie ihm auch einiges erzählt.«

»Ziemlich clever von ihm, Teil ihres Lebens zu werden ... und ihr sogar zu helfen, als sie angefangen hat, sich zu fürchten. Er hat die Sache genau durchdacht«, murmelt Craig.

»Er war die ganze Zeit da, verdammt«, sagt Caleb laut, doch es wirkt eher, als würde er mit sich selbst reden. »Er ist mit ihr ausgegangen ... direkt vor unserer Nase.«

Ich weiß, was er meint. Diese Vorstellung ist schwer zu verkraften. Ich hasse den Gedanken. Ich mustere Caleb und nicke ihm zu. Er ist gut in seinem Job. Er hat bereits in ein paar Mordfällen mitermittelt und eine echte Begabung dafür. Ich habe eine Weile mit ihm zusammengearbeitet, um ihm Tipps zu geben. Er ist ein wenig jünger als ich, allerdings würde ich mich mit ihm lieber nicht anlegen. Er hatte eine schwere Vergangenheit – ich weiß nicht viel darüber, aber ich weiß, dass sein Leben nicht einfach war.

Das sorgt dafür, dass er wirklich gut in seinem Beruf ist. Er geht entschlossen und konzentriert an die Arbeit heran und lässt sich nichts gefallen. Er lebt für diesen Job. Er hat keine Familie mehr und auch keine Frau in seinem Leben – was mich überrascht. Sein Aussehen dürfte die Damenwelt magisch anziehen – mit seinem dunklen, gefährlichen Look. Er wird es mal weit bringen, so viel ist sicher, und dann wird er die Welt im Sturm erobern. Ich bin froh, dass er jetzt gerade Teil meines Teams ist.

»Seine Taktik war wirksam«, knurre ich und wende mich damit wieder dem Thema zu. »Sein Führungszeugnis war sauber. Es war geschickt von ihm, seinen Namen zu ändern und danach ein anständiges Leben zu führen. Alles hat gepasst.«

»Aber jetzt haben wir seinen Namen, also werden wir etwas finden«, versichert mir Craig.

»Was, wenn es verdammt noch mal zu spät ist?«

Beide Männer sehen mich an.

»Wir werden sie finden«, versichert Craig mir wieder.

»Ace«, sagt ein anderer Officer, der in diesem Moment den Raum betritt, »ich habe Informationen über die Mutter. Ich habe ein paar alte Akten gefunden. Ich weiß nicht viel über ihr Verhältnis zueinander, aber ich habe ein Bild gefunden. Sieh es dir an.«

Er gibt mir ein altes Foto und ein paar Notizen, die er gemacht hat. Als ich den Blick senke, sehe ich eine drogensüchtig aussehende Blondine, die neben einem kleinen Jungen steht. Sie hat eine Hand besitzergreifend auf seine Schulter gelegt – doch es ist das, was er um den Hals trägt, was meine Aufmerksamkeit fesselt. Eine Seidenfliege. Er trägt eine Seidenfliege um den Hals.

Gott.

»Wie konnte eine solche Frau ein Kind adoptieren?«, knurre ich.

»Bei der Adoption war sie wahrscheinlich noch nicht so. Drogen richten Leute zugrunde«, meint Craig. »Sie hat den Jungen offensichtlich gequält.«

Meine Kehle wird eng, doch ich verdränge das Gefühl. Stattdessen gehe ich die Notizen durch und entdecke dabei eine Adresse.

»Ist das ihr altes Haus?«

»Ja«, antwortet der Officer. »Es liegt eine vierstündige Fahrt von hier entfernt, aber ich denke, wir sollten es uns ansehen. Es besteht die realistische Chance, dass er sie dorthin gebracht hat.«

Er hat recht.

Ich stehe auf. »Lasst uns diesen Mistkerl finden und ihn hinter Gitter bringen.«

26 HARTLEY

Die Schubladen sind leer. Jede einzelne von ihnen.

Es gibt keine Messer und auch nichts anderes, was sich als Waffe einsetzen ließe, nirgendwo.

Dieser clevere Mistkerl hat an alles gedacht.

Hinter mir erklingt Jacobs Lachen. »Himmel. Ich dachte wirklich, du wärst ein wenig klüger. Aber in die Küche zu laufen? Hast du echt geglaubt, auf dem Tisch würde ein Schlachtmesser auf dich warten, damit du mich töten und dich abseilen kannst? Wir sind hier nicht im Kino, Hartley.«

Mir zittern die Knie. Er steht auf der anderen Seite der Arbeitsfläche und hat nach wie vor diese große Machete in der Hand. Mein Schädel pulsiert. Mein gesamter Körper tut weh. Ich fühle mich, als müsste ich jeden Moment in Ohnmacht fallen. Doch ich bin nicht länger in diesem Raum eingesperrt. Das dürfte die einzige Chance sein, die ich je kriegen werde, von hier zu entkommen. Ich muss nachdenken. Taylor liegt dort unten, blutend. Sie könnte sterben, wenn ich mich dumm anstelle.

Gott. Taylor. Ist es bereits zu spät? Sie hat so heftig

geblutet. Sie hat versucht, mich zu retten, und ist dabei verletzt worden. Ich muss uns hier rausholen.

Aber mit gefesselten Händen und Füßen kann ich nicht viel tun.

»Du kannst nirgendwohin, Hartley«, gluckst Jacob. Er lässt seinen Daumen über die Klinge gleiten. Mit seinem blutverschmierten Gesicht wirkt er vollkommen irre.

Ich kann nicht glauben, dass ich diesen Mann in mein Leben gelassen habe.

Eilig verdränge ich diesen Gedanken.

Ich muss mich konzentrieren.

»Egal, wohin du auch zu fliehen versuchst, ich werde dich fangen und dir die Kehle aufschlitzen.«

Mir zittern nach wie vor die Knie, meine Hände sind verschwitzt, aber ich bewege mich nicht.

Es muss einen Weg geben.

Muss es einfach.

»Was dachtest du denn, was passiert, wenn du vor mir wegläufst? Dachtest du, es würde dir tatsächlich gelingen, mich umzubringen?« Er lacht. »Wir wissen beide, dass du das nicht geschafft hättest. Du magst stark sein, Hartley, aber du bist nicht dafür gemacht, jemandem das Leben zu nehmen.«

Etwas bewegt sich hinter ihm. Taylor schlurft den Flur entlang. Für einen Moment glaube ich, ich würde mir das nur einbilden. Aber sie ist es wirklich. Meine tapfere, wunderbare Freundin. Sie sieht aus, als könnte sie jeden Moment sterben, doch sie bewegt sich. Blut rinnt aus der Wunde an ihrem Bein, allerdings schiebt sie sich stetig vorwärts. Für den Moment.

Jacob hat sie nicht gehört. Er hat sie nicht gesehen. Er hat einen Fehler gemacht. Solche Leute machen immer Fehler, und seien sie so winzig, dass niemand sie bemerkt. Niemand kann so perfekt sein. Und er hat die Tür weit offen gelassen. Er hatte es wahrscheinlich so eilig, mir zu folgen, dass er nicht weiter an Taylor gedacht hat. Er ist einfach davon ausgegangen, sie wäre zu schwer verletzt, um sich zu bewegen – oder vielleicht sogar tot. Oder er hat sie schlichtweg vergessen.

Doch das war ein Fehler.

Und da ist sie nun, schiebt sich hinter ihm den Flur entlang, die Hände vor dem Körper verkrampft. Und ich erkenne die Entschlossenheit in ihrem schmerzerfüllten Blick.

Ich muss ihn ablenken. Das ist unsere einzige Chance.

»Ich könnte es«, sage ich und halte seinen Blick, »dich umbringen.«

Er lacht wieder, wedelt mit der Machete. »Was würde Raymond davon halten, dass seine schöne Frau so etwas tut? Er wäre entsetzt.«

Das wird nicht funktionieren. Ich weiß, dass es Raymond viel lieber wäre, wenn ich die Welt von einem Unmenschen wie Jacob befreie, statt ihm zu erlauben, mein Leben auszulöschen und weitere Frauen ins Visier zu nehmen. »Er würde sich freuen, dass ich die Welt von Abschaum befreit habe.«

Jacobs Miene verhärtet sich fast unmerklich. Ich weiß, dass ich ihn wütend mache. Darum geht es ja. Ich will, dass er sauer ist. Aber vor allem will ich ihn ablenken.

»Du machst dir solche Sorgen darum, was mein toter Ehemann von mir halten würde«, sage ich, wobei ich einen kleinen Schritt nach links mache, damit ich Taylor beobachten kann, ohne sie direkt anzusehen, »aber was würde deine Mutter über dich denken? Ich meine, du tust das doch offensichtlich für sie, habe ich recht? Stell dir vor, sie könnte dich jetzt sehen, wo du eines deiner Opfer hast entkommen lassen. Sie würde sich für dich schämen.«

Röte steigt in seine Wangen, und ein entsetzlicher Ausdruck blitzt in seinen Augen auf. Absolute Bosheit. Ein kurzer Blick auf die Narben, die sich tief in seine Seele eingegraben haben. Er ist beschädigt. Ernsthaft beschädigt. Wie konnte ich diesen Ausdruck in seinen Augen übersehen? Schließlich sind die Augen die Fenster der Seele. Ich habe die Finsternis in ihm nicht bemerkt.

»Dafür«, zischt er, »werde ich dir die Kehle zweimal aufschlitzen.«

»Mach nur, nach dem ersten Mal bin ich sowieso tot.«

Er beißt die Zähne zusammen.

»Du glaubst, du könntest mich brechen, Jacob, aber du vergisst eine Sache …«

Taylor steht nun direkt hinter ihm. Sie ist bereit. Ich bin bereit. Zusammen werden wir ihn besiegen. Das werden wir – etwas anderes werde ich nicht zulassen.

»Man muss zerbrechlich sein, um zu brechen«, sage ich mit harter Stimme. »Und bloß für den Fall, dass du es nicht bemerkt hast, ich bestehe aus hartem Stahl. Du hättest es nie geschafft, mich zu brechen. Sag das deiner Mami.«

Taylor hebt die Hände und schlägt ihn mit den gefesselten Fäusten, so fest sie nur kann. Sie setzt die Handschellen ein, um ihren Schlag noch zu verstärken. Sie trifft Jacob so hart, dass er nach vorne umkippt und den Halt an der Machete verliert. Er sinkt auf die Knie, offensichtlich benommen, dann schlägt Taylor ihn erneut, hebt die Arme über den Kopf und rammt ihm die

Handschellen auf den Schädel. »Niemand tut meiner besten Freundin weh«, krächzt sie mit schwacher, aber gleichzeitig unglaublich starker Stimme. »Niemand.«

Jacob streckt die Hand aus. Er packt sich die Machete und wirbelt herum, um nach Taylor zu schlagen, doch er verfehlt sie. Ich muss etwas unternehmen. Mein Blick huscht durch die Küche. Und in einer Ecke, auf einem Stapel Handtücher, entdecke ich einen alten Fleischklopfer. Er besteht aus reinem Stahl, dafür gemacht, immer und immer wieder auf Fleisch einzuschlagen, bis es schön zart ist. Ich will nicht mal wissen, wieso er diesen Hammer hiergelassen hat, doch das ist die einzige Waffe, die ich entdecken kann. Ich eile hinüber und greife danach, genau in dem Moment, in dem Jacob sich auf Taylor stürzt, sodass sie zusammen zu Boden fallen. Er hebt die Machete und zischt: »Dafür werde ich dich töten, du kleine ...«

Ich denke nicht nach.

Ich schlage einfach zu.

Ich schlage mit all meiner verbleibenden Kraft zu.

Ich treffe Jacobs Hinterkopf. Sofort sackt er in sich zusammen. Ein lauter Knall erklingt, gefolgt von einem Knacken, das ich wahrscheinlich nie wieder vergessen werde. Dann fällt er zur Seite um. Blut sammelt sich unter seinem Kopf. Seine Augen starren ins Leere. Die Machete entgleitet seinen Fingern. Taylor liegt keuchend auf dem Rücken, den Blick auf mich gerichtet.

Ich habe ihn umgebracht.

Meine Knie geben nach, und ich sinke zu Boden, starre den Mann mit den leblosen Augen an, der vor mir liegt. Den Mann, der versucht hat, mich und meine beste Freundin zu töten. Den Mann, der so viele Frauen vernichtet hat. Ich habe ihn umgebracht.

Taylor stöhnt, und sofort schießt mein Blick zu ihr. Die Wunde an ihrem Bein blutet nach wie vor. Die Anstrengung hat alles noch schlimmer gemacht.

Ich werfe noch einen Blick zu Jacob, dann konzentriere ich mich auf meine beste Freundin. Ich atme tief durch und erhebe mich auf die Knie.

So einfach lasse ich mich nicht brechen.

Taylor und ich, wir sind stark. Unzerbrechlich. So war es schon immer.

Es wird Zeit, hier zu verschwinden.

Also schlurfe ich mit zitternden Knien und bebenden Händen zu seiner Leiche, lasse mich neben ihm zu Boden sinken und finde die Schlüssel für die Handschellen, die zusammen mit sieben oder acht anderen Schlüsseln in seiner Hosentasche stecken. Ich habe sie klirren gehört, wenn er sich bewegt hat. Ich gehe zu Taylor und löse ihre Fesseln, bevor ich mithilfe meiner Zähne auch meine Handschellen aufschließe.

Dann hole ich zitternd Luft und beuge mich vor, um meiner besten Freundin auf die Beine zu helfen.

Jetzt ist es an mir, sie zu retten.

Und das werde ich.

Dieser Unmensch ist tot.

Es ist vorbei.

27

»Komm schon, Süße!«, sage ich zu Taylor, als ich sie mit mir ziehe. Ich habe ihren Arm über meine Schultern gelegt, aber wir sind beide erschöpft. Im Moment wünsche ich mir nichts mehr, als eine Woche durchzuschlafen, doch ich muss uns in Sicherheit bringen. Das muss ich. Und ich werde es tun.

Er ist tot.

Er ist tot, allerdings weiß keine von uns, wo wir uns befinden. Wir könnten überall sein. Ich weiß nicht mal, ob wir uns noch in unserer Stadt befinden oder in unserem Bundesstaat. Aber ich weiß, dass meine Freundin einen Arzt braucht. Und zwar dringend. Die große Schnittwunde an ihrem Bein blutet viel zu heftig. Mein gesamter Körper tut weh, und sie zu stützen, kostet mich all meine verbliebene Energie.

Doch ich setze einen Fuß vor den anderen, immer wieder.

Wir schlurfen durch Schlamm, der schmatzende Geräusche erzeugt, als wir zwischen den Bäumen hindurchgehen. Es ist unmöglich, dem Regen auszuweichen, der seit zwei Stunden fällt. Ich darf nicht anhalten. Ich würde gerne eine Pause einlegen, uns beiden ein wenig

Ruhe gönnen, aber ich weiß, dass Taylor es nicht schaffen wird, wenn wir jetzt anhalten. Ich habe ihr Bein so fest verbunden, wie es mir möglich war, doch das wird nicht reichen. Bald wird sie mir entgleiten.

»Bleib wach, Tay«, bettele ich krächzend. »Bleib wach. Wenn du einschläfst, stirbst du. Hast du mich verstanden?«

»Ich verstehe«, antwortet sie, doch ihre Stimme klingt so schwach, so zerstört, dass es mir Angst macht.

»Konzentrier dich einfach auf den nächsten Schritt. Einen Schritt nach dem anderen werden wir von hier verschwinden.«

Ich kann keinerlei Licht sehen und höre auch keinen Verkehrslärm. Nach allem, was ich weiß, könnten wir uns immer tiefer in den Wald bewegen, der Jacobs verstecktes Haus umgibt. Beim Gedanken an den Horror, den wir hinter uns gelassen haben, überläuft mich ein kalter Schauder. Er ist tot – ich habe ihn getötet –, und allein dieser Gedanke erfüllt mein Herz mit einem Schrecken, den ich nur zu gerne vergessen würde. Ich will nicht darüber nachdenken, was in diesem Haus geschehen ist.

Ich muss mich bloß immer wieder daran erinnern, dass er keine Gefahr mehr darstellt.

Ich lasse meine Gedanken schweifen, während wir weitergehen. Ich versuche, den Schmerz in meinem Kopf zu ignorieren. Überall auf meiner Haut klebt getrocknetes Blut. Ich fühle es auf meinem Gesicht. Die Schicht bricht, wann immer ich mich bewege, und es juckt. Aber ich darf nicht kratzen, da ich sonst wieder anfange zu bluten. Ich weiß, dass ich bereits genug Blut verloren habe, weil mein Hemd davon durchtränkt ist.

Ich denke über Jacob nach. Ich kann das alles immer

noch nicht verarbeiten. Ich kann den Schock nicht vergessen, der mich durchfahren hat, als er diese Strumpfmaske von seinem Gesicht gezogen hat … um den Mann zu enthüllen, mit dem ich ausgegangen bin, der freundlich zu mir war. Den Mann, dem ich vertraut habe. Einen Mann, den ich in meine Wohnung und mein Leben gelassen habe.

Wenn ich jetzt zurückblicke, kann ich die Hinweise erkennen. Er war clever. Klug. Die Zeichen waren nie zu offensichtlich, aber sie waren da.

Er hat mich in das Restaurant ausgeführt, in dem Raymond und ich geheiratet haben; hat mir hin und wieder das Gefühl gegeben, dass ich paranoid bin und langsam den Verstand verliere; hat die Schlösser an meiner Wohnung ausgewechselt, doch die Einbrüche haben erst aufgehört, nachdem Ace sie noch mal ausgetauscht hatte. Nun ergibt alles Sinn – als hätte ich es sofort erkennen müssen.

Jacob.

Mein Herz verkrampft sich, und ich unterdrücke ein erschöpftes Schluchzen. Niemals hätte ich auch nur für eine Sekunde geglaubt, dass der menschliche Geist so verdreht und krank sein kann – Jacob hat mir allerdings bewiesen, dass man jemandem begegnen kann, der fast wie ein Engel erscheint, bloß um dann festzustellen, dass darunter der scheußlichste, tödlichste Dämon lauert, dem man je begegnet ist. Jacobs Darbietung war makellos. Perfekt.

Er hat uns alle zum Narren gehalten.

Sogar Ace.

»Mein Bein tut weh«, wimmert Taylor. Mit jedem Schritt lastet mehr und mehr von ihrem Gewicht auf meinen Schultern.

»Ich weiß, Süße«, flüstere ich, während ich mich bemühe, nicht in die Knie zu gehen, weil ich uns in Sicherheit bringen muss. »Nur noch ein bisschen weiter.«

»Können wir anhalten?«, fleht sie. Ihre Stimme ist besorgniserregend schwach. »Können wir einfach anhalten und schlafen? Es ist dunkel. Ich will anhalten.«

»Wir können nicht anhalten«, flüstere ich, darum bemüht, mich auf den Beinen zu halten. »Wir müssen weitergehen.«

Ich hole zitternd Luft und zerre meine Freundin weiter durch die Bäume, stundenlang, bis ich ernsthaft nicht mehr weiß, wie es mir überhaupt gelingt, mich zu bewegen. Einen Fuß vor den anderen – diese Worte sage ich mir immer wieder. Sie werden zu meinem Mantra. In Bewegung bleiben. Wenn ich anhalte, werde ich sterben. Dieser Gedanke reicht aus, um den Schmerz zu überkommen, die Pein, die Erschöpfung.

Meine Füße sind taub, meine Knie brennen bei jedem Schritt, und meine Oberschenkel tun weh. Mein Rücken besteht bloß noch aus Schmerz, und meine Schultern sind vollkommen verspannt, da ich Taylors Gewicht trage. Ich kämpfe gegen Übelkeit, und mein Kopf pulsiert so heftig, dass ich mir sicher bin, ich würde verschwommen sehen, wenn es Licht gäbe. Doch ich halte nicht an. Ich ziehe uns einfach weiter.

»L-L-Lichter.«

Ich frage mich, ob ich sie richtig verstanden habe, weil ich schwören könnte, dass Taylor gerade »Lichter« gesagt hat. Ich sehe auf, und tatsächlich – ich sehe verschwommen. Ich sehe schlecht oder eigentlich fast gar nichts. Die Erschöpfung fordert ihren Tribut.

»Was?«, flüstere ich.

»Blaue … rote … Lichter. Ich kann sie sehen.«

Blau und rot? Polizei?

»Wo, Taylor?«, dränge ich sanft.

»D-d-direkt vor uns.«

Bildet sie sich das nur ein? Ist sie schon so geschwächt, dass sie von unserer Rettung halluziniert? Von unserer Freiheit? Ich weiß es nicht. Ich fürchte mich davor, Hoffnung zuzulassen, aber trotzdem gehe ich weiter, bewege mich geradeaus, umrunde Bäume und versuche, auf die Lichter zuzuhalten, von denen sie mir versichert, dass sie sie sehen kann.

»Polizei«, ruft sie glücklich. »Es ist die Polizei!«

Meine Knie geben nach, als endlich auch ich schwache Lichter vor uns erkennen kann. Rot und blau. Sie sind näher, als ich gedacht hatte … das weiß ich, da ich jetzt auch Stimmen hören kann. Ich sehe nicht klar, aber Taylor hat recht, die Lichter sind real. Ich atme tief durch, sammle meine letzte Kraft, um sie vorwärtszuzerren, immer weiter, bis ich endlich den Asphalt einer Straße unter den Füßen spüre.

»Was zum …«

Das ist das Letzte, was ich höre, bevor wir beide zusammenbrechen. Ich spüre gar nichts, als ich auf den Boden knalle – Erschöpfung, Schmerzen, Angst, Entsetzen, all das hat mich betäubt. Die Ereignisse der letzten Tage fordern ihren Tribut. Immer wieder werde ich bewusstlos. Ich höre panische Stimmen um uns herum, dann spüre ich breite Arme, die sich um mich schließen. Ein Gesicht vergräbt sich in meinem Haar, und ich höre eine leise Stimme murmeln: »Oh Gott. Hartley. Liebling. Ich habe dich. Du bist in Sicherheit. Ich habe dich. Verdammt, es tut mir so leid.«

Ist das Ace? Ich weiß es nicht. Aber ich weiß, dass es

sich gut anfühlt, gehalten zu werden. So gut. Warm. Sicher. Jetzt, wo er hier ist – wo ich weiß, dass er mich festhält und ich frei bin –, versinke ich in friedlicher Bewusstlosigkeit. Ich lasse die Erschöpfung Besitz von meinem Körper ergreifen. Ich kämpfe nicht mehr dagegen an. Ich gebe mich ihr hin. Ich habe darum gebetet, seitdem Jacob uns in seine Gewalt gebracht hat.

Es ist Glückseligkeit.

Reine Glückseligkeit.

Das Erste, was mir auffällt, als ich wieder aufwache, sind grelle Lichter. Ich hebe die Hand und reibe mir die Augen, verziehe das Gesicht, als ein scharfer Schmerz durch meinen Kopf schießt. Ich habe einen Verband am Kopf. Für einen Moment bin ich verwirrt und benommen. Wo zum Teufel bin ich? Was geht hier vor sich? Erneut reibe ich mir die Augen, frustriert, weil ich meinen Blick einfach nicht richtig scharf stellen kann. Dieser dämliche Verband.

»Hören Sie auf zu reiben, Sie verschieben den Verband.«

Eine weibliche Stimme dringt an meine Ohren. Ich versuche, mich darauf zu konzentrieren. Erst da wird mir klar, dass eines meiner Augen abgedeckt ist. Ich richte meinen einäugigen Blick auf die Frau, die neben mir steht. Ich bin im Krankenhaus. Je wacher ich werde, desto deutlicher nehme ich das Piepen der Maschinen wahr. Plötzlich ist es sehr laut im Raum. Ich sehe die blonde Krankenschwester an, die auf mich herablächelt. »Hallo.«

Ich blinzele.

Dann noch mal.

»Was … was?«

»Sie sind im Krankenhaus. Sie waren ein paar Tage ausgeschaltet. Erinnern Sie sich an irgendwas?«

Jacob.

Taylor.

»Taylor«, krächze ich.

»Taylor geht es gut. Ihr Bein musste operiert werden, aber sie erholt sich gut. Sie ist in Sicherheit. Genau wie Sie.«

Sicherheit.

Sicher.

»Und Ace?«, flüstere ich. Mein Blick klärt sich mit jeder Sekunde mehr.

»Detective Henderson hat darum gebeten, sofort angerufen zu werden, wenn Sie aufwachen. Ich werde ihn benachrichtigen lassen.«

Ich nicke, dann reibe ich mir die Kehle. »Wasser?«

Sie reicht mir einen Becher Wasser. Ich nippe daran, und die Flüssigkeit beruhigt meine Kehle. Ich trinke noch einen tiefen Schluck, dann gebe ich ihr den Becher zurück. »Der Arzt wird bald da sein. Ich kontrolliere die Vitalparameter, und dann werden wir Ihnen erzählen, was passiert ist.«

Ich nicke und sehe mich danach im Raum um, während sie meinen Blutdruck misst und mein Krankenblatt ergänzt. Eine Minute später betritt ein älterer Herr in einem weißen Kittel den Raum. Wahrscheinlich ist das der Arzt.

»Ah, Dr. Henry. Sie ist wach.«

Der Arzt tritt neben mein Bett und sieht auf mich herunter. »Guten Tag, Hartley. Wie fühlen Sie sich?«

»Als hätte mich ein Zug gerammt«, gebe ich zu.

Er schmunzelt. »Das kann ich mir vorstellen. Ich werde Ihnen sagen, was wir mit Ihnen gemacht haben, und Sie auf den neuesten Stand bringen. Sie hatten eine Menge Prellungen und Kratzer, und Sie waren dehydriert, also haben wir uns darum als Erstes gekümmert. Die Platzwunde an Ihrem Kopf war tief, musste mit acht Stichen genäht werden. Es gab auch eine ernst zu nehmende Schwellung, aber wir beobachten das. Die Wunde war sehr nah über Ihrem Auge, und auch dort gab es ernst zu nehmende Schwellungen. Hier mussten wir eine kleine Operation vornehmen, doch Ihre Sehkraft sollte davon nicht beeinträchtigt sein. Wir haben auch den tiefen Kratzer an Ihrem Bein genäht. Aber es war nur eine Muskelverletzung, also hatten Sie wirklich Glück. Davon abgesehen brauchen Sie bloß Ruhe und viel Flüssigkeit.«

Ich nicke. »Vielen Dank.«

Glück gehabt.

Ich weiß nicht, ob ich das so bezeichnen würde. Andererseits sind wir einem Serienkiller entkommen.

Das muss doch etwas wert sein.

»Hart?«

Mein einäugiger Blick huscht zur Tür und zu Ace, dessen breite Gestalt den Türrahmen ausfüllt. Tränen treten mir in die Augen, als ich seinen Anblick in mich aufnehme, seine verzweifelte Miene bemerke und den Schmerz, der in seinen Augen brennt.

»Wir lassen Sie dann mal besser allein«, sagt der Arzt und verlässt mit der Krankenschwester den Raum.

»Hey, großer Kerl«, sage ich, doch meine Unterlippe zittert.

Ace kommt zu mir, beugt sich vor und schließt seine breiten Arme um mich. Als er mich an sich zieht, habe ich das Gefühl, nach Hause zu kommen. Die Umarmung ist erfüllt von Zuneigung und Erleichterung und noch viel mehr. Er vergräbt das Gesicht an meinem Hals, und sein Körper bedeckt meinen. Er hatte Angst. Das weiß ich. Er hat mich nicht gefunden. Wusste nicht, wo ich war. Ich kann mir nicht mal ausmalen, was in seinem Kopf vor sich gegangen sein muss.

»Ich konnte dich verdammt noch mal nicht finden«, sagt er, als er sich von mir löst, um sofort seine große Hand um mein Kinn zu schließen. »Aber … wir haben ihn aufgespürt – über die Selbsthilfegruppe, von der du mir erzählt hast. Du hattest recht, er hat von Anfang an Frauen in diesen Gruppen beobachtet; hat die Rolle eines Hausmeisters gespielt, um Informationen zu sammeln. Hätte ich diese Spur früher verfolgt …«

»Das hätte auch keine Rolle gespielt. Dann hätte er einen anderen Weg gefunden«, sage ich leise. »Er war clever. Deswegen war er so gut. Aber ich bin hier. Ich bin am Leben. Und er ist tot.«

»Es tut mir so verdammt leid. Ich hätte dich persönlich zu Taylor bringen sollen …«

»Sag das nicht«, sage ich und lege eine Hand an seine Wange. »Er hätte es auf jeden Fall geschafft, mich zu entführen, und das weißt du auch.«

»Geht es dir gut? Nach dieser Erfahrung? Ich weiß nur zu gut, was so was mit einem anstellen kann …«

Ich schüttele den Kopf, schenke ihm ein müdes Lächeln. »Er konnte nicht gewinnen, Ace. Das hätte ich nicht zugelassen. Bis auf diese äußerlichen Verletzungen geht es mir gut. Seelisch hat er mich nicht zerstört.«

Ich nehme seine Hand und drücke sie mir aufs Herz.

»Du bist so unglaublich tapfer. Ich habe gesehen, was dort draußen passiert ist. Ich habe ihn gesehen. Habe gesehen, was ihr beide getan habt.«

Ich schlucke schwer, dann atme ich zitternd ein. »Jacob.«

Der Muskel an Ace' Kinn beginnt zu zucken. »Er war die ganze Zeit da, direkt vor unserer Nase. So nah.«

»Das konntest du nicht wissen. Nicht einmal ich habe etwas bemerkt. Er war gut, Ace. Er hatte alles perfekt geplant.«

Ace nickt. Es wirkt steif, doch es ist ein Nicken. »Jetzt ist er tot, und das haben wir euch beiden zu verdanken. Ihr habt ihn erledigt. Du hast Taylor und dich gerettet, und dann bist du zehn Kilometer weit gelaufen, verletzt, wie du warst, und hast dabei auch noch deine Freundin getragen. Du bist der unglaublichste Mensch, dem ich in meinem ganzen Leben begegnet bin.«

»Dasselbe könnte ich von dir sagen, großer Kerl.« Ich lächele schwach. »Hey, Ace?«

Er sieht mich an.

»Was glaubst du, warum er es getan hat? Hast du etwas über ihn herausgefunden?«

Ace mustert mich. »Wir stellen noch Nachforschungen an, doch soweit wir bisher wissen, hat die Frau, bei der er aufgewachsen ist, ihn misshandelt. Auf jeden Fall körperlich, aber vielleicht wurde er auch sexuell missbraucht. Auf den paar Fotos, die wir gefunden haben, wirkt sie sehr dominant.«

»Er hat etwas über sie gesagt, als wir in diesem Haus waren. Irgendwas darüber, dass sie stolz auf ihn wäre.«

»Es ist ziemlich oft so, dass Killer irgendwen haben, den sie stolz machen wollen. Es könnte sein, dass sie ihn psychisch missbraucht hat … ihm das Gefühl gegeben hat, er wäre wertlos und jämmerlich. Und jetzt wollte er ihr beweisen, dass er das nicht ist. Er wollte ihr zeigen, dass er stark ist. Und der Weg, den er dafür gewählt hat, war Manipulation und Gewalt. Auf einem der Fotos trägt der Junge eine Seidenfliege um den Hals.«

»Oh«, sage ich. Meine Brust wird eng. »Ich nehme an, das erklärt, warum er dieses Markenzeichen hatte. Trotzdem: Wenn sie so grausam zu ihm war, so schrecklich, wieso sollte er genauso werden wollen?«

»Sein Hirn hat nicht so funktioniert wie deines oder meines, Liebling. Er war gestört. Ein Soziopath. Sein ruhiges Auftreten, die Art, wie er sich in dein Leben geschlichen hat … das alles erfordert gewisse Fähigkeiten, aber vor allem einen absoluten Mangel an Mitgefühl. So kommen Leute wie er an andere heran. Sie erzählen wilde Geschichten, stellen sich als faszinierende Menschen dar. Sie können quasi jeden manipulieren. Sie sind unglaublich gefährlich.«

»Mir wird ganz schlecht, wenn ich darüber nachdenke, welche Mühe er sich gegeben hat, in mein Leben einzudringen. Die Nachforschungen, die sorgfältig geplanten Aktionen …«

»Es ist vorbei«, sagt Ace sanft und leise. »Er ist tot.«

»Was glaubst du, warum er Frauen ausgesucht hat, die einen Verlust erlitten hatten?«

»Der Auslöser war der Tod seiner Mutter. Er empfand wahrscheinlich ähnliche Gefühle, nur dass seine verdreht waren, krank. Er hat quasi seine eigenen Gefühle ins Visier genommen. Er hat sich Leute ausgesucht, die allein waren und traurig und gebrochen, genau wie er. Er hat sie gequält, wahrscheinlich auf die Art, wie auch er gequält wurde. Vielleicht hat die Frau, die ihn adoptiert hat, ihn sein Leben lang gequält, indem sie ihn an den Verlust seiner Familie erinnert hat. Irgendeine Verbindung gibt es immer.«

Ich denke darüber nach. Und auch wenn ich froh bin,

dass es jetzt einen Verrückten weniger auf der Welt gibt, tut es mir leid, dass Jacob so ein Leben haben musste. Qualen erleiden musste, die dafür gesorgt haben, dass er so schreckliche Dinge getan hat. Wie muss seine Kindheit gewesen sein, um ihn so vollkommen den Verstand verlieren zu lassen? Jetzt, wo ich mehr über seine Geschichte weiß, ergibt das alles Sinn ... aber ich nehme an, ich werde nie erfahren, was in seinem Kopf vor sich gegangen ist. Allerdings war das bestimmt kein schöner Ort.

Ich frage mich, ob er wohl jetzt seinen Frieden gefunden hat. Vielleicht hat er ja danach gesucht. Nach einem Weg, um die Dämonen zum Schweigen zu bringen.

Ich schüttele mich.

»Danke, dass du mir das alles erzählt hat. Es ... hilft«, flüstere ich.

»Für dich doch immer«, murmelt Ace.

Ich lächele ihn an, dankbar, dass er in mein Leben getreten ist. So unheimlich dankbar.

Er lehnt sich vor und lässt seine Lippen sanft über meinen Mund gleiten. »Du änderst alles für mich, Hartley Watson.«

Zärtlich erwidere ich den Kuss. »Du hast bereits alles für mich geändert, Ace Henderson.«

Und genau so will ich es.

28

»Lass das, Hartley!«, stöhnt Taylor und schlägt meine Hand zur Seite, als ich versuche, noch eine Decke über sie zu ziehen. »Ich bin nicht verkrüppelt, verdammt.«

Ich verdrehe die Augen und greife wieder nach der Decke, doch sie schiebt meine Hand erneut zur Seite.

»Hör auf damit, ja?«, blaffe ich sie an. »Du hast eine ernsthafte Beinverletzung, also lass wenigstens zu, dass ich dich zudecke und dafür sorge, dass dir warm ist.«

»Ich kann mir selbst die Decke hochziehen.«

Ich werfe ihr einen strengen Blick zu. »Taylor, pass auf, sonst trete ich dir gleich heftig gegen das Schienbein.«

Sie streckt mir die Zunge heraus, greift nach der Decke und zerrt sie nach oben. »Und, bist du jetzt zufrieden?«

»Eigentlich nicht«, murmele ich, den Blick auf das Essen auf dem Couchtisch neben dem Sofa gerichtet.

»Ich habe keinen Hunger.«

Ich verschränke die Arme vor der Brust. »Nun, ich werde erst verschwinden, wenn du das alles aufgegessen hast. Es liegt bei dir.«

Sie stößt ein frustriertes Brummen aus, aber dann

greift sie nach der Banane, die ich vom Tablett genommen habe, um sie ihr entgegenzustrecken. Ihr Bein steckt in einem langen Gips. Die Ärzte mussten operieren – die Sehnen waren in Mitleidenschaft gezogen und auch der Knochen betroffen. Zusätzlich hatte sie viel Blut verloren. Sie wird mindestens sechs Wochen nicht gehen können und ist darüber nicht gerade glücklich. Davon abgesehen hält sie sich tapfer, genau wie ich.

Abgesehen von unseren Verletzungen und der Tatsache, dass wir dehydriert waren, sind wir wahrscheinlich die glücklichsten Frauen auf der Welt – schließlich sind wir einem berüchtigten Serienmörder lebend entkommen. Und wir haben das zusammen geschafft. Also kann sie mich verfluchen, solange sie will. Sie kann viel Theater machen und sich anstellen, aber ich werde ihr nicht von der Seite weichen, weil sie mir auch nicht von der Seite gewichen ist. Wir stehen das gemeinsam durch.

»Ich mochte dich viel mehr, als du nur meine beste Freundin warst, nicht meine Krankenschwester«, murmelt sie mit vollem Mund.

»Anscheinend beschwert sich die Patientin immer noch?«

Ich sehe über die Schulter und entdecke Ace, der gerade meine Wohnung betritt. Taylor wird ein paar Wochen bei mir wohnen, bis sie sich wieder allein bewegen kann. Ace hat eine braune Papiertüte in einer Hand und zwei Kaffeebecher in der anderen. Er sieht Taylor an.

Sie zieht eine Grimasse, doch dann gleitet ihr Blick zu der Tüte. »Wenn du Muffins da drin hast, erlaube ich dir vielleicht, näher zu treten.«

Er schnaubt und hält mir dann die Tüte entgegen. »Zwei Schokomuffins, zwei Caffè Latte.«

»Du bist unglaublich.« Ich lächele ihn an und wende

mich anschließend wieder Taylor zu. »Hörst du jetzt auf, dich so aufzuführen, damit wir uns die Muffins teilen können?«

Sie zieht eine Grimasse, nickt dann aber.

Ich setze mich ans Ende des Sofas, wo gerade noch genug Platz ist, um meinen Hintern auf das Polster zu zwängen. Ich ziehe einen Muffin heraus und reiche ihn Taylor, was dafür sorgt, dass sie den Rest der Banane einfach auf den Couchtisch wirft.

Ace setzt sich auf den Sessel gegenüber, den Blick auf mich gerichtet. »Wie fühlst du dich?«

Mein Auge ist nach wie vor geschwollen und verklebt, und die Naht an meinem Kopf nervt, aber sonst fühle ich mich gut. Sogar prima. Ich bin am Leben. Ich habe wochenlang in Angst gelebt, und danach die Zeit in Jacobs Haus … ich habe eine zweite Chance bekommen, und ich werde sie nutzen.

»Ich fühle mich gut. Ich bin immer noch müde, aber sonst ist alles okay.«

»Offensichtlich ist sie gar nicht so müde, denn ich bin mir sicher, bald versucht sie, mir auch noch den Hintern abzuwischen!«, grummelt Taylor in ihren Muffin.

Ace schnaubt. »Na ja, das bist du ihr schuldig.«

Taylor verdreht die Augen, doch gleichzeitig lächelt sie mich an. Sie hat wirklich Glück, dass ich sie so lieb habe.

»Wir haben den Fall abgeschlossen und die Familien der anderen Opfer über Jacob informiert, sodass sie endlich Klarheit haben«, erklärt mir Ace.

Mir wird das Herz schwer, als ich an die drei Frauen denke, die anders als Taylor und ich keine zweite Chance bekommen haben.

»Wie haben die Familien es aufgenommen?«, frage ich.

Taylor hört uns gespannt zu.

»Nicht gut. Aber wie ich schon sagte, jetzt haben sie Klarheit und können damit abschließen. Und deswegen können sie endlich versuchen, mit ihrem Leben weiterzumachen, so gut es eben geht.«

Ich nicke verständnisvoll. Natürlich kann die Nachricht vom Tod des Mörders niemanden zurückbringen, aber zumindest müssen sie nun nicht mehr fürchten, dass da draußen immer noch jemand herumläuft, der seine nächste Jagd plant, sein nächstes Opfer auswählt.

»Ich bin froh, dass sie endlich ihren Frieden finden können.«

Ace nickt. »Genau wie du.«

Ich atme tief durch und lächele dann. »Ja. Ich werde diese zweite Chance nutzen. Bei Taylor bin ich mir da nicht so sicher. Wenn sie so weitermacht, wird sie vielleicht demnächst vom Balkon geschubst.«

Sie zeigt mir den Stinkefinger. »Versuch du mal, ein Pflegefall ohne Bein zu sein.«

»Du hast dein Bein noch. Du kannst es nur nicht benutzen«, sage ich belehrend.

»Ist doch dasselbe.«

»Du bist am Leben, Taylor, vergiss das nicht«, sagt Ace bestimmt, aber freundlich.

Sie sieht ihn mürrisch an, nach ein paar Sekunden atmet sie allerdings durch und murmelt: »Ja, ich weiß. Tut mir leid.«

»Nicht jeder bekommt eine zweite Chance im Leben, also nutze sie.«

Sie denkt darüber nach, genau wie ich.

Raymond, Miranda und diese drei Frauen, die Jacob vor Taylor und mir entführt hat. Keiner von ihnen hat eine zweite Chance bekommen. Ihre Leben wurden vorzeitig beendet. Das ist unsere Gelegenheit, etwas Gutes zu tun. Etwas aus uns zu machen. Die Welt zu verändern, wenn wir das wollen.

Mir kommt eine Idee, und ich starre Ace an. »Mir ist da etwas eingefallen.«

Er zieht die Augenbrauen hoch. »Ich höre.«

»Es ist nicht viel ... aber wie wäre es, wenn wir etwas schaffen – vielleicht eine Webseite –, wo Leute die Geschichten ihrer zweiten Chance im Leben erzählen können? Ob es nun darum geht, dass sie eine Krankheit überlebt haben, sich nach einem Unfall wieder erholt haben – sie sollen dort einfach erzählen, wie sie dem Schicksal getrotzt und überlebt haben. Ich weiß noch, dass ich mich gefühlt habe, als könnte ich nirgendwo Trost finden, als ich noch ständig Angst hatte. Ich hatte das Gefühl, ich würde mich nie wieder gut fühlen.«

»Das ist eine tolle Idee«, sagt Taylor und wirkt bereits fröhlicher. »Jedes Mal, wenn man im Internet etwas nachschaut, findet man all die Horrorstorys übers Sterben, Schmerzen und gebrochene Herzen. Was, wenn wir dafür sorgen könnten, dass es auch eine Seite gibt, wo man aufmunternde Geschichten findet? Von Überlebenden, von Wundern und zweiten Chancen? Wir könnten die Seite so aufbauen, dass die Leute sofort Geschichten zu den Problemen finden, die sie gerade durchmachen.«

»Ja!«, rufe ich glücklich. »Zum Beispiel, wenn sie eine Krebsdiagnose bekommen und etwas über Leute hören wollen, die diese Krankheit überlebt haben.«

»Oder von Leuten, denen gesagt wurde, dass sie nie wieder laufen können, und es doch geschafft haben ...« Taylor reißt die Hände in die Luft. »Wir könnten all die positiven Geschichten sammeln, die Leuten dabei helfen, ihre Schwierigkeiten durchzustehen.«

»Ich glaube, ihr Mädels habt da eine tolle Idee«, meint Ace und sieht mich wieder mit diesem Blick an.

Dem Blick, der sagt, dass er mich anbetet.

Und dass er stolz auf mich ist.

Mir wird ganz warm ums Herz.

»Wir können Raymonds Geschichte mit aufnehmen und Mirandas und für den Anfang vielleicht sogar die von Jacob. Dann können wir Kategorien anlegen, damit Leute, die trauern oder Schmerzen erleiden, Geschichten finden können, die ihnen sagen, dass es wieder besser werden wird … dass es immer einen Lichtblick gibt.«

»Das ist perfekt.« Ich strahle meine Freundin an.

»Es ist mehr als perfekt. Es wird die Welt verändern. Ich werde sofort anfangen. Ich kenne ein paar tolle Webdesigner. Schnell, gib mir meinen Laptop.«

Ich reiche ihr das Gerät, dann schnappe ich mir Stift und Block.

Und wir machen uns daran, die Welt zu verändern.

Schritt für Schritt.

»Du bist so verdammt perfekt«, murmelt Ace. Er lässt seine Nasenspitze an meinem Hals nach oben gleiten, bis er meinen Kiefer erreicht. Er drückt einen sanften Kuss darauf, dann vergräbt er die Hände in meinem Haar, dreht meinen Kopf und sucht meine Lippen.

Meine Hände gleiten über seine Arme nach oben, über seinen Bizeps, um schließlich seine Schultern zu finden. Ich schlinge die Beine um seine Hüften und küsse ihn inniglich. Ich liebe, wie er schmeckt, wie er sich anfühlt. Ich liebe alles an ihm. Ich hätte nie gedacht, dass ich nach Raymond noch einmal jemanden kennenlernen würde, der dieses Feuer in mir entfachen kann, aber so ist es. Ace zeigt mir, dass es wirklich eine zweite Chance gibt, nicht nur im Leben, sondern auch in der Liebe.

Ace ist meine zweite Chance.

»Mehr«, wimmere ich, als seine Zunge neckend meine berührt.

»Du willst mehr?«, brummt er.

»Ja«, hauche ich.

Er löst die Lippen von meinen, gleitet an meinem Körper nach unten, bis sein Kopf zwischen meinen Beinen ruht. Er schiebt meine Knie auseinander, sieht mit verschleiertem Blick zu mir auf, bevor er den Kopf senkt und meine Klitoris mit seinem Mund einfängt. Keuchend hebe ich mich ihm entgegen, grabe die Fersen in die Matratze, während er mich liebkost, abwechselnd mit sanftem Lecken und schnellen, kraftvollen Stößen seiner Zunge.

»Ace«, keuche ich lustvoll und vergrabe meine Finger so fest in der Decke, dass sie wehtun. »Oh Gott.«

Er bewegt seine Zunge in geschmeidigen Kreisen, bringt mich in Ekstase, bevor er zwei Finger in mir vergräbt. Ich explodiere, rufe seinen Namen, winde mich unter ihm. Meine Schenkel schließen sich um seinen Kopf, als er noch das letzte Zittern meines Körpers auffängt. Er löst seine Lippen von meiner Scham und sieht mit hungrigem Blick zu mir auf. Ich will ihn genauso sehr wie er mich, vielleicht sogar mehr.

»Ich brauche dich«, dränge ich mit heiserer Stimme. »Sofort.«

Er packt meine Hüften. Mühelos hebt er mich an und zieht mich über sich, als er sich mit dem Rücken aufs Bett fallen lässt. Ich lande rittlings auf ihm, die Hände auf seiner Brust, dann sehe ich in diese unglaublichen

Augen. Ich will ihn wahrscheinlich dringender als irgendetwas zuvor in meinem Leben.

»Fick mich, langsam«, knurrt er, hebt meine Hüften und greift zwischen uns, um seinen Penis an meine Vagina zu führen.

Langsam lasse ich mich auf ihn sinken, mich von ihm erfüllen, mich von ihm dehnen. Ein Keuchen dringt über meine Lippen, dann lasse ich meinen Kopf in den Nacken fallen. Mein gesamter Körper kribbelt vor Lust, als ich anfange, mich langsam zu bewegen. Doch schon bald wird mein Rhythmus drängender. Ace stöhnt lustvoll, vergräbt die Finger in meinem Hintern, und mir wird klar, dass ich nicht lange durchhalten werde.

Es fühlt sich so gut an.

Meine Fingernägel gleiten über seine Brust, als ich mich heftiger auf ihn absenke. Meine Brüste wippen, mein Haar fällt über meinen Rücken, mein Mund ist geöffnet, und ich höre mich selbst keuchen. Der Orgasmus baut sich schnell auf, beginnt als langsames Brennen tief in mir, bevor er ausbricht wie ein Vulkan. Ich schreie Ace' Namen, als mich der wahrscheinlich beste Orgasmus meines Lebens überschwemmt.

Fast hätte ich sein befriedigtes Keuchen überhört, als er die Hüften hebt, um noch einmal in mich zu stoßen, dann hallt das laute Stöhnen seines Höhepunktes durch den Raum.

Ich lasse mich nach vorne fallen, weil meine Arme zu schwach sind, um mich weiter zu halten. Meine Wange liegt auf seiner leicht verschwitzten Brust. Sofort schiebt er die Finger in mein Haar, neigt meinen Kopf sanft, um meinen Mund zu einem weiteren Kuss einzufangen. Er schmeckt nach mir, nach Sex und nach Ace. Es ist unglaublich. Ich vergrabe mein Gesicht an seiner

Haut, atme seinen Duft ein, genieße es, seinen großen Körper unter meinem zu spüren.

»Ich bin wirklich stolz auf dich, Liebling«, brummt er in die Stille.

Ich lasse meinen Kopf, wo er ist, als ich antworte: »Bist du das denn?«

»Ja, bin ich. Was du und Taylor da tut, ist wunderbar. Es wird so vielen Leute da draußen helfen, die sonst niemanden haben, an den sie sich wenden können.«

»Ich hoffe es«, flüstere ich.

»Das wird es. Du hast das Beste aus einer schlimmen Situation gemacht, und nun verwandelst du es in etwas, was du mit der Welt teilen kannst. Nicht viele Leute können von sich behaupten, diese Entschlossenheit oder Kraft zu besitzen. Du hättest zerbrechen können, doch stattdessen bist du jetzt noch stärker als vorher.«

Ich schlinge die Arme um ihn. »Ohne dich hätte ich nichts davon geschafft. Du bist der Grund, warum ich mich so heftig gegen ihn gewehrt habe; der Grund dafür, dass ich immer an eine Rettung geglaubt habe. Du hast mir diese Stärke geschenkt, selbst in meinen dunkelsten Momenten, Ace. Ich weiß nicht, was ich ohne dich getan hätte.«

Er antwortet nicht sofort, und ich bin mir bewusst, dass er über meine Worte nachdenkt.

»Und das, obwohl«, fahre ich fort, »es definitiv Momente gab, wo ich dir ins Gesicht schlagen wollte, weil du so ein Vollpfosten warst. Und ehrlich, deine Manieren … schrecklich. Daran werden wir arbeiten müssen. Ich werde deiner Mutter ein paar Takte darüber erzählen, wenn ich sie kennenlerne.«

»Wie kommst du darauf, dass du sie kennenlernen wirst?«, neckt er mich und zieht sanft an meinem Haar.

»Nun, Ace, ich werde sie treffen müssen, um ihr zu erklären, wieso ihr Sohn im Krankenhaus liegt.«

»Im Krankenhaus?«

»Na ja, nachdem ich dir ins Gesicht geschlagen habe. Denn ich rechne fest damit, dass es eine Weile dauern wird, bis ich einen wohlerzogenen Erwachsenen aus dir gemacht habe.«

»So schlimm bin ich gar nicht«, grummelt er.

»Du jagst Leuten Angst ein. Lena bäckt nur deswegen für dich, weil sie sich vor dir fürchtet. Lächele ihr doch mal zu. Du könntest ihr sogar winken.« Ich halte kurz inne. »Aber übertreib es nicht gleich. Wenn du zu nett zu ihr bist, wird sie dich für verrückt halten, und dann könnte sie vor Schreck umfallen und sich die Hüfte brechen.«

Seine Brust beginnt zu zittern. Für einen Moment verstehe ich nicht, was los ist. Einen Arm legt er um meine Taille, und mit dem anderen umschlingt er meinen Rücken. Ace zittert weiter, während er sich förmlich an mir festklammert. Was zum …?

Ich sehe auf und lächele breit, als ich seine Miene sehe. Zwei tiefe Grübchen begrüßen mich … und zusammen mit diesen perfekten weißen Zähnen und den leuchtenden Augen erhellt sein Grinsen den Raum. Ace Henderson lacht, und das ist das Wunderbarste, was ich je gesehen habe.

»Ich hatte recht«, sage ich, während auch mein Körper zu zittern beginnt.

»Womit?«, keucht er.

»Dein Lächeln hat wirklich die Welt stillstehen lassen, zumindest für eine Sekunde.«

Für eine wunderbare Sekunde.